HEYNE
BÜCHER

ALEC WILKINSON

AKT DER GEWALT

Vom Leid einer Frau, die die
Folgen der Mordtaten eines mehrfach
vorbestraften, drogensüchtigen Mannes
tragen muß

Aus dem Amerikanischen
von H. Roberts

Deutsche Erstausgabe

WILHELM HEYNE VERLAG
MÜNCHEN

HEYNE ALLGEMEINE REIHE
Nr. 01/8580

Titel der Originalausgabe
A VIOLENT ACT

Umwelthinweis:
Dieses Buch wurde auf
chlor- und säurefreiem Papier gedruckt.

Redaktion: Werner Heilmann

Printed in Germany 1996
Umschlagillustration: Photodesign Mall
Umschlaggestaltung: Atelier Ingrid Schütz, München
Satz: (2371) IBV Satz- und Datentechnik GmbH, Berlin
Druck und Bindung: Presse-Druck Augsburg

ISBN 3-453-09278-3

Für
Sara Barrett
und
Frederica Wessler

Am Anfang war mir das Leben gut.
Es hielt mich warm, es machte mir Mut.
Daß es das allen Jungen tut,
wie konnt ich das damals wissen.

Rainer Maria Rilke
›Das Lied der Witwe‹

Danksagung

Dieses Buch ging aus einem Artikel über den Fährtenleser J. R. Buchanan für den *New Yorker* hervor, zu dem mich Ian Frazier angeregt hatte.

Dank schulde ich auch den folgenden Personen, die nicht namentlich im Buch erwähnt werden:

Beim *New Yorker*: Nancy Boensch, Judy Callender, Rich Cohen, Grace Darby, Bruce Diones, Robert Gottlieb, Eleanor Gould, Beverley Hamilton, Martha Kaplan, Nicholas Parker und Pearl Powell.

Deborah Garrison, Adam Gopnik und Charles McGrath lasen die ersten Fassungen meines Manuskriptes. Besonderen Dank schulde ich Hal Espen und C. Patrick Crow für die Zeit und die Mühen, die sie aufwendeten, um den Text druckreif zu machen.

Beim Verlag Alfred A. Knopf schulde ich Dank: Paul Bogaards, Nina Bourne, Jane Friedman, Janice Goldklang, Katherine Hourigan, Barbara Jones-Diggs, Ann Kraybill, Nicholas Latimer, William Loverd und A. S. Mehta.

Besonders bedanken möchte ich mich auch bei Andrew Wylie und Sarah Chalfant, Ann Close, Reynolds Price und Joseph Fox.

Was ich William Maxwell verdanke, läßt sich nicht in angemessener Form in Worte kleiden.

Amok

An dem Tag, an dem Mike Jackson zum Amokläufer wurde, stand er früh am Morgen auf – eine Angewohnheit, die noch aus seiner Gefängniszeit stammte. Jackson, dessen geistige Zurechnungsfähigkeit Gutachter bereits mehrfach in Zweifel gezogen hatten, war vierzig Jahre alt und lebte seit einem Monat in einem Haus in Indianapolis, das jahrelang leergestanden hatte und in dem es weder fließendes Wasser noch elektrisches Licht oder Gas zum Kochen gab. Er schlief auf einem Strohlager in einem Raum im ersten Stock oder auf der Rücksitzbank seines Pick-up-Trucks, der im Hof stand. Den Nachbarn erzählte Jackson, der sich nie wusch, daß er dabei sei, das Haus zu renovieren. Allerdings war davon wenig zu bemerken, außer daß Jackson ein wenig Unkraut rupfte oder Fenster, bei denen die Scheiben zerbrochen waren, mit Sperrholzbrettern vernagelte. Er war ungefähr 1 Meter 83 groß und wog fast zweihundert Pfund. Meistens war er mit einem Overall bekleidet, wie ihn gewöhnlich Farmer tragen. Jackson hatte einen leichten Bauchansatz und nach vorne fallende Schultern. Sein ziemlich langes schwarzes Haar war von grauen Strähnen durchzogen, und den überwiegenden Teil seines Gesichtes bedeckte ein schwarzer Bart.

Am Morgen dieses Tages – es war Montag, der 22. September 1986 – erschoß Jackson seinen Bewährungshelfer, als dieser ihn aufsuchen wollte und gerade auf die Eingangstür des baufälligen Hauses zuschritt. Während seiner Flucht beging Jackson weitere Gewaltverbrechen in Indiana und Missouri, bis er schließlich am Ende des Tages zum meistgesuchten Verbrecher Amerikas geworden war.

Nancy Gahl, die Frau des Bewährungshelfers, erinnert sich, wie ihr Mann noch am Morgen des betreffenden Tages geäußert hatte, daß er sich angesichts der ihm bevorstehenden Routine »etwas Aufregenderes« wünschen würde. Auf ihre Frage, was er denn damit meine, hatte er geantwortet, daß er den »verrückten Mike Jackson«, einen neuen Klienten, aufsuchen müsse. Jackson war fünf Monate zuvor aus dem Gefängnis entlassen worden. Die meiste Zeit seiner einjährigen Haft, zu der Jackson wegen eines Verstoßes gegen das Schußwaffengesetz verurteilt worden war, hatte er damit verbracht, sich psychologischen Tests und Befragungen zu stellen, denn niemand war in der Lage gewesen, eine Erklärung für seinen ausgeprägten Hang zu Gewalttätigkeiten zu finden. Anschließend war seine Bewährungszeit zunächst von einem Beamten überwacht worden, der über Erfahrung im Umgang mit Kriminellen verfügte, die mit Waffenmißbrauch oder Drogenvergehen zu tun hatten und bei denen mit gewaltsamem Widerstand zu rechnen war. Aufgrund der Arbeitsüberlastung des zuständigen Beamten hatte man den Fall jedoch Tom Gahl übertragen, und dessen erste Amtshandlung hätte darin bestehen sollen, eine Urinprobe Jacksons herbeizuschaffen, um sie auf Drogenmißbrauch testen zu lassen. Dieser Auftrag hatte Tom zu Jacksons Haustür geführt.

Die Klienten, mit denen Tom Gahl es für gewöhnlich zu tun hatte, waren meistens Rechtsanwälte oder Buchhalter, die in Steuerschwierigkeiten geraten waren, oder Angestellte, die Gelder ihrer Firma veruntreut hatten. Seine Aufgabe bestand in erster Linie darin, diesen Leuten Ratschläge zu geben, aber nicht, ihnen regelrecht Vorschriften zu machen. Häufig hatte er sogar Dankesbriefe erhalten, wenn es jemandem geglückt war, mit seiner Hilfe eine neue Existenz zu gründen. Außerdem war es für Tom Gahl auch durchaus üblich, seine Klienten in deren Häusern aufzusuchen. Jackson hatte er eine Woche zuvor kurz in seinem Büro kennengelernt. Es ist nicht bekannt, welchen Eindruck Jackson bei ihm hinterlassen hatte, aber jemand, der Jackson auf dem Flur vor Tom Gahls Büro begegnet war, erinnerte sich später an dessen erschreckend wilden Augenausdruck, sein schmuddeliges und ungepflegtes Äußeres und das Gefühl von Bedrohung, das von ihm ausging. Über das Wochenende nahm sich Tom die Akte seines neuen Klienten mit nach Hause. Sie umfaßte beinahe tausend Seiten an Gefängnis- und Krankenhausberichten sowie an ärztlichen Gutachten und Gerichtsprotokollen. Nancy Gahls Aussage zufolge fand ihr Mann jedoch nicht die Zeit, die Akte genau zu lesen. Nachdem er am Samstag noch Besorgungen hatte erledigen müssen, ging er am Sonntag zunächst gemeinsam mit seiner Familie zur Kirche, besuchte anschließend mit Nancy ein Footballspiel und verbrachte schließlich den Abend mit ihr und den beiden Söhnen, dem achtjährigen Christopher und dem vierjährigen Nicholas, indem sie sich alle bei einem Gesellschaftsspiel vergnügten. Auch wenn er zwischendurch in Gedanken mit Mike Jackson beschäftigt gewesen sein sollte, so hatte er es seiner Frau gegenüber jedenfalls nicht durchblicken lassen. An jenem Montagmorgen hatte sie zum erstenmal Jacksons Namen gehört. Sie hatte Tom gefragt, ob er ihn nicht besser in sein Büro bestellen solle, wenn er als gefährlich bekannt sei, doch Tom hatte nur geantwortet: »Bitte, mach dir keine Sorgen. Der Bursche wird schon keine Schwierigkeiten machen.« Doch irgend etwas an seinem Verhalten hatte sie daran zweifeln lassen, ob ihr Mann nicht doch besorgter war, als er zugab.

Vor dem Frühstück machte Tom einen Dauerlauf um den Häuserblock, stellte sich anschließend unter die Dusche und ging dann ins Schlafzimmer. Christopher, der an der offenen Tür vorbeikam, sah seinen Vater vor einem Ventilator sitzen. Tom hatte Nancy oft versichert, sie und die Jungen viel zu sehr zu lieben, als daß er jemals versuchen würde, in einer Notsituation den Helden zu spielen. Er hatte auch wiederholt beteuert, daß noch nie einer seiner Kollegen während der Ausübung seines Berufes Schaden erlitten hätte. Sie wußte außerdem, daß er stets einen Polizeibeamten mitnahm, wenn er einen Haftentlassenen aufsuchte, den er für gefährlich hielt. Als Nancy an jenem Morgen feststellte, daß ihr Mann keinerlei Anstalten zu einer solchen Vorsichtsmaßnahme traf, machte sie ihm noch einmal deutlich, wie besorgt sie sei. Doch er hatte ihr nur beruhigend versichert, daß er das Haus nicht unbedacht betreten würde. »Wenn Jackson nicht da ist, lasse ich meine Visitenkarte zurück, mit der Bitte, mich in meinem Büro aufzusuchen.« Dann hatte er noch hinzugefügt: »Ich wünschte, du würdest dir nicht so viele Sorgen machen.« Zu guter Letzt vergegenwärtigte sich Nancy, daß in den gesamten neunundfünfzig Jahren, die das Bundesprogramm zur Bewährungshilfe nun bereits in Kraft war, noch nie ein Bewährungshelfer von einem ehemaligen Inhaftierten getötet worden war.

Christopher und Nicholas winkten ihrem Vater fast immer nach, wenn er sich mit dem Auto auf den Weg zur Arbeit machte. An jenem Montagmorgen verbrachte Christopher jedoch länger als gewöhnlich vor dem Badezimmerspiegel, um sich für die Schule fertig zu machen; deshalb sah er nur noch den Wagen seines Vaters um die Ecke biegen.

Soweit Nancy sich erinnern konnte, hatte Tom das Haus um Viertel vor acht verlassen. Bereits fünf Minuten später traf ihn der erste Schuß, und während er Gott noch um sein Leben anflehte, wurde er bereits von zwei weiteren Kugeln getroffen, bis er schließlich tot auf dem Bürgersteig zusammenbrach. Nancy ahnte unterdessen nicht, was ihrem Mann zugestoßen war. Sie ging wie immer ihrer vormittäglichen Hausarbeit nach und vernahm weder eine innere Stimme, noch hatte sie eine Vision von der Gefahr, in der er schwebte. Auch Christopher, Tom Gahls älterer Sohn, machte sich ahnungslos auf den Weg zur Schule. Und auch er sollte erst später von der quälenden Vorstellung heimgesucht werden, daß er sich im Schulbus wie immer mit seinen Schulkameraden unterhalten hatte, während sein geliebter Vater bereits auf offener Straße niedergeschossen worden war.

Früh an jenem Morgen machte sich Mike Jackson daran, mit einem Hammer eine Delle in der hinteren Ladeklappe seines Pick-up-Trucks auszubeulen. Der anhaltende Lärm, den er dabei verursachte, weckte eine Nachbarin, die daraufhin aus dem Fenster schaute, ihn bei seiner Tätigkeit beobachtete und dann zunächst versuchte, erneut einzuschlafen. Im nachhinein konnte die Frau nicht mehr mit Genauigkeit sagen, wieviel Zeit dann verstrichen war. Aber sie erinnerte sich, daß das Hämmern plötzlich aufgehört hatte und daß sie ein Klopfen gegen Mikes Eingangstür vernahm. Es war das erste Mal, daß Jackson Besuch erhielt, aber zu ihrem Erstaunen reagierte er auf das Klopfen nicht, obwohl er offensichtlich zu Hause war, denn sein Wagen stand noch immer im Hof. Die Frau trat schließlich auf ihre Veranda, um nachzusehen, wer der Besucher wäre. Sie erblickte von der Seite einen großen, schlanken und gepflegt aussehenden Mann mit braunem Haar und Brille, der ein hellblaues kurzärmeliges Hemd und eine dunkelblaue Hose trug: Tom Gahl. Natürlich hatte sie keine Ahnung, wer er sein mochte, aber allein die Tatsache, daß jemand Jackson besuchte, fesselte ihre Aufmerksamkeit. Der Fremde stand vor der offenen Tür und klopfte noch einmal, ohne daß aus dem Haus ein Laut zu hören gewesen wäre. Ein Junge kam unterdessen mit seinem Fahrrad auf dem Weg zur Schule vorbei, und irgendwo bellte ein Hund. Tom Gahl kehrte schließlich zu seinem Auto zurück und setzte sich kurz hinein, ohne die Wagentür zu schließen. Dann ging er erneut zum Haus hinüber, offenkundig in der Absicht, dort eine Nachricht zu hinterlassen. Er hatte den Hof halb überquert, als Jackson mit einem Gewehr aus der Tür stürzte. Tom wandte sich um und wollte weglaufen, da traf ihn der erste Schuß bereits in den linken Arm und zerschmetterte seinen Ellbogen. Die Wucht des Geschosses wirbelte ihn herum, so daß er Angesicht zu Angesicht Jackson gegenüberstand.

Eine weitere Nachbarin, die in dem Haus auf der anderen Straßenseite wohnte, hörte den Schuß, hielt die Ursache für den Knall zunächst jedoch für eine Fehlzündung oder für einen geplatzten Reifen. Als sie aus der Tür trat, sah sie allerdings, wie Jackson mit dem Gewehrlauf einen Mann vor sich herschob. Die Frau dachte im ersten Augenblick, es handle sich dabei um ihren Ehemann.

Als die beiden die Straße erreicht hatten, kamen sie der Nachbarin auf dem Bürgersteig näher – Tom noch immer mit dem Rücken zu ihr. Er hielt seinen linken Arm an die Seite gepreßt, während das Blut aus der Wunde in sein Hemd sikkerte. Die andere Hand streckte er Jackson entgegen und flehte: »Bitte, schießen Sie nicht! Um Himmels willen, schießen Sie nicht! Machen Sie sich doch nicht unglücklich!« Als Jackson jedoch noch dichter an ihn herantrat, drehte Tom verzweifelt sein Gesicht zur Seite und stammelte: »Oh, mein Gott.« Dann schoß Jackson erneut. Die Kugel traf Toms Kopf von der Seite, und ohne daß er einen Laut von sich gegeben hätte, sank er zuerst in die Knie und dann vollends zu Boden. Beim Anblick dieser Szene hielt ein Mann, der gerade seinen Sohn zur Schule brachte, seinen Wagen an, woraufhin er und das Kind beobachteten, wie Jackson den Gewehrkolben an die Schulter zog und sich so weit vorbeugte, daß der Lauf beinahe das Gesicht des am Boden Liegenden berührte. Dann drückte Jackson erneut ab. Ein letztes Mal bäumte sich Toms Körper auf, um dann endgültig zusammenzusacken. Mit weit aufgerissenen Augen lag er da, die Wange in den Kies am Straßenrand gedrückt.

Jackson drehte sich um und richtete seinen Blick auf die durch den ersten Schuß aufmerksam gewordene Frau, die noch immer im Türrahmen stand. Seine Kleidung war blutverschmiert. Entsetzt konnte die Zeugin des Geschehens erkennen, daß Jacksons Gesichtsausdruck jeglicher Gefühlsregung entbehrte. Der Gedanke schoß ihr durch den Kopf, daß er nahezu wie tot aussah und so verändert wirkte, daß sie ihn kaum wiedererkannte. Er starrte sie an, als wolle er herausfinden, was sie nun tun würde, eilte dann aber schnellen Schrittes zurück zu seinem Haus, wobei er noch ein- oder zweimal über die Schulter zu ihr herüberschaute. Als er seine Veranda erreicht hatte, drehte er sich zu ihr um und stieg seitlich die Stufen hinauf, den Blick stets auf sie geheftet. Kurz darauf kam er anders gekleidet wieder heraus, stieg in seinen Wagen, bog rückwärts in die Straße ein und fuhr davon. Sofort lief die Frau zu der – wie sie noch immer glaubte – Leiche ihres Mannes. Der am Boden liegende Körper ähnelte ihm nicht nur der Gestalt und der Haarfarbe nach, sondern auch hinsichtlich der Kleidung, denn ihr Mann hatte eine Stunde zuvor das Haus in seiner Arbeitsmontur verlassen – einem hellblauen kurzärmeligen Hemd und einer dunkelblauen Hose. Jackson hatte ihn am Morgen mit seinem Hämmern geweckt, und er war so ärgerlich zur Arbeit gegangen, daß sie es für möglich hielt, daß er zurückgekehrt war und einen Streit vom Zaun gebrochen hatte.

Mike Jackson fuhr ungefähr fünf Kilometer durch eine Wohngegend mit Häusern, die mehr oder weniger denen seiner Nachbarn glichen. Er paßte sich dabei an die Geschwindigkeit der übrigen Autos an und hielt vorschriftsmäßig an den Stoppschildern. Unter einer Highway-Brücke fuhr er schließlich an den Straßenrand und besprühte dort sein Gesicht, Bart und Haare mit einer Spraydose silberfarben. Dann fädelte er sich wieder in den fließenden Verkehr ein, steuerte allerdings wenig später seinen Wagen auf den Parkplatz eines Metallwarenladens und stieg dort aus. Dabei beobachtete er einen siebzehnjährigen Jungen, der an der Eingangstür zum Laden eine Kiste aus dem Kofferraum seines Wagens lud. Als der Junge Jackson mit einer Waffe auf sich zukommen sah, ließ er die Kiste fallen, rannte in den Laden und lief an einem Mann vorbei, der an einem Tisch in Türnähe arbeitete. Jackson überprüfte zunächst, ob der Junge den Zündschlüssel hatte stecken lassen, als er jedoch feststellte, daß dies nicht der Fall war, ging er um das Auto herum auf die Ladentür zu, wobei er an einem Bürofenster vorbeikam. Eine Angestellte erblickte ihn und schrie, ebenfalls davonstürzend: »Er hat eine Waffe!« Der Mann am Tisch nahm jedoch an, daß die Frau lediglich jemand gesehen habe, der mit einem Kleinkalibergewehr auf dem Parkplatz Ratten schoß. Dann kam Jackson durch die Tür auf den Tisch zu, an dem der Mann stand.

»Ich sah das Gewehr«, berichtete der Mann später, »und ich wußte, daß es keinen Ausweg gab, denn hinter mir war nur ein großer, leerer Raum, so daß ich keinerlei Möglichkeit hatte, fortzulaufen und Deckung zu finden. Er stand so dicht vor mir, daß er mich mit seinem Gewehr hätte berühren können. Vom Lauf hatte er offensichtlich ein Stück abgesägt, so daß er die Waffe unter seinem Mantel verbergen konnte. Er blieb etwa anderthalb Minuten vor mir stehen. Sein Gesicht war von Silberfarbe überzogen, der Ausdruck in seinen Augen gänzlich leer und tot. Er schien nicht im geringsten nervös zu sein. Ich blieb völlig regungslos stehen, um ihn nicht zu provozieren. Er schaute mich einmal von oben bis unten an, wohl um festzustellen, ob ich irgendeine Gefahr für ihn darstellte, und spähte dann über meine Schulter hinweg in den Raum hinter mir. Wahrscheinlich suchte er den Jungen, um an dessen Wagenschlüssel zu kommen.

In ungefähr drei Meter Entfernung von uns befand sich ein Büroraum mit einem Fenster, von dem aus man den Laden überblicken kann. Dort am Fenster stand jemand und starrte ihn an. Als er es bemerkte und ihm wahrscheinlich klar wurde, daß man die Polizei verständigen würde, drehte er sich abrupt um, hastete zu seinem Wagen zurück und fuhr davon.«

Jackson schlug die Richtung ein, aus der er gekommen war, bis er vor einem kleinen Lebensmittelladen hielt. Auf dem Bürgersteig parkte der Lieferwagen eines Brotlieferanten. James B. Hall, der Besitzer des Ladens, stand hinter dem Verkaufstresen. Er hatte an diesem Tag eigentlich gar nicht die Absicht gehabt, im Laden zu sein, aber eine Angestellte war erkrankt, und er mußte für sie einspringen. Als Jackson hereinkam, befand sich außerdem gerade ein Arbeiter vom gegenüberliegenden Schrottplatz im Laden, um sich einen Kaffee zu holen.

»Als er reinkam, stand ich neben der Wand, an der der Getränkeautomat steht. Ich hielt ihn zunächst für einen Landstreicher, wie man sie ab und zu hier sieht, wenn sie mit einem Einkaufswagen durch die Gegend ziehen und leere Büchsen sammeln. Er trug eine Art dunklen Trenchcoat, dunkelblau oder schwarz, und ging an mir vorbei bis zum Ende des Ganges, wobei er mich fast streifte. Am Ende des Ganges angekommen, drehte er um und kam den Gang auf der anderen Seite wieder zurück. Zunächst erkundigte er sich nur, wo der Fahrer des Brotlieferwagens sei. Doch im selben Augenblick ließ er sein Gewehr sehen; er hatte es, unter seinem Mantel versteckt, eng am Bein getragen und mit einer Hand durch einen Schlitz in seiner Manteltasche festgehalten. Mit der einen Hand umklammerte er den Lauf, während er mit der anderen nach dem Abzug tastete. Ich wandte den Blick nicht mehr von der Waffe, so daß ich sein Gesicht kaum beachtete. Er ging noch einmal an mir vorbei und fragte erneut, wo denn nun der Brotlieferant stecke. Es schien mir, als habe er irgendwelche Farbe im Bart, aber ich bin mir nicht so sicher, da ich kaum hinzuschauen wagte. Er hielt das Gewehr in Hüfthöhe und richtete es auf den hinter der Kasse stehenden Mr. Hall. ›Los, gib mir alles Geld‹, forderte er ihn auf. Anscheinend konnte der Bewaffnete keine Sekunde stillstehen, nervös schritt er hin und her. Ich wußte nicht, was er vorhatte, aber ich dachte, er wolle nur den Laden ausrauben und dann mit der Beute verschwinden, wie es halt so üblich ist, und daß er niemanden ernstlich verletzen würde. Mr. Hall kramte das Geld zusammen, aber offensichtlich nicht schnell genug, denn der Mann mit dem Gewehr herrschte ihn schroff an, sich zu beeilen. Mr. Hall antwortete nur: ›Ich beeil' mich ja schon!‹ Noch mehrere Male drängte der Fremde ihn, sich zu sputen, und Mr. Hall knurrte jedesmal nur: ›Okay, okay‹ – und dann ging der Schuß los. Er war so laut, als ob man ein Gewehr in einem völlig leeren Raum abgefeuert hätte, und meine Ohren klingelten von dem Krach. Ich kann nicht mit Gewißheit sagen, ob er hatte schießen wollen oder ob ihm nur die Nerven durchgegangen waren. Aber ich denke, Mr. Hall hatte hinter der Ladentheke wohl versucht, den Alarmknopf zu betätigen: ein kleiner Knopf neben der Kasse. Der Bewaffnete muß ihn wahrscheinlich dabei beobachtet und daraufhin geschossen haben. Er befand sich ungefähr zwei oder drei Meter entfernt, als er den Abzug betätigte, und der Schuß haute Mr. Hall regelrecht um. Als hätte ihn ein schwerer Schlag getroffen, stürzte er mitten in die Zahnpastatuben und die Zigaretten und die Mundwasserfläschchen, bis er halb sitzend auf einer Seite zusammensank.

Nachdem er geschossen hatte, kümmerte sich der Mann nicht mehr um das Geld. Er sagte nur zu dem Brotlieferanten, der aufgrund des Lärms herbeigeeilt war: ›Okay, Kumpel, laß uns gehen.‹ Aber der Fahrer reagierte nicht sofort, woraufhin der Mann mit dem Gewehr sich ihm drohend näherte und in barschem Ton wiederholte: ›Ich habe gesagt, daß wir gehen!‹ Dann verließen sie gemeinsam den Laden. Der Lieferwagen parkte am Bordstein direkt vor der Ladentür, so daß Jackson rückwärts aus der Tür gehen und sofort in den

Wagen einsteigen konnte. Das war sein Glück, denn ich hatte eine 357er Magnum bei mir und wartete nur darauf, daß er mir den Rücken zudrehte. Aber auch ich hatte Glück gehabt, daß meine Jacke meine Waffe verdeckte, denn wenn der Bursche sie entdeckt hätte, würde ich bestimmt nicht mehr leben.

Ich sah die beiden im Lieferwagen davonfahren, und dann lief ich hinter die Ladentheke und nahm vorsichtig den Telefonhörer ab, der völlig blutverschmiert war. Ich rief die Polizei an und sagte: ›Hier ist gerade ein Mann niedergeschossen worden.‹ Sie erkundigten sich, wie es um ihn stünde, und ich sagte: ›Er ist tot.‹ Ich brauchte nicht einmal seinen Puls zu fühlen, um das zu erkennen, denn der Schuß hatte ein tiefes Loch in Mr. Halls Kopf gerissen, und er lag in einer riesigen Blutlache vor mir.

Während all das passiert war, hatte ich die Ruhe bewahrt. Aber nun, da der Fremde fort war, flatterten mir die Nerven. Ich lief unruhig hin und her. Mr. Hall hatte nur wenige Minuten zuvor Kaffee aufgesetzt, der gerade in den Moment, in dem er erschossen wurde, fertig geworden war. Da die eintreffenden Polizisten mir nicht gestatteten, den Laden zu verlassen, fragte ich einen der Beamten: ›Ist es recht, wenn ich etwas von dem Kaffee trinke?‹ Und als er mir sein Okay gab, trank ich die ganze Kanne leer.«

Der Brotlieferant gab später folgendes zu Protokoll: »Der Schuß in dem kleinen Laden klang wie eine Explosion. Ich war gerade dabei, die Sachen in die Regale einzuräumen, was auch schon ziemlich viel Lärm machte, so daß ich gar nicht so recht mitbekam, was im Laden vor sich ging – bis ich das laute *Peng* hörte. Ich richtete mich auf, um zu sehen, was passiert war.

Als mich der Kerl mit dem Gewehr sah, rief er mich zu sich hinüber, und ich ging mit ihm hinaus. Dabei traute ich mich nicht, einen Blick auf Jim Hall zu werfen. Ich kannte ihn seit fünfzehn Jahren. Er war ein ruhiger und wirklich sympathischer Mann, der sich freundlich mit einem unterhielt, wenn man ihn anredete, aber sonst eher schweigsam war. Jim – der alleine lebte, aber manchmal seine Katze mit zur Arbeit brachte – führte seinen Laden mit Erfolg, und die Leute kamen sehr gerne dorthin. Außerdem war er gerade dabei, sich um die Altersversorgung seiner Angestellten zu kümmern, doch nun ist er plötzlich tot. Und ich ging einfach zur Tür hinaus, als sei nichts geschehen.

Als wir im Lieferwagen waren, hielt der Kerl mir das Gewehr unter die Nase. Er wirkte absolut ruhig. Jetzt erst bemerkte ich die Silberfarbe in seinem Gesicht, das größtenteils von einem Bart bedeckt war. Den hatte er auch mit der meisten Farbe besprüht, wohl um älter zu wirken, wie eine Art Verkleidung. Er sagte mir, daß er zum Flughafen wolle und daß ich mich auf dem Weg dorthin an die Geschwindigkeitsbegrenzungen halten solle. Ich tat, was er von mir verlangte. Es kam mir überhaupt nicht in den Sinn, es nicht zu tun. Wissen Sie, ich war im Zweiten Weltkrieg aktiv, und dort habe ich gelernt, das zu tun, was von mir verlangt wird, wenn eine Schußwaffe auf mich gerichtet ist. Er fragte mich, ob ich Geld bei mir hätte, und ich antwortete ihm, daß ich die bisherigen Einnahmen meiner Tour von diesem Tag dabei hätte, und griff in meine Taschen, aber er sagte: ›Ich will dein Geld nicht.‹

Es sind nur etwa acht Kilometer von Jims Laden zum Flughafen, aber wir brauchten eine ganze Weile, denn er gab mir verschiedene Anweisungen, wie ich zu fahren hatte, und irrte sich bei der Schnellstraße in der Richtung. Auf meinem Armaturenbrett stand eine Thermosflasche mit Kaffee, die er ganz austrank. Gleichzeitig wies er mir den Weg, wobei er schließlich die Orientierung verlor, aber ich sagte es ihm nicht. Am Ende erreichten wir doch noch den Flughafen, allerdings an der Seite, an der sich der Wartungsbereich befindet und wo keine Flugzeuge starten. Dort sah er diesen Mann aus einem der Gebäude kommen und zu einem kleinen Lastwagen gehen. Ich sollte dicht an den Mann heranfahren. Dabei warnte er mich, keine unüberlegten Dinge zu tun. Dann stieg er aus, ging auf den Mann zu, hielt ihm die Waffe vor den Bauch und nahm ihm die Wagenschlüssel ab. Im nächsten Augenblick war er verschwunden. Danach rannte ich zur Rückseite des Gebäudes, wo ich mich erst einmal hinsetzte und fünf Minuten lang wie Espenlaub zitterte.«

Bei dem Auto, das Mike Jackson auf dem Parkplatz gestohlen hatte, handelte es sich nicht um einen Lastwagen, sondern um einen Jeep. Nachdem er das Flughafengelände verlassen hatte, hielt er irgendwo an, um das Nummernschild so zu verbiegen, daß es nicht mehr genau zu erkennen war. Dann fuhr er durch einige Vorortstraßen und hielt schließlich bei einem Haus, vor dem gerade eine junge Frau ihren Wagen entlud.

»Ich hatte gerade meinen Mann zur Arbeit gebracht«, berichtet sie in ihrer Zeugenaussage, »weil eines von unseren Autos kaputt war. Deshalb fuhr ich auf dem Heimweg bei einer Werkstatt vorbei, wo man mir sagte, daß etwas später jemand bei mir vorbeikommen würde, um den Wagen abzuholen. Ich fuhr also wieder nach Hause, legte meine Handtasche auf dem Autodach ab und lud gerade noch ein paar andere Dinge aus, als dieser Mann auftauchte. Wahrscheinlich war ihm ausgerechnet vor unserem Haus das Benzin ausgegangen. Er trug eine Waffe bei sich, und ich sah, wie er auf mich zukam. Irgendwie war ich wohl nicht ganz bei mir, denn ich dachte, er wolle sich nur nach dem Weg erkundigen oder so etwas. Ich konnte die Situation einfach nicht richtig einschätzen – sie kam zu unerwartet. Er fragte mich nur nach den Autoschlüsseln, und ich sagte ihm, sie seien dort oben – und meinte damit, daß sie in meiner Tasche auf dem Autodach lägen. Er legte die Hand auf meinen Arm und befahl mir, in den Wagen einzusteigen. Auf seine Frage, ob jemand im Haus sei, sagte ich, es sei niemand da, denn ich wollte meine Schwägerin und meine Tochter nicht in Gefahr bringen. Plötzlich kam meine Tochter jedoch auf die Veranda gelaufen und rief ›Mami, Mami‹. Aber ich reagierte nicht darauf, damit sie nicht über den Rasen zu mir herüberkäme. Ich stieg ein, und im gleichen Augenblick, als wir aus der Einfahrt bogen, hielt gerade der Abschleppdienst vor unserem Haus.

Jackson fuhr ziellos durch die Gegend, und ich hatte keine

Ahnung, wo er eigentlich hin wollte. Es machte allerdings den Eindruck, als ob er wüßte, wo wir wären. Die ganze Zeit über lag das Gewehr auf seinem Schoß und war auf mich gerichtet. Er fragte mich, ob ich Geld dabei hätte, und ich schaute in meiner Geldbörse nach, in der sich allerdings nur etwas Wechselgeld befand, da ich an diesem Morgen noch nicht am Geldautomaten gewesen war. Ich sagte ihm, daß ich kein Geld hätte, und er antwortete, er habe selbst genug davon und zog ein zerknülltes Bündel Dollarnoten aus der Tasche, mit dem er in meine Richtung wedelte.

Dann kamen wir zu einer Tankstelle, und er fuhr zu einer Zapfsäule, an der eine Bedienung stand. Dabei verdeckte er den Lauf des Gewehrs mit einem Taschentuch und gab mir zu verstehen, daß mir nichts passieren würde, es sei denn, ich hätte die Absicht zu schreien oder sonstigen Unsinn zu machen. Trotz seiner Warnung versuchte ich, die Aufmerksamkeit eines Mannes zu wecken, der beim Tankstellengebäude stand, indem ich mit den Lippen die Worte ›Helfen Sie mir‹ formte. Doch der Mann winkte nur freundlich. Als der Tankwart den Zapfhahn wieder eingehängt hatte, fuhr Jackson einfach davon, ohne zu bezahlen. Beim Zurücksetzen verursachte er dabei beinahe noch einen Unfall, bevor er in nördlicher Richtung auf der Interstate 65 einbog. Ich hatte keine Ahnung, was er verbrochen hatte, aber es mußte wohl etwas ziemlich Schlimmes sein, und so nahm ich an, daß er in die nächste größere Stadt wollte – vielleicht nach Chicago –, um dort unterzutauchen.

Schließlich fing ich an, einfach draufloszureden: über meine Tochter und daß ich Angst hätte, daß sie einfach auf die Straße liefe. Er sagte, das würde schon nicht passieren, meine Nachbarn würden sich um sie kümmern. Dann sagte er, ich solle den Mund halten. Als nächstes fragte er, ob ich Aspirin bei mir hätte, da er Kopfschmerzen habe.

Wir fuhren so eine ganze Weile, ungefähr eine Dreiviertelstunde. Ich hatte die ganze Zeit über meine Geldbörse auf dem Schoß liegen und hielt meine Hefte mit den Aufzeichnungen aus meinem Fortbildungskurs fest in den Händen. Die ganze Zeit dachte ich daran, daß ich sie auf keinen Fall verlieren dürfe. Schließlich fiel sein Blick auf die Hefte, und er fragte mich, was das sei, und ich erzählte es ihm. Dann wollte er wissen, was ich beruflich mache, und ich erklärte, daß mein Mann und ich als Sanitäter arbeiteten. Er fragte noch, ob wir gerade erst damit begonnen hätten, aber das war eigentlich auch schon unsere ganze Unterhaltung, denn die meiste Zeit schwiegen wir. Eigentlich war sein Verhalten mir gegenüber gar nicht einmal unhöflich, aber man merkte ihm an, daß er sehr nervös war. Er rauchte eine Zigarette nach der anderen und erzählte mir, daß man hinter ihm her sei und daß er deshalb verschwinden müsse. Sobald ich aber wissen wollte, wo wir denn hinfahren würden, beachtete er meine Frage überhaupt nicht und schwieg einfach.

Um ihn später bei der Polizei genau beschreiben zu können, beobachtete ich ihn, so gut ich konnte, was ihm nichts auszumachen schien. Er trug einen dichten buschigen Bart, wie der Sänger Kenny Rogers. Und der Bart wies ebenso wie sein Gesicht Spuren von silberner Farbe auf, die er aber offensichtlich versucht hatte abzuwischen.

Ich überlegte, ob es mir gelingen könne, aus dem Auto zu springen. Aber er fuhr ziemlich schnell, etwa zehn Kilometer schneller als erlaubt. Deshalb wagte ich es nicht, aus Angst, beim Sprung getötet oder überfahren zu werden. Nach ungefähr einer Stunde konnte ich auf einem Schild lesen, daß wir nach Frankfort in Indiana kamen. Als er die Autobahnausfahrt in Richtung Stadt nahm, wurde mir angst und bange, denn er wirkte immer unruhiger und panischer. Ich achtete jetzt genau darauf, in welchem Tempo er sich den Stoppschildern näherte und wann er anhielt, und als er schließlich wieder einmal stoppte und zur Seite schaute, öffnete ich schnell die Wagentür, warf mich gegen sie und ließ mich aus dem Wagen fallen. Er versuchte, nach mir zu greifen, aber es gelang ihm nicht, mich zu packen, und so fuhr er los, wobei der Wagen über mein rechtes Bein rollte. Ich spürte sofort, daß es gebrochen sein mußte. Da das alles vor einer Autowaschanlage passiert war, kam sofort jemand zu mir herübergelaufen. Ich sagte ihm, daß mein Bein verletzt sei und daß er mich nicht bewegen solle, denn die meisten Leute wollen einem spontan erst einmal aufhelfen und einem die Kleidung sauber klopfen.

Die ganze Zeit über hatte ich nicht ein einziges Mal geweint, aber als ich wenig später erfuhr, was dieser Jackson getan hatte, brach ich in Tränen aus.«

Jackson durchquerte Frankfort, bis er an einer Wohnwagen-Kolonie vorbeikam, wo er vor einer der fahrbaren Unterkünfte anhielt. Eine Frau, die gerade aus dem Fenster schaute, sah, wie er sich ihrem Wagen näherte. Er hatte zu dem Zeitpunkt wieder seinen Trenchcoat übergezogen und hielt die Waffe darunter verborgen. Der dreijährige Sohn der Frau hatte sich vor einigen Wochen bei der Explosion eines Gasgrills schwere Verbrennungen zugezogen und war gerade frisch aus dem Krankenhaus entlassen worden. Daher nahm die Frau an, daß Jackson ein Mitarbeiter der Sozialbehörde sei, der ihr während der Behandlungszeit des Kindes finanziell unter die Arme gegriffen hatte. Sie begab sich deshalb in die Badekabine, um sich für den Besuch zurechtzumachen, und als sie wieder herauskam, stand Jackson bereits in ihrem Wohnzimmer; ihr Sohn hatte ihn hereingelassen. Jackson forderte sie ohne weitere Umschweife auf, ihm ihre Autoschlüssel zu geben und ihm gemeinsam mit ihrem Sohn zu folgen. Sie erwiderte, daß sie ihm die Schlüssel und ihr Geld geben würde, aber nicht mitkommen wolle. Jackson ließ sich jedoch nicht erweichen. Im Auto saß der Junge dann vorne zwischen ihnen. Jackson hatte das Gewehr mit dem Lauf nach unten zwischen seine Knie geklemmt. Nachdem sie losgefahren waren, bettelte die Frau ihn an, sie doch aussteigen zu lassen, da sie mit dem Jungen einen Termin im Krankenhaus habe. Jackson antwortete zunächst nicht, tätschelte aber dem Jungen beruhigend das Bein und erklärte ihm dann: »Sag deiner Mami, daß euch nichts passieren wird.« Als sie aus der Stadt herausfuhren und an einer Gruppe von Straßenarbeitern vorbeikamen, zischte Jackson: »Versuch ja nicht, ihnen ein Zeichen zu geben!« Sie gab ihm zur Antwort, daß sie bestimmt nichts unternehmen würde, zumal ihr Sohn im Wagen sitze. Nach weiteren zehn oder zwölf Minuten kamen sie aufs offene Land, wo Jackson am Straßenrand anhielt. Er nahm das Geld und die drei Ringe der Frau und ließ sie dann mit ihrem Sohn aussteigen. Die Frau, die weder Zeit gehabt hatte, sich Schuhe anzuziehen noch ihre Brille aufzusetzen, ging mit ihrem Kind an der Hand auf eine Baumgruppe zu, von der aus sie Jackson nachblickte, der mit ihrem Wagen am Horizont verschwand.

Ungefähr acht Stunden später – gegen sechs Uhr abends – hielt er auf dem Parkplatz eines Einkaufszentrums in Clayton, Missouri, einem Vorort von St. Louis, dreihundert Kilometer südwestlich von Indianapolis. Eine Frau schildert ihre dortige Begegnung mit ihm so: »Es war bereits Abend, aber noch taghell. Ich war gerade damit beschäftigt, meinen Sohn, der mit der Sonnenblende spielte, aus dem Auto zu bekommen, und hatte alle Hände voll damit zu tun, so daß ich dem Mann zunächst keine große Beachtung schenkte. Nur aus den Augenwinkeln sah ich, wie er vor einem Nebeneingang des Einkaufszentrums stand. Zuerst dachte ich, er wolle wohl jemandem die Tür aufhalten. Ich schimpfte gerade mit meinem Sohn, als dieser Jackson sich an mich wandte und zu mir sagte: ›Geben Sie mir Ihre Geldbörse!‹ Ich reagierte nicht sofort, denn er hatte ziemlich leise gesprochen, aber dann wiederholte er seine Worte. Bei der ersten Aufforderung war er ungefähr zwei Meter von mir entfernt gewesen, aber nun war er zwei Schritte näher gekommen, und ich sah, daß er bewaffnet war. Zunächst war ich so überrascht, daß ich gar nicht verstand, was eigentlich los war. Eine Szene aus dem *Superman*-Film schoß mir durch den Kopf, in der Clark Kent und Lois Lane gerade aus dem Zeitungsgebäude herauskommen und irgend so ein Kerl Lois auffordert, ihm ihre Geldbörse zu geben, die sie dann zur Seite wirft. Aber ein Blick in Jacksons Gesicht zeigte mir, daß er es ernst meinte. Sein Gesichtsausdruck war ruhig, wirkte aber zugleich grimmig und wild entschlossen. Als er mich zum zweitenmal ansprach und ich ihn anschaute, wußte ich sofort, daß er nicht lange fackeln würde. Als ehemalige Mitarbeiterin der Staatsanwaltschaft kannte ich den Ausdruck in seinen Augen sehr genau und versuchte gar nicht erst, mich ihm zu widersetzen. Am meisten Sorgen machte ich mir um die Sicherheit meines Sohnes, deshalb riß ich mich zusammen und versuchte, so ruhig wie möglich zu erscheinen, um ihn nicht nervös zu machen. Das war gar nicht so einfach, denn innerlich geriet ich ziemlich in Panik. Ich hatte Sorge, daß er mich zwingen würde, mit ihm irgendwohin zu fahren, aber als er sah, wie sehr ich mit meinem Sohn beschäftigt war, wollte er sich offenbar nicht mit uns belasten. Ich schob ihm vorsichtig meine Geldbörse zu, ohne irgendwelche Tricks zu versuchen. Er war einen Schritt zurückgetreten, so daß er jetzt wieder ungefähr zwei Meter entfernt war. Dann befahl er uns, vom Auto zurückzutreten, und sagte forsch: ›Legt euch hin!‹ Ich kniete mich auf allen vieren nieder, so daß ich nur beinahe den Boden berührte, um meine Kleidung nicht schmutzig zu machen, aber das genügte ihm nicht. Er zielte mit dem Gewehr auf uns und verlangte, daß wir uns ganz flach hinlegen sollten, sonst wären wir erledigt. Dann kehrte er zu seinem Wagen zurück. Ich wollte nichts riskieren und hielt meinen Kopf gesenkt, so daß ich nicht einmal sah, in welcher Richtung er davonfuhr.«

Einige Wochen vor Mike Jacksons Amoklauf träumte ein siebenundvierzig Jahre alter Mann namens Earl Dallas Finn von seinen Eltern und seinem Onkel, die alle längst verstorben waren. Im Traum waren sie gekommen, um ihn in ihr Reich zu holen, was ihn zu der Befürchtung veranlaßte, daß nun auch sein Ende nahte. Er erzählte einer seiner Töchter davon und meinte: »Wenn die Zeit einmal gekommen ist, dann ist es eben soweit, und es gibt nichts, was man dagegen tun kann.«

Finn war als einziger Sohn eines schon älteren Ehepaares geboren worden, dem man prophezeit hatte, daß es niemals Kinder bekommen würde. Als er selbst gerade erst achtzehn war, heiratete er eine Vierzehnjährige, die ihm drei Töchter und einen Sohn schenkte.

Als junger Mann fand Finn eine Anstellung als Koch, die ihm viel Spaß machte, aber nur wenig Geld einbrachte, weshalb er den Job schließlich aufgab und Schweißer wurde. Manchmal sagte er jedoch, daß er wieder kochen wolle, sobald die Kinder – denen er an den Geburtstagen stets ihr Leibgericht zubereitete – groß wären. Unter den wenigen Habseligkeiten, die er hinterließ, fand sich vor allem ein Notizbuch mit Rezepten, die meisten davon auf französisch.

Am zweiundzwanzigsten September hatte Finn länger gearbeitet, um Überstunden zu sammeln. Normalerweise fuhr er in einer Fahrgemeinschaft zur Arbeit, doch der Mann, der an jenem Tag an der Reihe war, wollte keine Überstunden machen, so daß Finn seinen eigenen Wagen nehmen mußte. Gegen Viertel vor sieben befand er sich auf der Interstate 70, die ihn durch St. Peters in Missouri führte, einem Ort dreißig Kilometer westlich von St. Louis. Auf diesem Streckenabschnitt überholte er Mike Jackson. Vielleicht hatte Finn – der an diesem Abend ein Hemd trug, dessen Farbton dem der Uniformhemden glich, wie sie Polizisten tragen – zu ihm hinübergeschaut. Außerdem war sein Ford LTD ein Automodell, das auch von der Polizei oft benutzt wurde. Offensichtlich genügten diese Ähnlichkeiten, um zu einer tragischen Verwechslung zu führen, denn als sich die Fahrzeuge beider auf gleicher Höhe befanden, zielte Jackson mit dem Lauf seines Gewehrs in Finns Richtung und feuerte aus anderthalb Meter Entfernung durch das geöffnete Wagenfenster auf ihn. Andere Autofahrer, die sich zur gleichen Zeit auf der Interstate befanden, hörten einen lauten Knall, für den sie jedoch einen geplatzten Reifen verantwortlich machten, und beobachteten, wie Finns Wagen von der Straße abkam und gegen einen Lichtmast prallte. Niemand erinnerte sich später daran, Jacksons Auto gesehen zu haben. Der Aufprall gegen den Metallpfeiler erfolgte mit solcher Wucht, daß die Polizei zunächst nur die Kollision für Finns tödliche Kopfverletzung verantwortlich machte.

Nachdem er Earl Finn erschossen hatte, fuhr Jackson noch fünfzehn Kilometer in westlicher Richtung weiter, bis er nach O'Fallon kam. Hier verließ er den Highway und hielt auf dem Parkplatz eines Lebensmittelgeschäftes an.

»Ich trat gerade mit einer Tüte voller Lebensmittel auf die Straße«, berichtet eine Frau, die Jackson dort begegnete. »Schon immer war ich sehr – na, wie sagt man doch gleich? – ›intuitiv‹, glaube ich, ist das Wort, und ich hatte bereits früh an diesem Abend so eine bestimmte Vorahnung. Ich spürte irgendwie, daß es für mich im weiteren Verlauf des Tages noch wichtig sein würde, meine volle Bewegungsfreiheit zu behalten. Es war von Anfang an ein merkwürdiger Abend gewesen. Zuerst hatte ich meine Handtasche bei der Arbeit liegenlassen; das bemerkte ich, als ich nach Feierabend noch einen Film mit Familienfotos, den ich am Morgen in meine Handtasche getan hatte, in einem Laden am anderen Ende der Stadt abgeben wollte. Erst im Laden fiel mir auf, daß ich sie vergessen hatte. Also fuhr ich zurück, und da der Schlüssel ebenfalls in der Handtasche war, mußte ich den Wachmann der Firma bitten, mich hereinzulassen. Als ich mich erneut auf den Heimweg machte, hatte ich die ganze Zeit über so ein merkwürdiges Gefühl. Es veranlaßte mich dazu, ein Gebet zu sprechen, daß weder meiner Tochter noch mir ein Unglück zustoßen möge. Noch am vorangegangenen Wochenende war ich bei Verwandten zu Besuch gewesen, wo ich mich mit meinem Neffen darüber unterhalten hatte, wieviel Gewalttätigkeit es in der Welt gibt. Bei dieser Gelegenheit hatte ich gesagt, daß es in kleineren Städten nicht so viele Gewaltverbrechen gebe, daß diese wenigen jedoch meist unerwartet kämen und oft besonders grausam seien. Deshalb betete ich darum, daß mir so etwas nicht passieren möge. Mittlerweile war es zu spät, den Film noch abzugeben, weshalb ich direkt zum Supermarkt fuhr. Ich parkte neben einem Wagen, dessen Motorhaube geöffnet war. Ein Mann hatte sich über den Motor gebeugt, um zu sehen, was mit ihm los war – ich dachte, er wäre wahrscheinlich heißgelaufen –, stieg dann aber wieder in den Wagen. Es war Jackson. Ich ging dann in den Laden und kehrte später – ausnahmsweise mit nur einer Tüte beladen, um, wie gesagt, meine Bewegungsfreiheit zu behalten – zu meinem Wagen zurück. Die Tüte stellte ich auf dem Kotflügel der Beifahrerseite ab, um die Tür aufzuschließen. Da bemerkte ich, wie der Mann in dem defekten Auto sich bewegte und seine Tür öffnete. Dann stieg er aus und schritt langsam um das Heck meines Wagens herum. Als er auf meiner Seite war, wurde er plötzlich immer schneller. Sofort wurde mir klar, daß etwas nicht in Ordnung war und daß ich aufpassen mußte. Ich erstarrte keinesfalls vor Angst, aber es blieb einfach keine Zeit wegzulaufen. Jackson las meine Gedanken wohl in meinem Blick. Er trug einen blauen Trenchcoat, unter dem er, wie ich erkennen konnte, eine Waffe verborgen hielt. Als ich mich ganz zu ihm umdrehte, packte er mich am Arm und befahl mir, in den Wagen einzusteigen. Ich wehrte mich, so gut ich konnte, aber obwohl Leute in unserer Nähe standen, kam mir niemand zu Hilfe. Sie alle dachten wahrscheinlich, daß es sich nur um einen harmlosen Familienzwist handelte. Dann begann ich zu schreien, was ihm offenbar überhaupt nicht behagte, denn er wich einen Schritt zurück. Ich hatte den Eindruck, daß er erschöpft war und Angst hatte und einfach nur weg wollte. Er forderte mich auf: ›Steig endlich ein!‹ Ich glaube, was mir in diesem Moment das Leben gerettet hat, war die Tatsache, daß in einem Lieferwagen in unserer Nähe ein junger Bursche saß, der zu uns herüberschaute und offenbar nicht wußte, daß Jackson eine Waffe trug. Denn die meiste Zeit über verbarg er sie unter seinem Mantel, auch wenn mir die Leute später erzählten, daß er sie für einen Augenblick auf mein Gesicht und meinen Bauch gerichtet hätte. Der junge Mann stieg jedenfalls aus und kam herüber. Als er aber das Gewehr entdeckte, lief er fort und rief laut um Hilfe und daß man die Polizei holen solle. Ich machte einen Schritt rückwärts, stieß aber mit dem Fuß gegen eine Kante, woraufhin ich einen Schuh und schließlich auch das Gleichgewicht verlor und nach hinten zu Boden stürzte.

All das geschah kurz vor sieben. Ich weiß das so genau, weil ich mit meiner Tochter eine Absprache habe, daß ich sie anrufe, wenn ich später als um sieben Uhr zu Hause sein sollte, damit sie sich keine Sorgen macht.

Ich stürzte also rückwärts hin und machte mich innerlich darauf gefaßt, daß dies mein Ende war. Auf gar keinen Fall – das war mein fester Entschluß – wollte ich in das Auto steigen und mich entführen lassen, so daß meine Tochter womöglich niemals erfahren würde, was mit mir geschehen war. Fast schien es mir so, als ob Jackson in diesem Moment so etwas wie Mitleid mit mir empfand. Er schaute erst mich und dann den schreienden jungen Mann an ... Sein Blick wanderte hin und her, so daß er regelrecht ratlos wirkte.

Ich legte die Hände auf meinen Bauch, weil ich dachte, er würde dorthin schießen oder mich zumindest mit der Waffe schlagen. Dann sagte ich zu ihm: ›Wenn Sie die Nerven besitzen, mich hier vor all den Leuten zu erschießen, dann tun Sie es.‹ Er blickte wieder hin und her und entgegnete dann mit ruhiger Stimme: ›Her mit den Schlüsseln!‹ Ich warf sie zu ihm hinüber, wo sie auf dem Pflaster landeten und unter das Auto rutschten. Er bückte sich und hob sie auf. In diesem Moment wirkte er beinahe sanft – ein seltsamer Eindruck, denn die Polizei beschrieb ihn später als einen sehr aggressiven Typ. Als ich meinen Eindruck von Jackson zu Protokoll gab und ihn als einen eher sanften Mann schilderte, war man sich daher zunächst nicht einmal sicher, ob ich den gleichen Mann meinte.

Er fuhr also in meinem Wagen davon, in dem sich meine Brieftasche mit meinem Scheckbuch und meinem Adressenverzeichnis befand, und als ich ihm nachsah, wunderte ich mich noch, warum er wohl meine Handtasche nicht mitgenommen hatte. Dann half mir jemand auf und führte mich in den Supermarkt. Da stand ich nun mit nur einem Schuh an den Füßen, und plötzlich stieg eine fürchterliche Panik in mir auf. Vielleicht befand sich Jackson gerade auf dem Weg zu mir nach Hause – schließlich stand meine Adresse auf den Schecks – und wollte meine Tochter entführen. Ich hatte damals keine Ahnung, wer er war, woher er kam und was er getan hatte, aber es kam mir überhaupt nicht in den Sinn, daß er von auswärts gekommen sein könnte. Irgendwie war ich mir sicher, daß er sich im Ort auskannte.

Als ich am nächsten Tag zur Arbeit fuhr, sagte der Wachmann, der mich noch am Vorabend hereingelassen hatte, mit leichenblassem Gesicht zu mir, daß er beinahe der letzte gewesen wäre, der mich lebend gesehen hätte.«

Aus der Sicht des jungen Mannes im Lieferwagen stellte sich das Geschehen folgendermaßen dar: »Als Jackson auf den Parkplatz fuhr, sah man an dem Qualm, der aus der Motorhaube aufstieg, daß der Motor überhitzt war. Ich bemerkte, wie Jackson ausstieg und mich prüfend anschaute. Er sah ein bißchen wie ein Landstreicher aus und trug einen Mantel, so eine Art Trenchcoat. Als er hinten am Mantel herumfummelte, dachte ich, es wäre etwas mit dem Gürtel nicht in Ordnung, aber vielleicht hatte er dort auch das Gewehr versteckt. Der Typ vom FBI hat mich wieder und wieder gefragt, ob ich denn nicht schon in diesem Moment die Waffe bemerkt hätte, aber das war nicht der Fall. Also – er ging dann um seinen Wagen herum auf die Beifahrerseite, wo er die Tür öffnete. Ich nahm an, daß er dort Flaschen stehen hatte, die er abgeben wollte, aber im gleichen Moment sah ich dann die Schrotflinte. Er hielt sie unter seinem Mantel versteckt, doch sie ragte ungefähr fünfzehn Zentimeter unter dem Saum hervor. Sofort schoß mir durch den Kopf, daß er vermutlich einen Überfall beabsichtigte. Im gleichen Augenblick schaute er zu mir herüber. Ich stellte das Radio ab, legte die Hand auf den Türgriff und stieg aus. Dann bemerkte ich, daß ich den Schlüssel im Wagen vergessen hatte, und öffnete die Tür, um sie abzuziehen, denn es war der Wagen meines Vaters, und ich wollte auf keinen Fall, daß dieser Kerl ihn sich unter den Nagel riß. Ich nahm eine Limonadenflasche aus dem Führerhaus und entleerte sie, was eine Ewigkeit zu dauern schien, obwohl ich sie auf den Kopf gedreht hatte, um den Rest herauszuschütteln – ich hatte in diesem Moment die Idee, sie im Notfall nach ihm zu schleudern. Genau in dem Augenblick kam eine Frau aus dem Laden. Als Jackson sie bemerkte, schritt er direkt auf sie zu. Er packte sie, und ich schrie: ›Lassen Sie sie los!‹ und ›Er hat eine Waffe bei sich!‹ Dann fuhr eine Frau mit ihrer Tochter auf den Parkplatz und stellte ihren Wagen direkt neben Jackson ab. Beide stiegen aus und gingen in Richtung Laden, während ich rief: ›Verschwinden Sie lieber, er trägt eine Schußwaffe!‹ Aber die beiden hörten überhaupt nicht hin, sondern gingen ungerührt an Jackson vorbei in das Geschäft. Ich schrie weiter um Hilfe, doch niemand nahm Notiz davon. Alle fuhren einfach vorbei, und Jackson blickte verwirrt erst die Frau, dann mich an, dann wieder sie, dann noch einmal mich, und ich schrie: ›Holt die Polizei!‹ Ich hatte mich ihm bis auf ungefähr drei Meter genähert, da wandte er sich plötzlich mir zu und hielt die Flinte direkt auf mich gerichtet. Mir war in diesem Moment klar, daß er mich hätte erschießen können, aber es schien alles so unwirklich, daß ich die Situation überhaupt nicht richtig begriff. Es ging mir durch den Kopf, daß er uns beide erschießen könnte und daß die Frau so ein weißes Kleid trug – mit einem kleinen schwarzen Muster, aber hauptsächlich weiß, und ich stellte mir vor, wie es sich rot verfärbte von ihrem Blut. Doch er schoß nicht. Ich hörte ihn nur sagen: ›Steigen Sie ein!‹ Aber die Frau entgegnete: ›Nein, ich werde nicht einsteigen!‹ Sie schrie diese Worte geradezu, während er ganz ruhig blieb und sehr leise sprach, so als wolle er keine Szene machen. Er wiederholte nur: ›Geben Sie mir die Schlüssel!‹ Schließlich warf die Frau sie zu ihm hinüber. Dann wandte er sich wieder zu mir um und ließ mich – auch während er die Schlüssel aufhob – keinen Moment aus den Augen. Zum Schluß stieg er in den Wagen und setzte mit durchdrehenden Reifen zurück. Einen Augenblick lang dachte ich daran, daß ich ihm mit meinem Lieferwagen den Weg blockieren könnte, aber andererseits wurde mir klar, daß er trotzdem entkommen würde. Außerdem befand sich mein Bruder noch im Laden, und ich befürchtete, er könne gerade in diesem Moment herauskommen und daß Jackson vielleicht in Panik auf die sich automatisch öffnende Tür schießen würde. Ich machte mich bereit, mit der Flasche nach ihm zu werfen, als er zurücksetzte... aber es ist komisch, was für Gedanken einem in einem solchen Moment durch den Kopf gehen, denn ich dachte noch, daß ich womöglich die Autoscheibe bezahlen müßte, falls ich sie kaputtschmeißen würde. Ich weiß wirklich nicht, wozu ich imstande gewesen wäre, wenn er die Frau erschossen hätte. Irgendwie hätte ich vielleicht versucht, ihn festzuhalten... Wie auch immer – er raste mit höllischer Geschwindigkeit vom Parkplatz weg. Ich rannte noch eine kurze Strecke neben dem Wagen her und glaube, daß ich sogar einmal seine Tür berührt habe. Er starrte mich die ganze Zeit über mit glasigen, kalten Augen an – kalt und haßerfüllt und wie tot.«

Jackson fuhr mit dem Wagen der Frau während der nächsten fünf Minuten die Straßen von O'Fallon entlang, bis er an ein Haus kam, in dessen Vorgarten ein Mann gerade einen Baum pflanzte. Eine Frau, die sich zu der Zeit im Haus befand, berichtet: »Ich war im Haus meiner Mutter, um meine Tochter abzuholen, die nach der Schule zu ihr gegangen war. Mein Großvater war aus Minnesota zu Besuch gekommen und gerade dabei, einen Baum einzupflanzen. Er erzählte uns hinterher, er sei auf Jackson aufmerksam geworden, weil dieser mit dem Auto sehr langsam vorbeigefahren sei und zu ihm hinübergeschaut habe, um dann die Straße weiter hinaufzufahren. Am Ende der Straße habe er gewendet und sei wieder zurückgekommen. Mein Großvater maß seiner Beobachtung jedoch keinerlei besondere Bedeutung zu und fuhr mit seiner Tätigkeit fort. In unserer Einfahrt parkten zu diesem Zeitpunkt drei Wagen – der meines Großvaters, mein eigener Wagen sowie der meiner Mutter. Dann hielt Jackson an und stieg aus, wobei er den Motor laufen und die Autotür offenstehen ließ. Er ging zu meinem Großvater hinüber und forderte ihn auf, ihm die Schlüssel zu seinem Wagen zu geben. Jackson trug einen blauen Regenmantel, unter dem er wohl sein Gewehr verbarg, während er auf meinen Großvater zuging. Als er ihn ansprach, holte er die Waffe hervor und sagte: ›Her mit den Schlüsseln!‹ Aber mein Großvater gab vor, sie nicht bei sich zu haben. Jackson tastete Großvaters Taschen ab, ohne jedoch die Schlüssel zu entdecken. Jackson zwang ihn daraufhin, mit ihm ins Haus zu gehen, um die Schlüssel zu holen! An der Schiebetür hörte ich Großvater nach meiner Mutter rufen: ›Shirley, Shirley!‹ Doch sie war in der Waschküche und hörte ihn überhaupt nicht. Ich hatte gerade eine Extradosis Tylenol genommen, weil ich starke Kopfschmerzen hatte, und lag in einem Nebenzimmer. Es fiel mir auf, daß Großvaters Stimme irgendwie merkwürdig klang, und ich dachte: ›Warum in aller Welt antwortet sie denn nicht?‹ Dann erhob ich mich, um nach dem Rechten zu schauen, ging hinüber ins andere Zimmer und fragte: ›Was ist denn los, Großvater, ist alles in Ordnung?‹ Und er sagte nur: ›Dieser Mann will die Schlüssel zu deinem Wagen.‹

Meine Handtasche lag auf dem Tisch, der sich zwischen uns befand, und direkt daneben lagen auch die Schlüssel. Ich hatte keinerlei Ahnung, was vorgefallen war. Jackson hielt das Gewehr mit dem Lauf nach unten neben seinem Bein, und da ich nicht besonders darauf achtete, nahm ich an, es sei eine Art Stock. Er schwitzte so stark, daß der Schweiß ihm regelrecht aus dem Bart lief und auf den Boden tropfte. ›Was ist passiert? Hatten Sie einen Unfall? Müssen Sie ins Krankenhaus?‹ erkundigte ich mich ahnungslos. Da brachte er das Gewehr zum Vorschein, richtete es direkt auf mich und forderte mich auf: ›Steig mit ins Auto!‹ Ich antwortete: ›Okay, okay‹, und wir gingen zur Tür hinaus – ich vor ihm und Großvater hinter ihm, so daß er sich in der Mitte zwischen uns befand. Ich glaube, das machte ihn nervös, denn er zog so heftig an meinen Haaren, daß er mir dabei ein ganzes Haarbüschel ausriß. Ich halte die Beifahrertür stets verschlossen, und da mein Auto Einzelsitze und eine Mittelschaltung hat, wußte ich, daß er zuerst einsteigen und sich hinüberlehnen müßte, um von innen die Beifahrertür zu öffnen und mich einsteigen lassen zu können. Ich war jedoch entschlossen, das nicht zu tun. Er stand vor mir, das Gewehr auf mein Gesicht gerichtet, und sagte: ›Steig ein!‹ Doch ich reagierte nicht auf seine Aufforderung. Ich wollte nicht vergewaltigt oder getötet werden oder was immer er mit mir vorhatte. Ohne mich dabei im geringsten heldenhaft zu fühlen, dachte ich nur: ›Wenn er mich wirklich töten will, dann soll er es hier und jetzt tun.‹ Als er zur Fahrerseite hinüberging und mir dabei kurz den Rücken zudrehte, rannte ich schnell zum Haus zurück. Meine Tochter, die gerade den Hund ausführte, ging genau in dem Augenblick die Straße entlang, als Jackson abfuhr. Er kam dabei direkt an ihr vorbei, und sie sah ihn noch die Straße entlangfahren, während ich bereits die Polizei rief.«

Zu diesem Zeitpunkt war der Ehemann der Frau auf dem

Weg zu seiner Schwiegermutter, um dort seine Familie zu treffen. »Ich erreichte gerade die Stadt, als ich meinen eigenen Wagen vorbeifahren sah. Es ist ein 85er Buick Regal, und da es nicht allzu viele davon in dieser Gegend gibt, war ich mir ziemlich sicher, daß es sich um meinen Wagen handelte. Ich vermutete, daß ihn vielleicht jemand von einem Parkplatz gestohlen hatte, deshalb wendete ich meinen Lastwagen und nahm die Verfolgung auf. Der Bursche in meinem Buick fuhr mit einer Geschwindigkeit von ungefähr hundertdreißig Kilometer stadtauswärts, wobei er die anderen Fahrzeuge zum Ausweichen zwang. Ich befand mich etwa einen halben Kilometer hinter ihm. Da er die hohe Geschwindigkeit beibehielt, verlor ich ihn schließlich aus den Augen – es wäre auch verrückt gewesen, weiter so hinterher zu rasen. Außerdem stiegen doch langsam Zweifel in mir auf, ob es überhaupt mein Wagen gewesen war, denn ich hatte das Nummernschild nicht erkennen können. Ich hatte ihn über eine Strecke von ungefähr fünfzehn Kilometern verfolgt und war nun bereits so weit von der Stadt entfernt, daß es mir sinnvoller erschien, direkt nach Hause zu fahren, denn es war von hier aus näher zu meiner eigenen Wohnung als zu der meiner Schwiegermutter. Dann wollte ich meine Frau anrufen, um zu hören, was passiert war.

Zwei oder drei Minuten später kehrte der Buick jedoch wieder in Gegenrichtung zurück. Wahrscheinlich wollte der Bursche doch nicht so weit in die Wildnis hinaus. Und diesmal konnte ich das Nummernschild erkennen. Deshalb wendete ich und heftete mich erneut an seine Fersen. Ich überlegte, ob ich ihm den Weg versperren oder ihn in den Graben abdrängen sollte. Bis auf ungefähr drei Meter kam ich an ihn heran, da richtete er plötzlich ein Gewehr nach hinten auf mich, drückte ab und schoß durch die Heckscheibe. In dem Hagel aus Scherben und Schrotkörnern brach ich die Verfolgung lieber ab. In dem Augenblick kam uns ein Polizeiauto mit Blinklicht entgegen, und ich hoffte, daß sie den Kerl stellen würden. Doch wie sich später herausstellte, waren die Polizisten auf dem Weg zu meiner Schwiegermutter.

Wahrscheinlich hatten sie den Schuß nicht einmal bemerkt.«

Jackson stellte den Wagen in der Nähe eines Parkplatzes ab, der zu einer Wohnanlage in O'Fallon gehörte. Dort beobachtete er einen jungen Mann, der gerade einen Cadillac polierte. Er ging auf ihn zu, und als er sich ihm bis auf drei Meter genähert hatte, zog er die Schrotflinte unter seinem Mantel hervor und forderte den Mann auf, ins Auto einzusteigen. Jackson steuerte den Cadillac bis zum Highway, auf dem er ungefähr sechs Kilometer in westlicher Richtung blieb, um dann eine Abfahrt zu nehmen, die in südlicher Richtung aufs Land führte. Während der Fahrt erklärte Jackson dem Mann, daß er ihn töten würde. Zwischenzeitig hielt er an einer Tankstelle und gab dem Tankwart Geld für einige Sandwiches, die dieser ihm aus der Snackbar holte und ans Auto brachte. Eines der Sandwiches reichte Jackson später seinem Beifahrer, auch bot er ihm jedesmal eine Zigarette an, wenn er sich selbst eine ansteckte. Doch er wiederholte mehrmals, daß er ihn umbringen wolle. Auf der Rücksitzbank des Cadillac befand sich ein Kindersitz, in dem sonst die Tochter des Entführten saß. Von ihr erzählte der junge Mann viel, in der Hoffnung, das würde Jackson erweichen. Dieser gab sich jedoch wortkarg und sagte nur: »Sei ruhig, und schau mich nicht an!« Er fuhr langsam. Inzwischen war es draußen dunkler geworden, und sobald die Scheinwerfer anderer Autos auftauchten, hielt er am Straßenrand und wartete, bis sie vorbeigefahren waren.

Bill Burgess, Polizeichef von Wright City, einer Stadt zwanzig Kilometer westlich von O'Fallon, berichtet: »Ich hörte gerade den Polizeifunk ab – ungefähr sechs oder sieben verschiedene Kanäle – und erfuhr, daß man jemanden suchte, der mit einem gestohlenen Wagen aus O'Fallon abgehauen war. Man hatte allerdings keine Ahnung, in welcher Richtung er unterwegs war. Ich wußte auch, daß drüben in O'Fallon außerdem eine Fahndung nach einem Kerl lief, der einen Bewährungshelfer in Indianapolis erschossen hatte. Natürlich brauchte der Wagendieb nicht mit dem Mörder identisch zu sein. Mein Assistent und ich saßen also in unserem Streifenwagen oben auf der Autobahnbrücke und warteten, ob der gestohlene Wagen auftauchen würde. Während wir dort auf der Lauer lagen, erreichte uns ein Ruf wegen irgendwelcher Streitigkeiten. Ich weiß nicht mehr genau, um was es eigentlich ging, aber als wir dort eintrafen, sahen wir sofort, daß bereits alles wieder in Ordnung war. Wir brauchten nicht einmal anzuhalten und kehrten unverzüglich zu der Brücke zurück. Unser Einsatz hatte nur kurze Zeit in Anspruch genommen, doch in der Zwischenzeit hätte der Dieb längst vorbeigefahren sein können. Er hatte sich allerdings – wie wir später erfuhren – auf einigen Nebenstraßen im St. Stevens Distrikt aufgehalten, was ihn einige Zeit gekostet haben mußte. Kurz und gut – wenn ich nicht rechtzeitig zurück gewesen wäre, hätte er die Frau, die bei unserer Tankstelle an der Autobahnausfahrt arbeitet, bestimmt getötet, da sie immer so nervös reagiert und er mit Sicherheit vorhatte, sie wegen ein paar Dollar zu überfallen.

Als ich den Wagen erblickte, wußte ich sofort, daß es sich um den Gesuchten handelte. Wir hatten eine sehr genaue Beschreibung erhalten, aber der Wagen war nur mit dem Fahrer besetzt, obwohl gemeldet worden war, daß der Eigentümer zum Mitkommen gezwungen worden wäre. Der Cadillac bog von der Abfahrt direkt in die Sunoco-Tankstelle ein, fuhr an der Rückseite vorbei und kam schließlich wieder auf der Frontseite zum Vorschein. Er wurde auf uns aufmerksam, als ich mit unserem Polizeiwagen über die Straße hinüberfuhr, um ihn im Blick zu behalten. Ich hatte nicht vor, ihn allein festzunehmen, sondern wollte nur auf seiner Fährte bleiben, bis die Verstärkung eintraf, die wir bereits angefordert hatten. Ich saß also am Steuer, und mein Assistent auf dem Beifahrersitz neben mir. Wir rechneten damit, daß Jackson die Tankstelle bald wieder verlassen würde, aber statt dessen fuhr er zu uns herüber, richtete plötzlich ein Gewehr auf uns und eröffnete das Feuer. Ich konnte die Waffe selbst nicht einmal richtig erkennen, denn er hielt nur die Mündung aus dem Fenster, und wenn ich ehrlich bin, hörte ich nicht einmal den Knall. Wahrscheinlich wurde er dadurch gedämpft, daß sich die Waffe im Inneren des Wagens befand. Das Mündungsfeuer des Schusses nahm ich allerdings wahr. Ich dachte zunächst, ich hätte ein Feuerzeug aufflackern sehen. Wissen Sie, man konnte es kaum glauben, aber dieser Kerl schoß auf uns, während er auf uns zufuhr. Mein Assistent war gerade im Begriff, seine Dienstwaffe aus dem Fenster zu halten und ihm zuzurufen, daß er stoppen solle, als der erste Schuß fiel, dem ein weiterer folgte. Mein Deputy sank auf seinem Sitz zurück und flüsterte: ›Ich bin getroffen.‹ Ich konnte erkennen, wie Blut aus seiner Stirn herunterrann. Die Wunde an seinem Kopf konnte ich allerdings nicht sehen, da sie von seinen Haaren verdeckt wurde. Ich schoß viermal auf Jackson, während er sich aus dem Staub machte. Unterdessen war ich aus dem Wagen gestiegen und hatte den Arm aufgestützt, um besser zielen zu können. Gleichzeitig suchte ich jedoch auch Deckung, denn ich wußte ja nicht, ob er noch einmal schießen würde.

Als er an mir vorbei war, schickte ich ihm noch eine ganze Salve hinterher, aber dann bemerkte ich, daß sich in der Schußrichtung einige Häuser befanden. Deshalb stellte ich das Feuer ein, um keinen Unschuldigen zu verletzen.

Wegen meines verwundeten Kollegen sah ich auch von einer weiteren Verfolgung ab. Ich hatte keinerlei Verstärkung in der Nähe, aber ein zufällig auf der Interstate vorbeifahrender Sheriff erkannte Jacksons Wagen auf einer Nebenstraße. Er verließ umgehend den Highway und heftete sich an seine Fersen. Die Nebenstraße verläuft parallel zum Highway, bis man nach einigen Kilometern einen Rastplatz erreicht, von wo an sie sich vom Highway entfernt. Jackson wurde dort wohl bewußt, daß er auf diesem Wege nicht auf die Interstate zurückkehren konnte, weshalb er mit dem Cadillac schnurstracks den Begrenzungszaun des Rastplatzes durchbrach. Er raste mit einer Geschwindigkeit von ungefähr hundertsechzig Kilometern durch den Zaun, wobei der Kühler und das Getriebe beschädigt wurden, landete dann mit einem lauten Krachen auf der Straße und fuhr schließlich auf dem Mittelstreifen weiter. Der Sheriff erreichte den Rastplatz, sah den durchbrochenen Zaun und fuhr zurück zur Auffahrt, um die Verfolgung erneut aufzunehmen. Der Cadillac muß indessen bei der höllischen Fahrt heißgelaufen sein und ziemlich gequalmt haben, so daß Jackson voraussehen konnte, daß der Wagen bald liegen bleiben und seine Fahrt zu Ende sein würde. Deshalb wird er ihn wohl absichtlich in den Graben gesetzt haben, wo wir ihn schließlich entdeckten.

Als wir den Wagen erreichten, fanden wir keinen Anhaltspunkt dafür, in welche Richtung Jackson geflohen sein konnte, denn in der Gegend gibt es ziemlich viel Gebüsch. Außerdem begann es im gleichen Augenblick heftig zu regnen. Was soll ich Ihnen weiter sagen: Jackson war einfach spurlos verschwunden.«

Nancy Gahl

Die Polizeibeamten aus Indianapolis, die inzwischen bei Jacksons Haus eingetroffen waren, hatten nicht sofort in Erfahrung bringen können, um wen es sich bei dem Erschossenen handelte, der dort auf dem Bürgersteig lag. Sie mußten zunächst auf den Leichenbeschauer warten, bevor sie das Mordopfer berühren durften, und nachdem sie später seine Brieftasche und seine Dienstmarke gefunden hatten, rief einer der Männer in Tom Gahls Büro an. Toms Chef kam daraufhin mit einem weiteren Beamten zum Tatort. Als die beiden jedoch dort eintrafen, war Tom bereits zur Leichenhalle gebracht worden. Nach einem kurzen Rundgang durch Jacksons Haus fuhren die beiden Männer zu Nancy Gahl, um sie von dem schrecklichen Vorfall zu unterrichten.

Nancy hatte ihren Mann gegen halb zehn in seinem Büro anrufen wollen, einfach nur um seine Stimme zu hören. Doch sie hatte nur erfahren, daß er nicht an seinem Platz wäre. Hätte sie zu der Zeit das Radioprogramm verfolgt, wäre es ihr wahrscheinlich nicht erspart geblieben, bereits die Meldung über den Mord an einem Bewährungshelfer gehört zu haben, dessen Namen der Radiosprecher fälschlicherweise nicht mit Tom E. Gahl, sondern mit ›Tommy Galt‹ angab.

Nancy telefonierte gerade von der Küche aus mit einer Freundin, als sie das Klopfen an der Tür hörte. Es war gegen elf Uhr, und sie war allein im Haus. Nancy legte den Telefonhörer beiseite, um zu öffnen. Als sie die Männer erblickte und ihre ernsten Mienen sah, fragte sie entsetzt: »Ist er tot?«

Toms Chef erwiderte: »Lassen Sie uns doch bitte herein!« Nachdem die Männer eingetreten waren, wiederholte Nancy ihre Frage noch einmal, woraufhin der Vorgesetzte ihres Mannes mit einem schlichten ›Ja‹ antwortete.

Nancy wankte in die Küche zurück und mußte sich erst einmal setzen. Als Toms Chefs bemerkte, daß der Telefonhörer neben dem Apparat lag, nahm er ihn auf und erklärte kurz die Situation. Einer der Männer wandte sich an Nancy und fragte sie, ob es nicht besser sei, wenn sie ihre Eltern verständige, was sie bejahte und dann umgehend tat. Danach setzte sie sich wortlos wieder hin. Auch den Hinweis, daß sie gewiß Toms Eltern informieren wolle, nahm sie ebenso höflich wie teilnahmslos entgegen. »Ja, das ist eine gute Idee«, bestätigte sie und führte schließlich das notwendige Telefonat, um sich danach erneut hinzusetzen. Sie hatte das Gefühl, als ob ihr Körper und ihr Geist völlig abgestorben wären. Dann aber wurde ihr plötzlich schlecht – »so, als ob der Magen gegen das rebellieren wollte, was der Kopf zu verarbeiten versuchte«, erinnerte sie sich später. Sie eilte ins Badezimmer, wo ihr Blick auf das Handtuch fiel, mit dem Tom sich nach dem morgendlichen Dauerlauf abgetrocknet hatte. Es hing dort genau so, wie er es zurückgelassen hatte, und es war immer noch feucht. Der Anblick war ihr schier unerträglich. Es konnte doch einfach nicht wahr sein, was die Männer ihr sagten, wenn dort sein Handtuch hing, als sei nichts geschehen?

Beinahe gleichzeitig mit dem Pastor ihrer Gemeinde traf auch der Kaplan der Polizeidienststelle bei ihr ein. Der Kaplan bat sie um Verzeihung, daß er ihr nicht persönlich die traurige Nachricht habe überbringen können, aber er sei wegen einer anderen wichtigen Mission unterwegs gewesen. Nancy war jedoch froh, daß sie es von jemandem erfahren hatte, den sie kannte. Als sie den Kaplan darum bat, Tom in der Leichenhalle noch einmal sehen zu dürfen, schien er dies jedoch für keine gute Idee zu halten. Er versuchte, ihren mehrfach wiederholten bittenden und drängenden Fragen auszuweichen, und enttäuscht wandte sie sich schließlich dem Geistlichen ihrer Gemeinde zu, um von ihm zu erfahren, warum man sie nicht zu Tom lassen wollte. Doch dann schien ihr plötzlich ein Gedanke gekommen zu sein, und sie fragte unvermittelt: »Hat man ihn in den Kopf geschossen?« Der Pastor bejahte.

Nachdem der vierjährige Nicholas um vier Uhr mit dem Schulbus nach Hause gekommen war, fuhren Nancy und der

Pastor gemeinsam mit ihm zu Christophers Schule. Nancy war beim Lehrpersonal bekannt, da sie sich oftmals als freiwillige Helferin für das Schulleben engagierte. Als sie im Büro darum bat, Christopher sprechen zu dürfen, erkundigte sich die Schulsekretärin daher sofort, ob etwas nicht in Ordnung sei.

»Ich erzählte ihr, daß Tom gerade erschossen worden war, und die Frau begann am ganzen Leib zu zittern«, erinnert sich Nancy.

Christopher befand sich auf dem Schulhof, als man ihn rief. Der merkwürdige Tonfall, mit dem der Lehrer ihn zum Schulbüro schickte, weckte in ihm die Befürchtungen, er habe vielleicht irgend etwas angestellt. Dann ging ihm durch den Kopf, daß womöglich seiner Mutter etwas passiert wäre – vielleicht ein Autounfall. Als er das Büro betrat und seine Mutter sich vor ihn hinkniete, um ihm alles zu erzählen, weinte er nicht. Er ballte nur die Fäuste und wiederholte mehrmals ungläubig: »Daddy?« Tief getroffen von dem Schock rief er dann, daß er, wenn er selbst einst sterben müsse, seinem Vater im Jenseits sein ganzes Leben erzählen wolle: was für ein Mensch er geworden sei und was er im Leben alles erreicht habe.

Noch am gleichen Nachmittag wurde Nancy von einer Reporterin der Lokalzeitung aufgesucht. Obwohl die Ereignisse des Tages Nancy an den Rand des Zusammenbruchs geführt hatten und obwohl sie sich darüber wunderte, daß die Presse so an ihrer Familiengeschichte interessiert war, bat sie die Frau in ihr Wohnzimmer und gab ihr ein Interview. Als sie später in die Abendausgabe der Zeitung blickte, erkannte sie die Schlagzeile und las »viele Einzelheiten, von denen ich wußte, daß sie von uns handelten, aber dennoch konnte ich das alles nicht begreifen«.

Christopher beschäftigte sich unterdessen damit, mit einem Basketball den Korb zu treffen, den sein Vater für ihn aufgehängt hatte. Zunächst war er von Tom so niedrig befestigt worden, daß der Junge ihn trotz seiner geringen Größe allzu leicht hatte erreichen können. Erst später, als sein Sohn größer geworden war, hatte er ihn in der durch die offiziellen Spielregeln festgelegten Höhe angebracht. Ein Nachbarsjunge, der früher als gewöhnlich aus der Schule heimkehrte, schaute vorbei und fragte: »Was machst du denn da? Schwänzt du etwa die Schule?« Christopher erwiderte nur: »Heute morgen ist mein Vater erschossen worden.«

Nach und nach fanden sich viele Freunde und Verwandte ein, um den Hinterbliebenen ihr Beileid auszudrücken – Nancys Vater, ihre Schwiegermutter, ein Bruder aus Kalifornien und zahlreiche Nachbarn. Bevor ihre Familie eintraf, hatte sich der Pastor bemüht, allzuviel Trubel von ihr fernzuhalten, doch da Nancy ihm versicherte, daß sie am liebsten mit ihrer Familie alleine sein wolle, verabschiedete er sich. Nachdem am späten Abend die meisten wieder fort waren, saß Nancy mit Christopher und Nicholas zusammengekauert auf ihrem Bett. Gemeinsam versuchten sie, sich darüber klar zu werden, was eigentlich passiert war.

Als Nancy sich an diesem Abend schließlich schlafen legen wollte und ihr Gesicht in das Kissen drückte, bemerkte sie, daß es noch nach Tom roch. Unwillkürlich mußte sie daran denken, wie sie sich vor dem Einschlafen immer noch einmal umarmt hatten. Sie dachte auch an die vielen gemeinsamen Pläne, die sie für die Zukunft gemacht hatten, an all das, was sie mit den Jungen hatten unternehmen wollen und was sie sich für ihren Lebensabend vorgenommen hatten. Eine unendliche Traurigkeit überfiel Nancy, und sie wurde von dem Gefühl überwältigt, in ihrem Kopf drehe sich ein Mühlrad, dessen Gang sich ihrem Einfluß entzog und das sie vollständig mit Schmerz und Trauer erfüllte. Nancy versuchte sich den Ort vorzustellen, wo es passiert war und unter welchen Umständen Tom gestorben war. Was hatte Jackson wohl zu ihm gesagt? Hatte er überhaupt etwas gesagt? War Tom völlig überrumpelt worden? Sie malte sich jedes Detail der Situation immer und immer wieder in den unterschiedlichsten Varianten aus. Hatte Tom wohl bewußt wahrgenommen, daß er sterben müsse? Hatte er noch versucht fortzulaufen? Hatte Jackson ihn verfolgt und dann erst niedergestreckt? Und weiter: Hatte Jackson gewußt, daß Tom zu ihm kommen würde? Hatte er von Anfang an geplant, Tom umzubringen? *Wann* hatte er den Entschluß gefaßt, ihn zu töten? Oder hatte er es möglicherweise auf jemand anders abgesehen, und Tom war nur im falschen Moment dazwischengekommen?

In dieser Nacht hörte sie mehrmals, wie Christopher in seinem Zimmer am anderen Ende des Flurs tief seufzte. Sie überlegte, ob sie zu ihm gehen und ihn beruhigen sollte, aber dann dachte sie, daß es besser wäre, ihn in Ruhe zu lassen.

Um fünf stand sie auf, ging hinunter und schaltete den Fernseher ein. Dort zeigte man gerade Toms Leichnam, wie er mit einem Laken bedeckt auf dem Bürgersteig lag.

Gegen sechs ging sie wieder hinauf ins Bett, wo sie Toms Shorts und sein T-Shirt fand, daß er beim Joggen getragen hatte. Sie preßte sich die Kleidungsstücke ans Gesicht und dachte: »Das alles kann doch nicht wirklich geschehen sein? Ich kann doch immer noch seinen Geruch wahrnehmen! Er kann einfach nicht für immer fort sein!« Nancys lautes Schluchzen weckte ihren Bruder, der im Nachbarzimmer geschlafen hatte. Er kam herüber, setzte sich zu ihr aufs Bett, legte seinen Arm um sie und begann ebenfalls zu weinen.

Ungefähr um acht ging sie schließlich hinunter und rief die Kanzlei des Anwalts an, der sich normalerweise um ihre Rechtsangelegenheiten kümmerte. Da sich dort niemand meldete, versuchte sie den Anwalt zu Hause zu erreichen. Seine Frau meldete sich unbekümmert mit: »Oh, hallo Nancy! Wie geht's?« Nancy bat sie darum, ihren Mann sprechen zu dürfen. Als er am Apparat war und sich erkundigte, was denn los sei, erwiderte sie: »Sie haben offensichtlich noch nicht die Zeitung gelesen oder ferngesehen?«

»Nein«, bestätigte er, »was ist denn passiert?«

»Tom ist erschossen worden«, informierte sie ihn kurz und bündig. Nach einer Minute betretenen Schweigens stammelte er: »Oh, Nancy, ich hatte keine Ahnung davon.« Sie fuhr fort, daß sie nicht wisse, ob ihre Finanzen geregelt seien oder ob sie mit Schwierigkeiten rechnen müsse. Der

Anwalt versprach ihr, sich umgehend um ihre Angelegenheiten zu kümmern, und riet ihr, sich keine Gedanken darüber zu machen.

Als nächstes meldete sich telefonisch Nancys Arzt bei ihr und fragte sie, wie es ihr gehe. Er versprach, ihr ein Beruhigungsmittel aufzuschreiben, damit sie ein bißchen abschalten könne.

Am Nachmittag kam ein Polizist vorbei, der ihr Toms Brieftasche und seinen Ehering brachte – jeweils in einer Plastikhülle verpackt, die mit der Registriernummer des Mordfalles gekennzeichnet war –, sowie seine Aktentasche, auf der die gleiche Nummer mit Kreide geschrieben stand.

Das Haus war jetzt voller Menschen. Toms Bruder war aus Washington eingetroffen, Freunde brachten Essen, und andere kamen einfach nur vorbei, um Nancy und den Kindern in dieser schweren Stunde Trost zu spenden. Den meisten fiel es nicht leicht, die richtigen Worte zu finden, und sie nahmen Nancy einfach in die Arme. Das tat ihr zwar gut, aber trotzdem gab es manchen Augenblick, in dem Nancy alles viel zu viel wurde und wo sie am liebsten allein gewesen wäre. Sie hatte das Gefühl, daß sie ihre Gedanken würde besser ordnen können, wenn sie draußen, weit weg von all dem Trubel hier gewesen wäre. Aber sie wollte die vielen Menschen, die um ihretwillen gekommen waren, nicht verletzen, und deshalb kam ihr der Gedanke, sich in ihr Schlafzimmer zu begeben. Doch auch dort hielt sie es nicht lange aus, so daß sie schließlich vor die Haustür trat, wo ihr eine Freundin aus der Kirchengemeinde entgegenkam, die zwei Putzeimer trug. »Ich mußte dich einfach sehen«, rief sie ihr entgegen, »auch wenn mir die Worte fehlen, um dich trösten zu können! Aber vielleicht kann ich die Fenster für dich putzen?«

Nancy entschied sich dazu, Tom in Valparaiso in Nordindiana beerdigen zu lassen: dort, wo er auch aufgewachsen war. Seine Heimat schien ihr ein ungestörterer Ruheplatz zu sein als Indianapolis. Bezüglich des Termins der Beerdigung ergab sich allerdings ein Problem, denn der zuständige

Gerichtsmediziner forderte eine Autopsie des Leichnams, ließ aber noch offen, wann sie stattfinden solle. Da jedoch ein Freund der Familie seine guten Beziehungen spielen ließ, fand die Autopsie schließlich am Dienstagvormittag statt. Noch am gleichen Nachmittag wurde der Leichnam freigegeben, so daß die Beisetzung am Mittwoch angesetzt werden konnte.

Ein Mitarbeiter des beauftragten Beerdigungsinstituts meldete sich telefonisch bei Nancy, nachdem Toms Leiche dort eingetroffen war. Er erklärte ihr, daß es mehrere Stunden dauern würde, den Leichnam so herzurichten, daß er aufgebahrt werden könne. Nancy wußte nicht, was an Tom unversehrt und noch wiedererkennbar geblieben war, aber sie empfand den dringenden Wunsch, irgend etwas von ihm noch ein letztes Mal zu sehen. »Tun Sie alles, was in Ihrer Macht steht«, drängte sie den Mann. »Und wenn es nur seine Hand wäre, aber ich muß unbedingt etwas von ihm vor Augen haben.«

Gegen vier meldete sich erneut der Mitarbeiter des Bestattungsunternehmens und bat Nancy, ihm die Kleidungsstücke zu bringen, in denen Tom beerdigt werden sollte. Sie wandte jedoch ein, daß er keine Bekleidung brauche, da ihn im Sarg ohnehin nur sie und einige der engsten Anverwandten zu sehen bekommen würden. Zusammen mit ihrem Vater, Toms Mutter, ihrem Bruder und den Jungen fuhr sie zum Beerdigungsinstitut, wo sie bereits vom Pastor erwartet wurde. Er hatte schon einen Blick auf den Leichnam geworfen und versicherte ihnen, daß Tom nicht entstellt aussehe. Erst in diesem Augenblick wurde Nancy klar, daß der Kopf ihres Mannes nicht völlig zerstört worden war.

Tom lag auf einem Tisch am anderen Ende des nur gedämpft beleuchteten Raumes. Er war bis zum Hals mit einem blaßblauen Tuch zugedeckt. Sein Kopf ruhte – leicht zur rechten Seite gedreht – auf einem Kissen. Von der unverletzten Seite aus betrachtet wirkte sein Gesicht vertraut, aber von vorne schienen seine Züge verändert, denn die Haut war über die großflächige Wunde gezogen worden, um sie so gut wie möglich zu verbergen. Auf jener Seite der Stirn konnte

Nancy kleine Schnitte und Kratzer erkennen, wo der Kopf auf das Straßenpflaster aufgeprallt sein mußte. Tom trug auch nicht seine gewohnte Brille, da diese sich bei der Polizei befand, und das Beerdigungsinstitut hatte seine Haare auf der falschen Seite gescheitelt. Dennoch überkam Nancy bei dem Anblick des Leichnams das Gefühl: ›Es ist Tom, es ist wahrhaftig Tom.‹ Sie schritt um ihn herum, beugte sich über ihn und strich ihm über das Haar. Christopher tat es ihr nach, und Nancy hob Nicholas hoch, damit auch er seinen Vater ein letztes Mal sehen konnte. Dann brachte sie ihr Gesicht ganz nah an das seine, wobei sie bemerkte, daß dem Toten nicht mehr der vertraute Geruch Toms anhaftete.

Der Anblick von Toms Körper schenkte Nancy und den Jungen in gewisser Weise ein Gefühl der Erleichterung. »Jetzt geht es mir besser«, seufzte Christopher. Tom war ihnen erst entrissen und nun gewissermaßen wiedergegeben worden. Vielleicht waren es auch nur der Schock und der Kummer, der ihre Wahrnehmung an diesem Tag betäubte und sie alle vor einem allzu großen Entsetzen bewahrte. Jedenfalls hatten sie das Gefühl, als seien sie ein wenig befreit von der furchtbaren Last, die ihnen auferlegt worden war.

Nachdem sie sich Toms Anblick noch einmal gut eingeprägt hatten, bat der Pastor sie zu sich in eine Ecke des Raumes, wo er mit ihnen betete. Dann warf Nancy einen letzten Blick auf ihren Mann. Im nachhinein erschien es ihr, als habe sie nur noch einen sehr kurzen Augenblick bei ihm verweilt. Heute wünscht sie sich, sie hätte mehr von ihm gesehen und seine Hand berührt. Was sie damals davon abhielt, war die Anwesenheit der anderen. Erst später kam sie auf die Idee, daß sie durchaus darum hätte bitten können, für einen Augenblick mit ihm allein sein zu dürfen. Statt dessen war sie nur darum bemüht gewesen, die anderen, die ihr in dieser schweren Stunde beistanden, nicht dadurch zu verletzen, daß sie sie wegschickte. Außerdem hatte sie befürchtet, man könnte ihren Wunsch, mit Tom allein zu sein, als seltsam empfinden. Und schließlich hatte sie ihre Familie nicht warten lassen wollen.

Der Mitarbeiter des Beerdigungsinstitutes führte Nancy in

den Raum, in dem die Särge standen. Mit beinahe bis zu einem Flüstern gesenkter Stimme gab er ihr dort zu bedenken, daß sie all das, was sie an dem Sarg sparen würde, in die Ausbildung ihrer Söhne fließen lassen könne.

Nur mit Hilfe eines Schlafmittels fand sie in dieser Nacht etwas mehr Ruhe als in der vergangenen.

»Am Mittwochvormittag hielt der Leichenwagen vor unserem Haus, um uns abzuholen«, erzählt Nancy. »Wir fuhren mit drei Autos, und es dauerte zweieinhalb Stunden bis Valparaiso. Da der Fahrer des Leichenwagens aus Indianapolis stammte und den Weg zum Friedhof nicht kannte, fuhren wir voraus. Es war mein Wunsch gewesen, daß wir uns nur im engsten Familienkreis von Tom verabschieden sollten, und ich hatte deswegen weder den Ort noch den Termin der Beerdigung in die Zeitung gesetzt. Doch als wir beim Friedhof ankamen, warteten dort bereits um die zweihundert Leute – Menschen, die Tom noch aus seiner Jugendzeit kannten, sowie Verwandte und Freunde, die irgendwie von der Beerdigung erfahren und den weiten Weg von Indianapolis auf sich genommen hatten, um ihm die letzte Ehre zu erweisen. Ihre Gesichter wirkten alle tief betroffen. Als wir ausstiegen, kamen die Leute auf mich zu, um mir ihr Beileid auszudrücken. Hier und da sah ich ein bekanntes Gesicht, aber die meisten waren mir fremd. Schließlich begaben wir uns zum Grab, wo der Pastor eine sehr einfühlsame Predigt hielt. Anschließend warf jeder eine Handvoll Erde auf den hinabgesenkten Sarg. Ich weiß nicht mehr, was genau in mir vorging, als ich am Ende alleine davor stand – wohl so etwas wie ein letzter Abschiedsgruß: ›Mein Herz, ich liebe dich. Leb wohl.‹«

Nancy und die Jungen verbrachten die Nacht in Valparaiso, machten sich aber am nächsten Morgen gegen acht wieder auf den Heimweg. Unterwegs hielten sie bei einem McDonald's-Restaurant an, wo sie und Tom immer mit den Jungen Rast gemacht hatten. Eine Flut von Erinnerungen brach über sie herein. Kurz nach ihrer Ankunft in Indianapolis suchte

Nancy den Pastor auf und klagte ihm ihre seelischen Qualen. Er bat sie in sein Arbeitszimmer, wo sie gemeinsam um Tom weinten.

Am Freitag wurde ein Gottesdienst für Tom abgehalten, zu dem Hunderte von Menschen kamen. Viele von ihnen fanden in der Kirche keinen Platz mehr und mußten draußen bleiben oder in einen Raum ausweichen, in den der Gottesdienst per Lautsprecher übertragen wurde. Nancy, Nicholas und Christopher vernahmen die Worte des Pastors von der ersten Reihe der Kirchenbänke aus: »Was können wir angesichts dieses furchtbaren Verbrechens, das Tom aus unserer Mitte gerissen hat, sagen? Wo war Gott, als Tom ihn brauchte?«

Nach dem Gottesdienst nahm Nancy drei endlose Stunden lang Beileidsbezeugungen entgegen. Es kostete sie große Mühe, sich nicht dem Schmerz hinzugeben, denn immer wieder trieb ihr der Anblick der bekannten Gesichter die Tränen erneut in die Augen.

Als Nancy am Montag aufwachte, zeigte ihr Wecker fünf nach acht. Zusammen mit Christopher, ihrem Vater und ihrem Bruder fuhr sie in die Stadt, um Toms persönliche Dinge aus seinem Büro zu holen. An dem Tag, an dem er getötet worden war, hatte man sein Büro abgeschlossen und alles mehr oder weniger so gelassen, wie es war. Zwar waren die Aktenordner aus den Regalen genommen und die für die Abteilung wichtigen Unterlagen herausgesucht worden, aber sein Kalender mit den Terminen und den angestrichenen Lohntagen hing immer noch an der Wand. Die Fotos seiner Familie lenkten auch jetzt noch die Blicke desjenigen auf sich, der auf seinem Schreibtischstuhl Platz nahm. Es war fast so, als könne Tom jeden Moment hereinkommen. Nur der Trauerflor an der Tür erinnerte daran, was geschehen war.

Sie nahmen die Bilder von der Wand und leerten die Schubladen seines Schreibtisches. Nancys Vater hatte seine Frau verloren, als sie im Alter von nur siebenundvierzig Jahren an Krebs gestorben war, und Nancy wandte sich deshalb verständnissuchend an ihn und fragte ihn: »Wie lange wird dieser unerträgliche Schmerz wohl andauern?«

Am Nachmittag brachten sie Christopher zur Schule. Es war gerade Mittagspause – genauso wie vor einer Woche, als sie ihm die furchtbare Nachricht überbracht hatten. Er hatte am Vormittag nicht mit dem Schulbus fahren wollen, da er befürchtete, daß eine peinliche Stille eintreten würde, sobald er einstieg. Nancy schaute ihm nach, als seine Freunde ihm entgegenkamen und mit ihm hineingingen. Später einmal erzählte er ihr, daß ihm in jenem Augenblick klargeworden sei, wieviel einfacher es damals für ihn gewesen war als für sie, da er durch die Gespräche mit seinen Freunden abgelenkt wurde, während sie mit ihrer Trauer allein zu Hause saß.

Die Besucher blieben, so lange sie konnten. Die zweite Freitagnacht nach dem Mord war die erste Nacht, die Nancy allein mit den Jungen im Haus verbrachte. Gegen neun begann es heftig zu regnen. Sie ging zu Bett, aber gegen Mitternacht mußte sie aufstehen und hinuntergehen, um etwas gegen das Wasser zu unternehmen, das unter der Tür vom Hof her eindrang. Der Raum war einige Wochen zuvor schon einmal überflutet gewesen, und sie hatten gerade die Möbel wieder herrichten und den Teppich reinigen lassen. Die Handtücher, die Nancy gegen das einströmende Wasser vor die Türschwelle stopfte, halfen nicht viel. Verzweifelt lehnte sie sich gegen die Tür und begann zu weinen. Wenn Tom jetzt dagewesen wäre, hätte er bestimmt eine Ablaufrinne angelegt oder er hätte irgendeine andere Möglichkeit gefunden, um die Situation zu bereinigen. Nancy wurde schlagartig bewußt, daß für sie ein völlig neuer Lebensabschnitt begann, auf den sie überhaupt nicht vorbereitet war. Sie fühlte sich unendlich einsam. Schließlich gab sie ihre Bemühungen auf und ging wieder zu Bett.

Mitten in der Nacht stand Christopher auf, da er auf die Toilette mußte. Als er die Tür seines Zimmers öffnete und in den unbeleuchteten Flur blickte, beunruhigte ihn plötzlich die Dunkelheit, die ihm vorher nie Angst eingejagt hatte, so sehr, daß er schnell in sein Bett zurückkehrte.

Nancy wußte, daß die Polizei den Mörder, der nicht nur ihren Mann getötet hatte, in Missouri suchte und ihn noch nicht aufgespürt hatte. Sie verfolgte den Fall aufmerksam im Fernsehen, wo von Zeit zu Zeit Mike Jacksons Mutter zu sehen war, die ihren Sohn inständig bat, sich doch zu stellen. Gelegentlich wurde auch sein Bruder Jimmy gezeigt, der meist von Reportern umringt war. Auf diese Weise erfuhr Nancy, daß Jackson Familie hatte, aber da sie viel zu sehr mit sich selbst und den Jungen beschäftigt war, verschwendete sie zunächst keine weiteren Gedanken an den Mörder ihres Mannes. Nach einer Weile kam ihr jedoch in den Sinn, daß die Berichterstattung von der Suche nach ihm für sie und die Jungen später einmal von Interesse sein könnte. Deshalb begann sie, die Zeitungsartikel auszuschneiden und die Fernsehberichte auf Video aufzunehmen. Das am häufigsten in der Presse veröffentlichte Foto von Jackson stammte aus seiner Gefängniszeit im Jahr 1985, als seine vormals eitle Bedachtsamkeit auf seine äußere Erscheinung von zunehmender Verwahrlosung abgelöst wurde. Christopher und Nicholas fanden dieses Bild von ihm besonders erschreckend. »Sein Haar war darauf völlig zerzaust, seine Augen blickten wirr, er wirkte überhaupt nicht mehr wie ein Mensch«, berichtet Nancy. »Er erinnert mich viel eher an ein wildes Tier.«

Einige Wochen nach dem Mord besuchte sie ein Beamter des FBI, um ihr einige Fragen zu stellen. Das meiste, was sie ihm sagen konnte, war ihm bereits bekannt. Er wußte, um wieviel Uhr Tom das Haus verlassen hatte, er kannte dessen Besorgnis bezüglich seines Klienten, auch über den kurzen Besuch Jacksons in Toms Büro war er informiert und darüber, daß Tom seine Frau um keinen Preis hatte beunruhigen wollen. Als der Beamte schließlich fragte, ob ihr zwischenzeitlich noch irgend etwas eingefallen sei, antwortete sie: »Ich denke, wenn Tom wirklich gewußt hätte, wie gefährlich dieser Jackson ist, wäre er bestimmt nicht zu ihm gegangen.«

Ein Hilfsfonds wurde gegründet, um Geld für die Ausbildung der Jungen zu sammeln. Ganze Schulklassen, Kinder und deren Eltern, Nachbarn, Freunde aus Toms Jugendzeit oder aus der Gemeinde, Kollegen, aber auch Leute, die lieber ungenannt bleiben wollten, sowie Bewährungshilfebüros beteiligten sich an der Sammelaktion. Obwohl sich Nancy trotz allen Kummers nie so weit hinreißen ließ, einfach die Vorhänge zuzuziehen und im Bett zu bleiben, so litt sie doch zunehmend unter Appetitmangel. Die vielen Zahlungseingänge für den Hilfsfonds mußten ebenso beantwortet werden wie die zahllosen Beileidsbriefe und -karten. Nancy entwarf schließlich für Fremde, die ihre Handschrift nicht kannten, einen Modell-Antwortbrief, aus dem sie Auszüge herauskopierte. Auf diese Weise konnte sie oft bis zu achtzig Briefe am Tag erledigen.

Freunde schenkten ihr Bücher über Trauerbewältigung, aber sie fand gar nicht die Zeit, sie zu lesen. Um das Geschehene endgültig verarbeiten zu können, gewöhnte sie sich an, stets zu sagen, daß Tom ermordet worden wäre: er war nicht einfach nur gestorben, sein Tod war kein natürlicher Tod gewesen.

Um Christophers und Nicholas' Willen war Nancy darum bemüht, sich so gut es ging zusammenzureißen. Nicht daß es ihr etwas ausgemacht hätte, wenn ihre Söhne sie weinen sahen – oft weinten sie alle drei gemeinsam –, aber sie beteuerte den Jungen gegenüber immer wieder, daß sie es schaffen würden, daß sie genau wüßte, wie man Schecks ausstellte und daß sie sie schon durchbringen würde. Christopher versicherte sie beruhigend, daß er im Haus nicht die Aufgaben seines Vaters zu übernehmen brauche, denn sie habe vor ihrer Heirat auch alleine gelebt und einen Haushalt geführt. Wenn sie auch sonst nicht viel tun konnte, so hatte sie doch zumindest die Möglichkeit, den Kindern das Gefühl zu geben, in einer Familie aufzuwachsen. In der Erfüllung dieser Aufgabe sah Nancy ihre allergrößte Pflicht.

Allerdings spürte sie, daß sie nicht über den schrecklichen

Verlust hinwegkommen würde, solange sie nichts Genaueres über das wußte, was wirklich vorgefallen war. Die Zeitungs- und Fernsehberichte gaben ein nur äußerst unzureichendes Bild von jenen Ereignissen. Eines Nachmittags – einige Wochen, nachdem der Mord passiert war – erhielt sie erneut Besuch von einem Beamten des FBI. Nachdem er fortgegangen war, hatte sie das Gefühl, daß sie nun die meisten Fakten kannte. Wenn sie die Augen schloß, konnte sie sich ausmalen, wie ihr Mann – den Arm an die Seite gepreßt – rückwärts vor Jackson zurückgewichen war und ihn angefleht hatte, nicht zu schießen. Sie konnte sich auch vorstellen, wie Jackson sich dennoch mit dem Gewehr über Tom gebeugt hatte. In ein Notizbuch legte sie ein Bild aus der Zeitung, das zeigte, wie Tom auf der Straße lag. Aus der Stellung, in der er dalag, rekonstruierte sie, wie er gefallen sein mußte. »Ich habe mir immer und immer wieder den Kopf über den Tathergang zerbrochen und das Foto genauestens studiert«, berichtet sie. »Es ist alles, was mir geblieben ist.«

Einige Wochen nach Toms Tod hatte Nancy plötzlich eine Eingebung, daß er vielleicht irgendeine Abschiedsbotschaft hinterlassen haben könnte. Sie räumte all seine Kleidung aus der Kommode und entfernte das Papier, mit dem die Schubladen ausgeschlagen waren; dann drehte sie die Taschen seiner Hosen und Jacken nach außen. Doch auch das Durchstöbern seiner Regal- und Schrankfächer brachte nichts zutage. Etwa anderthalb Monate nach seinem Tod fand sie einen Fotoapparat, in dem sich noch ein Film befand, der vor der Ermordung Toms belichtet worden war. Sie hoffte, auf diesem Film etwas zu entdecken, was den Schmerz über ihren Verlust vielleicht ein wenig lindern könnte – eine kleine Geste vielleicht, eine versteckte Liebesbotschaft. In ihrer Verzweiflung schien es ihr nicht unmöglich, daß Tom sein Ende vorausgeahnt und versucht haben könnte, ihnen den Abschied zu erleichtern. Als der Film entwickelt war, stellte sich aber heraus, daß auf den Bildern hauptsächlich die Jungen zu sehen waren. Nur in der Ecke eines einzigen Fotos konnte man Toms Fuß erkennen.

Eine Fallstudie

Die Ehe zwischen Mike Wayne Jackson und Carolyn Long wurde im Januar 1964 in Indianapolis geschlossen. Braut und Bräutigam waren zu diesem Zeitpunkt gerade erst achtzehn Jahre alt. Carolyns Vater hatte sich bemüht, ihr die Heirat auszureden. Noch während er seine Tochter durch den Mittelgang der Kirche zum Altar führte, versuchte er seine Tochter davon zu überzeugen, daß es ›nicht zu spät‹ für sie sei, sich eines Besseren zu besinnen. Nachdem Carolyn ein Jahr zuvor an der High-School ihren Schulabschluß gemacht hatte, wohnte sie noch immer bei ihren Eltern, arbeitete aber nun in der Fabrik. Auch ihr Verlobter lebte noch bei seiner Mutter, war jedoch arbeitslos. Zuerst hatte Carolyns Vater, der von Beruf Zimmermann war, ihn als Gehilfen unter seine Fittiche genommen, damit Mike überhaupt eine Chance erhielt, seine Frau ernähren zu können. Da Carolyns Vater allerdings die Abneigung gegen seinen zukünftigen Schwiegersohn nicht verhehlte, herrschten ständig Spannungen zwischen den beiden, während sie mit ihrem Handwerkszeug auf Leitern und Gerüsten hantierten. Außerdem gefiel es Mike gar nicht, herumkommandiert zu werden. Oft kam er zu spät zur Arbeit oder ließ sich überhaupt nicht blicken. Er hatte nie eine Ausbildung erhalten, lernte nur unwillig und verfügte über keinerlei Durchhaltevermögen, um auch nur die simpelsten Tätigkeiten, geschweige denn komplizierte Arbeitsvorgänge auszuführen. Nach zwei Monaten hatte Carolyns Vater die Nase voll gehabt und ihn gefeuert.

Mike und Carolyn hatten sich als Siebzehnjährige eines Freitag abends auf einer Party kennengelernt. Ohne je ein Wort mit ihm gewechselt zu haben, war er ihr bereits des öfteren aufgefallen, wenn er mit dem Wagen seiner Mutter vor der Schule hielt und diesem oder jenem Mädchen den Hof machte und galant die Beifahrertür öffnete. Mike hatte die Schule bereits nach der neunten Klasse verlassen. Seine Zeugnisse, die seine Mutter mit einer Schnur bündelte und noch heute in einer Schublade verwahrt, belegen, daß er anfangs weder mit Addieren noch Subtrahieren und auch nicht mit Rechtschreibung noch mit dem Aufzählen der Hauptstädte der amerikanischen Bundesstaaten Probleme hatte. Algebra, Literatur und Geschichte bereiteten ihm jedoch später zunehmend Schwierigkeiten, bis er schließlich in allen Fächern versagte, ohne auch nur in einem einzigen glänzen zu können. Überhaupt hielt er nicht viel vom Lernen und reagierte auf die kleinste Schwierigkeit mit Ungeduld. »Es schien ihm damals so, als wüchse ihm alles über den Kopf«, erklärte Carolyn. Auf jener Party hatte Mike sie zum Tanzen aufgefordert, und von dem Abend an war sie das einzige Mädchen, das je Schulter an Schulter mit ihm im Wagen seiner Mutter gesehen wurde.

Carolyn hatte keine Vorstellung davon, was er den ganzen Tag über trieb. »Ich nahm einfach an, daß er mit den anderen Jungen zusammen herumhing und das tat, was Jungen eben so anstellen.« Sie wußte auch nichts darüber, wie er aufgewachsen war, und schnitt dieses Thema auch niemals an. Zwar hätte sie es gern getan und mit ihm auch über ihre Gefühle und Sehnsüchte gesprochen, wie es für Verliebte normal ist, aber Mike zeigte hierzu keinerlei Neigung. Er signalisierte ihr nur allzu deutlich, daß er keinerlei Fragen über sich wünschte. Bei den wenigen Gelegenheiten, als das Gespräch doch einmal auf seine Kindheit kam, gab er ihr nie eine Antwort und zeigte auch nie das geringste Interesse, etwas über Carolyns Vergangenheit zu erfahren. Über ihn wußte sie nur, daß er als Dreijähriger in eine Erziehungsanstalt eingewiesen worden war, weil er eine Taxifahrerin mit einem Revolver bedroht und ihr Geld gestohlen hatte. Carolyn bereitete diese Geschichte allerdings kein Kopfzerbrechen. »Ich dachte, da er nun mit mir zusammen war, sei alles in bester Ordnung«, gesteht sie. »In meinem jugendlichen Leichtsinn war ich mir sicher, daß all jene Scherereien weit hinter ihm lagen und für uns keine Bedeutung mehr hatten.«

Zusammen mit den Zeugnissen verwahrte Mikes Mutter in der Schublade auch eine Reihe Fotos von ihrem Sohn. Sie zeigen Mike als Baby, als einen heranwachsenden Jungen zwischen seinen jeweiligen Klassenkameraden, auf einem Schulausflug zum Angeln mit den wie Siegeswimpel auf einer Schnur aufgezogenen Fischen vor der Brust, und auf der Stoßstange des Wagens seiner Eltern sitzend. Von seiner Mutter auf der Rückseite der Fotos gekritzelte Notizen verraten, daß Mike zu seinem ersten Geburtstag von den Großeltern einen Dollar geschenkt bekam, daß er bei den Pfadfindern aufhörte, um mehr Zeit zum Baseball-Spielen zu haben, statt dessen aber so viel allein herumhing, daß seine Mutter begann, sich Sorgen um ihn zu machen. Ferner ist dokumentiert, daß er gerne mit dem Fahrrad fuhr, Steine und alte Schlüssel sammelte und daß sein Lieblingslied als kleines Kind ›Stille Nacht, Heilige Nacht‹ gewesen war.

Mike hatte zwei Brüder und zwei Schwestern, die alle älter waren als er. Er zog es allerdings vor, allein vor dem Haus, in den Wäldern oder am Fluß zu spielen oder mit dem Rad über die Wege zwischen den Feldern zu fahren. Er lebte gern in seiner Traumwelt und konnte sich stundenlang selbst beschäftigen. Auffällig an ihm war auch, daß er Tiere sehr liebte und es kaum ertragen konnte, wenn seine Mutter eines der Hühner schlachtete. »Als Kind wirkte er weich und zerbrechlich«, erinnert sich eine seiner Schwestern. »Die Welt schien für ihn viel zu hart und zu grausam. Wenn ihn einmal etwas bedrückte, fiel es ihm schwer, sich davon freizumachen.« Hätte Mike sich jemals dazu überwunden, mit Carolyn über seine Kindheit zu sprechen, dann hätte er ihr wahrscheinlich über die Angewohnheit seines Vaters berichtet, ihn immer wieder damit aufzuziehen, daß er nicht sein Sohn sei. Mikes Vater stammte ursprünglich aus Mississippi und war ein Schmied, der mit seiner Familie nach Indianapolis gekommen war, um hier eine besser bezahlte Arbeit zu finden. Er galt als jemand, der den richtigen Riecher für gute Geschäfte hatte, seine Talente aber durch sein Trinken vergeudete. Seinen Kindern schien es so, als sei er öfter auf Sauftour als zu Hause gewesen. Hielt er sich im Kreise seiner Familie auf, dann liebte er es, die heranreifenden Körperformen seiner Töchter zu kommentieren und hierzu auch seine Freunde anzuhalten, während die Mädchen beschämt auf seinen Schutz hofften. Eine Zeitlang betätigte er sich als Schrottsammler und machte entlang seiner Route gewöhnlich in mehreren Bars halt, um sich dort mit diversen Frauenbekanntschaften zu vergnügen. Er betrog seine Frau jedoch nicht nur, sondern neigte in betrunkenem Zustand auch zu Jähzorn.

Mikes Mutter war eine willensstarke und strenge Frau, die alles in ihrer Macht Stehende tat, um ihren jüngsten Sohn vor jedem verderblichen Einfluß zu bewahren. So bestand sie darauf, daß er regelmäßig in die Kirche ging, und immer, wenn Mike ihr berichtete, daß er seiner Meinung nach etwas gut gemacht habe, belehrte sie ihn, daß er es noch besser hätte machen können. Carolyn gewann später den Eindruck, daß Mike seiner Mutter gegenüber in die Rolle des übereifrigen Strebers geschlüpft war, um ihr sein wahres Wesen zu verbergen und ihr statt dessen weiszumachen, daß er genau ihrer Vorstellung von einem idealen Sohn entsprach.

Als Mike acht Jahre alt war, ließ sein Vater die Familie endgültig im Stich. Zuerst nahm er sich ein eigenes Apartment, hauste dann in einem Wohnwagen und wurde schließlich in ein Krankenhaus eingeliefert, wo er wenig später starb. Während dieser Zeit unterhielt seine Familie kaum Kontakte zu ihm. Mike besuchte ihn nur gelegentlich in seinem Wohnwagen, um Geld von ihm zu borgen, das er ihm nie zurückzahlte, oder um ihm Schußwaffen, aber auch Handtücher und Bettzeug zu stehlen, wenn sein alter Herr es im Vollrausch mal wieder nur noch bis zum Sofa geschafft hatte. Die Waffen verkaufte er später, während er die übrigen Sachen an Mädchen weiterreichte, von denen er wußte, daß sie gerade eine eigene Wohnung bezogen hatten.

Mike sprach fast nie von seinem Vater. »Das wäre ihm einfach unangenehm gewesen«, erläutert einer seiner Freunde, »und Mike mochte sich nicht mit Unangenehmem auseinandersetzen.« Als sein Vater noch in dem Wohnwagen lebte, brachte er eines Tages den Penisknochen eines Bären mit. »Das Ding war immer das erste, was er seinen Besuchern zeigte«, berichtete ein Mann, der ihn kannte. »Man konnte reden, über was man wollte – immer lenkte er das Gespräch in Null Komma nichts auf das gleiche Thema.« Und immer, wenn er seine Trophäe herumzeigte, behauptete er, den Bären draußen in den Wäldern, nur mit einer kleinkalibrigen Pistole bewaffnet, höchstpersönlich erlegt zu haben.

Wie jeder Heranwachsende entwickelte auch Mike eine gewisse Selbstverliebtheit in seine eigene Erscheinung. Sein Teint war rein und ansehnlich, aber seine Hände erregten sein Mißfallen. Da sie schmal und zart waren, erschienen sie ihm so unmännlich, daß er sie gewöhnlich in seinen Hosentaschen verbarg.

Die Hochzeit war ursprünglich für September geplant. Daß auch Carolyns Mutter dagegen war, hatte allerdings nichts damit zu tun, daß sie etwas gegen Mike gehabt hätte. Im Gegenteil, sie hielt ihn für einen ausgesprochen höflichen jungen Mann, der lobenswerterweise auf seine äußere Erscheinung achtete. Ihrer Meinung nach war ihre Tochter ganz einfach zu jung für eine Ehe.

Anfang September läutete frühmorgens Carolyns Telefon. Sie wurde von Mikes Mutter darüber informiert, daß ihr Sohn von der Polizei abgeholt worden war, weil er unter dem Verdacht stand, in der Nacht zuvor eine Frau vergewaltigt zu haben. Am Vorabend waren Mike und Carolyn im Autokino gewesen, und etwa zur gleichen Zeit, als er sie bei ihren Eltern abgesetzt hatte, war ein Mann auf der Beifahrerseite in ein Auto eingestiegen, das gerade an einer nur wenige Meilen von Carolyns Haus entfernt liegenden Kreuzung gehalten hatte. Der Unbekannte hatte ein Messer gezückt und die Fahrerin dazu gezwungen, zu einer abgelegenen Stelle zu fahren, wo er sich dann an ihr verging. Abgesehen davon, daß Mike praktisch an zwei Orten hätte gleichzeitig sein müssen, waren die Beschuldigungen gegen ihn offensichtlich so sehr an den Haaren herbeigezogen, daß Carolyn keinen Gedanken daran verschwendete, ernsthaft über die mögliche Schuld ihres Verlobten nachzudenken. Sie machte sich sofort auf den Weg, um ihn im Untersuchungsgefängnis zu besuchen, mußte sich allerdings bis zum Folgetag gedulden, da bei ihrer Ankunft keine Besuchszeit war. Binnen kürzester

Zeit kümmerte sich Mikes Familie darum, für ihn den angesehensten Strafverteidiger von Indianapolis zu engagieren.

Vor Gericht bot Mike ein untadeliges Erscheinungsbild, als er wie ein Unschuldslamm auf der Anklagebank Platz nahm. In seinem dunklen Anzug, zu dem er ein weißes Hemd, eine Krawatte und blankpolierte Schuhe trug, und mit den kürzlich geschnittenen Haaren, machte er zumindest auf Carolyn den Eindruck, daß er kein Wässerchen trüben könne. Der Prozeß begann in der ersten Dezemberwoche 1963 und dauerte eine Woche. Carolyn sagte aus, daß Mike zu der fraglichen Zeit des Verbrechens mit ihr zusammen gewesen sei. Außerdem beschrieb sie ihn als einen fürsorglichen und zärtlichen Menschen. Als dann das Opfer der Vergewaltigung – eine unscheinbar wirkende dunkelhaarige Frau – in den Zeugenstand trat und ihre Leidensgeschichte schilderte, konnten sich nach Carolyns Eindruck viele der Anwesenden nicht vorstellen, daß dieser nett und unbescholten wirkende junge Mann zu etwas so Verwerflichem in der Lage sein sollte. Viel wahrscheinlicher schien, daß sie es auf ihn abgesehen hatte.

Als der Verteidiger sie dazu aufforderte, ihren Peiniger im Gerichtssaal zu identifizieren, deutete sie auf Mike. Dann wurde ihr jedoch eine Reihe von Fotografien verschiedener Männer vorgelegt, und ihre Wahl fiel auf ein Bild, das nicht Mike, sondern einen anderen zeigte.

Als der letzte Verhandlungstag spätnachmittags zu Ende ging, begaben sich Carolyn, der Verteidiger, Mikes Mutter und Mikes Stiefvater mit ein paar Freunden in ein dem Gerichtsgebäude nahegelegenes Lokal, um über die für den nächsten Tag anstehende Urteilsverkündung zu spekulieren. Erwartungsgemäß kehrte Mike mit einem Freispruch in die Arme seiner Verlobten zurück und nahm zusammen mit ihr zahlreiche Glückwünsche zu dem Urteil und zu ihren Heiratsplänen entgegen.

Nach der Hochzeit zogen Carolyn und Mike in ein eigenes Apartment. Nachdem sie dort ihren ersten gemeinsamen Monat verlebt hatten, blieb Mike eines Abends so lange aus, daß Carolyn allein zu Bett ging und in der Dunkelheit auf das

Geräusch seines Schlüssels im Türschloß wartete. Als er irgendwann nach Tagesanbruch heimkehrte, entschuldigte er sich zwar bei Carolyn, gab aber keinerlei Begründung für sein Ausbleiben, obwohl sie mehrmals nachfragte. Von dem Zeitpunkt an mußte sich Carolyn langsam daran gewöhnen, daß ihr Mann sie abends und nachts des öfteren ohne Erklärung allein ließ. Und langsam dämmerte bei ihr die Erkenntnis, daß er ein Doppelleben führte. Meistens war er zwar am folgenden Morgen zurück, aber manchmal blieb er auch länger fort. Carolyn, die immer noch beider Unterhalt in der Fabrik verdiente, drängte ihn dazu, endlich auch einer geregelten Arbeit nachzugehen. Ihre berechtigte Empörung ließ ihn anfangs jedoch völlig kalt. Später reagierte er zunehmend ungehalten und sogar jähzornig, sobald sie das Thema auch nur anschnitt.

Carolyn war inzwischen schwanger geworden. Als allerdings an einem Nachmittag im Februar 1965 die Wehen einsetzten, war Mike nirgendwo aufzufinden, so daß sie selbst zusehen mußte, wie sie ins Krankenhaus kam. In der darauffolgenden Nacht brachte sie eine Tochter zur Welt. Mike tauchte erst am nächsten Vormittag auf. Er hatte – wie Carolyn nach ihrer Entlassung erfuhr – während ihrer Entbindung mit ihrer besten Freundin im Bett gelegen.

Im weiteren Verlauf der Wintermonate begann Mike damit, Bilder und Lampen mit nach Hause zu bringen und sie dort im Flur sowie im Wohnzimmer zu lagern. Er deutete mit keinem Fingerzeig an, woher die Gegenstände stammten oder warum er sie zu Hause verwahrte, doch Carolyn vermutete, daß es sich um Diebesgut handelte. Als das erste Mal Polizisten vor der Tür standen und einen Blick in ihre Wohnung werfen wollten, war Mike außer Haus – nachdem er am Vortag alle Bilder und Lampen abtransportiert hatte.

Gelegentlich verließ Mike abends das Apartment durch die Hintertür, um wenig später mit Gartenstühlen der Nachbarn wiederzukehren, die er in einem abgetrennten Teil des Hinterhofes verbarg. Als die Kapazität dieses vor neugierigen Blicken geschützten Verstecks allerdings nach und nach erschöpft war, wurden die Gartenstühle im Wohnzimmer eingelagert. Dort entfernte er die Stoffe von den Sitz- und Rückenflächen, um schließlich das übrigbleibende Aluminiumgestänge als Schrott zu verkaufen.

Im Frühjahr 1966 wurde Carolyn zum zweitenmal schwanger. Da sie zwei Wochen vor ihrer Entbindung die Arbeit in der Fabrik niederlegen mußte, stand sie ohne Geld da, denn Mike behielt alles, was er einnahm, ausnahmslos für sich. Einzig und allein Carolyn mußte in der Zwischenzeit für die Miete und die laufenden Haushaltskosten aufkommen. Außerdem erlaubte ihr Mike auch nicht, Besuch zu empfangen, so daß sie – abgesehen von ihren Kontakten zu Kollegen am Arbeitsplatz – ein sehr einsames Dasein fristete. Kurz bevor sie ins Krankenhaus ging, war Mike abends in die Wohnung zurückgekehrt und dort auf eine Freundin von ihr gestoßen. »Es ist Zeit für Sie zu gehen«, hatte er nur gesagt und die Frau trotz ihrer und Carolyns Protesten kurzerhand am Arm gepackt und auf die Straße gesetzt. Anschließend hatte er zum erstenmal auch gegen Carolyn Gewalt angewendet, indem er sie roh gegen einen Schrank schleuderte. Nach diesem Vorfall war sie zunächst zu ihrer Tante geflüchtet und dann ins Krankenhaus gegangen, wo sie ihre zweite Tochter gebar. Fortan vermied sie jeden Kontakt zu Mike und zog mit beiden Kindern zu ihrer Mutter.

Als Carolyn wieder imstande war, in der Fabrik zu arbeiten, mußte sie den Bus nehmen, um zu ihrem Arbeitsplatz zu gelangen. Jeden Morgen, wenn sie das Werksgelände betrat, und jeden Abend, wenn sie es wieder verließ, sah sie Mike mit seinem Wagen um den Block kurven. Er hielt jedoch niemals an, um mit ihr ein Wort zu wechseln, und würdigte sie demonstrativ keines Blickes, wenn er ihren Weg kreuzte. Eines Abends aber stoppte er auf ihrer Höhe und bat sie in den Wagen: »Warum steigst du nicht einfach ein, und wir reden über alles?« Carolyn folgte seiner Aufforderung, und irgendwie fand er wohl die richtigen Worte, so daß sie ihm schließlich – nach eigener Aussage – »wieder auf den Leim ging«.

Mike und Carolyn zogen mit den Kindern in ein Apartment, das in einem großen Wohnblock gelegen war. Eingepfercht zwischen Nachbarn, deren Treiben Carolyn höchst zweifelhaft erschien, mußte sie erneut miterleben, wie Mike wieder in seine altbekannte Unstetigkeit verfiel. Ohne Vorankündigung machte er sich des öfteren auf, um ›mal eben nach Illinois‹ oder Tennessee zu fahren, ohne daß Carolyn einen blassen Schimmer davon gehabt hätte, wohin er wirklich ging. Bei seiner Rückkehr hatte er jedesmal Geld bei sich und behauptete, daß es ihm leid tue, sie allein gelassen zu haben. Allerdings nannte Mike nach wie vor keinen Grund für sein regelmäßiges Verschwinden. Er wirkte außerdem selten länger als einen Tag zerknirscht, sondern verließ die Wohnung bald wieder – einmal sogar für zwei Wochen.

Das meiste von seinem Geld gab er für sich selbst aus, aber als Carolyn eines Abends von der Arbeit zurückkehrte, stellte sie fest, daß Mike die ganze Wohnung neu eingerichtet hatte. »Von den Möbeln bis zu den Bettlaken war alles neu, und auch die Mädchen hatten neues Spielzeug bekommen.« Plötzlich schien es, als ob er sich seiner Verantwortung für die Familie bewußt geworden wäre. Carolyn hat noch ein Foto von Mike, das ihn mit einem der Kinder auf dem Schoß zeigt. Als die Kleine krank aus der Schule heimgekehrt war, hatte Mike eine Wanne mit Schnee gefüllt und zusammen mit ihr einen Schneemann gebaut. Seine Tochter kann sich allerdings nicht mehr daran erinnern.

Kurz nachdem Mike das Apartment neu eingerichtet hatte, wurde er von der Polizei abgeholt und drei Tage lang festgehalten. Carolyn ahnte nichts Gutes und nutzte unterdessen seine Abwesenheit, um mit ihren Töchtern wieder zu ihrer Tante zu ziehen. Als sie noch einmal in das Apartment zurückkehrte, um ein paar Sachen für sich und die Kinder zu holen, mußte sie jedoch feststellen, daß es vollständig ausgeräumt worden war. Mike hatte alles zum Haus seiner Mutter geschafft, so daß Carolyn nicht anderes übrigblieb, als ihm mit den Mädchen dorthin zu folgen.

So lebte sie eine Weile zusammen mit Mike, seiner Mutter Modean und seinem Stiefvater Everett Embry sowie dessen

Zwillingen aus erster Ehe unter einem Dach. Während Carolyn in der Fabrik arbeitete, kümmerte sich Modean um die Kinder. Eines Tages stellte Carolyn fest, daß sie erneut schwanger geworden war, hatte jedoch bald darauf nachts eine Fehlgeburt. Der herbeigerufene Arzt bat sie um die Erlaubnis, den Fötus zu näheren Untersuchungen in ein Labor bringen zu lassen. Mike übernahm diese Aufgabe, aber der Fötus traf nie an seinem Bestimmungsort ein. »Zwei ganze Tage lang weinte er immerfort«, erklärte Carolyn, »und als wir ihn fragten, was aus dem Fötus geworden sei, beteuerte er nur, er habe ihn verabredungsgemäß abgeliefert. Aber ich vermute, daß er ihn irgendwo begraben hat.«

Im Frühjahr 1967 wurde Mike wegen Diebstahls und Scheckbetrugs zu einer Gefängnisstrafe verurteilt. Zuvor hatte es zwischen ihm und Carolyn ständige Spannungen gegeben. Wie eine der beiden Töchter berichtet, erinnere sie sich nur daran, daß ein Elternteil immer den anderen beschimpft und angeschrien habe. Mike wurde nach Michigan City überstellt: ein altes, festungsähnliches Gefängnis im Norden Indianas. Während er dort seine Haftstrafe verbüßte, reichte Carolyn die Scheidung ein.

Zusammengepfercht mit vielen hartgesottenen Schwerverbrechern mußte Mike zwei lange Jahre in den Mühlen des Strafvollzuges von Michigan City durchstehen. Es war eine Lehrzeit, die nicht spurlos an ihm vorüberging. Obwohl er insgesamt nur wenig – und gegenüber Carolyn überhaupt nicht – von dem sprach, was er dort erlebt hatte, war für Leute, die ihn kannten, nicht zu übersehen, daß er sich verändert hatte. Nach seiner Entlassung war er vor Carolyns Wohnungstür aufgetaucht. Sie hatte ihm zunächst zu verstehen gegeben, daß er kurz hereinkommen könne, um die Kinder zu sehen, aber nicht lange bleiben dürfe. Doch Mike hatte sich ihren Wagen geliehen, war zu seiner Mutter gefahren, weil er seine bei ihr verwahrten Sachen zusammensuchen wollte, und war dann zu Carolyn zurückgekehrt, um sich bei ihr einzunisten. In den nachfolgenden sechs Monaten wurde er zwar regelmäßig auf Drogenmißbrauch hin kontrolliert, aber trotzdem mußten sich seine beiden Töchter an den Anblick gewöhnen, ihren Vater von Zeit zu Zeit mit einer Nadel im Arm anzutreffen.

Eines Morgens erwachte Carolyn davon, daß ein harter Gegenstand gegen ihre Schläfe gedrückt wurde. Als sie ihre Augen aufschlug, erblickte sie den Lauf eines Revolvers. »Ich werde dir das Gehirn rausblasen«, flüsterte Mike ihr zu. »He, mein Schatz, was ist los mit dir?« hatte sie ihn gefragt, doch Mike hatte nur geantwortet: »Du weißt schon, was los ist.« Verständnislos hatte Carolyn erdulden müssen, daß er ihr beinahe zehn Minuten lang die Waffe gegen die Schläfe preßte, bevor er unvermittelt aufsprang und verschwand. Ein andermal war sie gerade damit beschäftigt gewesen, ihm sein Frühstück zu bereiten, als er in die Küche trat, alle ihre mit Mehl, Zucker und Kaffee gefüllten Dosen auf den Boden warf und sie dann mit Gewalt auf die Knie niederzwang, um alles sauberzumachen. Als sie endlich mit allem fertig gewesen war, hatten Tränen in seinen Augen gestanden. Es war keinesfalls unüblich für ihn, nett plaudernd neben ihr auf dem Sofa zu sitzen, um ihr dann übergangslos im nächsten Augenblick den Arm auf den Rücken zu drehen. Sie hatte ihn immer wieder gefragt: »Was ist denn nur los?« Und er hatte immer nur entgegnet: »Du weißt schon, was los ist.« Dabei hatte seine Stimme den gleichen Klang wie bei anderen Gelegenheiten, wenn er ihr gestand, daß er sie liebe.

Mehrere Male noch verließ Carolyn ihn, um doch immer wieder zu ihm zurückzukehren. Während einer der Trennungsphasen war Mike plötzlich an ihrem Arbeitsplatz aufgetaucht und hatte sie zum Auto gezerrt, um anschließend mit ihr in der Gegend herumzufahren. Jedesmal, wenn er von ihr nach dem Ziel der Fahrt gefragt worden war, hatte er sie geschlagen. Nach einiger Zeit hatte er Carolyn dann schließlich bei ihrer Mutter abgesetzt. Als sie am nächsten Tag in der Fabrik erschien, hatte sie ein blaues Auge und ein großes Pflaster über ihrer gebrochenen Nase.

Warum sie das alles über sich ergehen ließ, kann Carolyn auch heute nicht erklären. Allerdings betont sie, daß es zu jener Zeit unüblich gewesen sei, die Polizei zu rufen, »nur weil eine Frau von ihrem Mann geschlagen wurde. Die Polizisten hätten nur wenig Aufhebens wegen der ganzen Sache gemacht und ohnehin Partei für den Ehemann ergriffen. Deshalb habe man als Frau zusehen müssen, die Prügel wegzustecken und sich wieder an die Arbeit zu machen. Außerdem wäre keine Frau auf den Gedanken gekommen, das Ganze an die große Glocke zu hängen.«

Eines Morgens packte Mike sie erneut, und es gelang ihm, ihre Arme an die Bettpfosten zu binden und auch ihre Beine zu fesseln, obwohl Carolyn sich nach Leibeskräften wehrte. Da das Spritzenbesteck bereits neben dem Bett lag, wußte sie nur zu gut, was er vorhatte. Schon mehrmals hatte Mike sie gedrängt, die gleichen Drogen wie er selbst zu nehmen, doch sie hatte sich immer standfest geweigert: nicht zuletzt deswegen, weil sie wußte, daß Mike sich keine Gedanken über die Dosis und die Wirkung dessen machte, was er ihr da in die Venen jagen wollte. Carolyn fügte sich erst in ihr Schicksal, als er die Nadel in ihren Arm stach. Das Heroin machte sie zunächst schläfrig, drehte ihr dann aber den Magen um, so daß sie sich übergeben mußte. Im Hinblick auf den weiteren Verlauf des Tages – es war übrigens Muttertag – erinnerte sich Carolyn nur noch daran, daß Mike sie zu ihrer Mutter fuhr und daß sie fürchterliche Kopfschmerzen hatte.

Mike kümmerte es nicht sehr, daß sie geschieden waren; er sagte immer, daß sie ja schließlich wieder heiraten könnten. Carolyn entgegnete gewöhnlich: »Aber warum denn, Mike? Es macht doch keinen Unterschied, ob wir mit oder ohne Trauschein zusammenleben.« Aber eines Nachmittags kam Mike heim und hatte eine Heiratserlaubnis bei sich. Noch am selben Abend stapften er und Carolyn durch den kniehohen Schnee, um von einem abgeschieden wohnenden Prediger erneut getraut zu werden: beide in ihren Jeans und ohne Ringe, weil Mike Carolyns ganzen Schmuck versetzt hatte.

Während Carolyn in der Fabrik arbeitete, kümmerte sich normalerweise eine von ihr engagierte Frau um die Mädchen. Als Carolyn an einem der vorweihnachtlichen Abende des Jahres 1971 die Wohnung betrat, stellte sie jedoch erstaunt fest, daß Mike mit den Kindern spielte und vorschlug, einen gemeinsamen Einkaufsbummel zu unternehmen. Während sie in der Küche für die Familie das Abendbrot vorbereitete, war er plötzlich hinter sie getreten, hatte zärtlich die Arme um sie gelegt, ihr einen Kuß gegeben und gesagt: »Warum gehst du nicht einfach hinauf und machst dich frisch, während ich es übernehme, uns ein paar Sandwiches mit Thunfisch zu machen?« Die vier hatten zusammen gegessen, und obwohl es nur ein einfaches Mahl war, hatte Mike den Eindruck vermittelt, als genieße er ein Festessen. Anschließend waren sie zu einem nahe gelegenen Einkaufszentrum aufgebrochen. Auf der Fahrt dorthin spürte Carolyn, wie ihr Atem flacher wurde und ihr Herz zu rasen begann. Als sie die sich automatisch öffnenden Eingangstüren passierte, drangen das Licht, die Stimmen der Menschen und die Musik aus den Lautsprechern mit solch unnatürlicher Intensität auf sie ein, daß sie unter Angstzuständen litt. Carolyn sank auf die Knie und rief: »Mike, ich glaube, ich sterbe!« Er hatte sie wieder nach Hause gebracht und dann ihre Mutter angerufen, der er erklärte, daß Carolyn sich nicht wohl fühle; er bat sie, die Mädchen zu sich zu nehmen. Den Rest des Tages verbrachte Carolyn im Bett, wo sie sich zusammenkauerte, während Mike zuerst nur am Fußende saß. Von Zeit zu Zeit aber kniete er neben ihrem Bett nieder, und zumindest einmal schlug er sie auch. Am nächsten Morgen fühlte sich Carolyn besser, brauchte aber dennoch mehrere Tage, bis sie sich wieder ganz erholt hatte. Erst jetzt wurde ihr klar, daß Mike LSD unter den Thunfisch gemischt hatte.

Mehr als zwanzigmal war Carolyn von Mike fortgelaufen und dann schließlich doch zu ihm zurückgekehrt. Im Juni 1972 trennte sie sich jedoch endgültig von ihm. Schon während Mike in Michigan City inhaftiert gewesen war, hatte Carolyn einen Mann namens Charley kennengelernt und ein Verhältnis mit ihm begonnen. Sie beendete es, als Mikes Entlassung bevorstand, aber dennoch eröffnete Mike ihr eines Morgens unvermittelt, daß er über Charley Bescheid wisse. Diese Äußerung und Mikes seltsamer Blick führten bei Carolyn zu der sich plötzlich abzeichnenden Gewißheit, daß es für sie besser sei, sich schleunigst aus dem Staub zu machen, sofern sie nicht fortan um ihr Leben fürchten wollte. Sie wandte sich zunächst von ihm ab, um ihren Schrecken zu verbergen und um einen klaren Kopf zu bekommen. Dann stammelte sie, daß sie sich nicht wohl fühle und ihren Chef anrufen müsse, um ihm mitzuteilen, daß sie nicht kommen werde.

Da Carolyn und Mike selbst kein Telefon hatten, mußte sie hinüber zur Nachbarin, von wo aus sie das Gespräch führte. Carolyn rief jedoch auch ihre Mutter an und bat sie, mit dem Wagen zu einem verabredeten Punkt zu fahren und dort auf sie und die Kinder zu warten. Nachdem sie in ihre Wohnung zurückgekehrt war, weckte sie die Mädchen und schickte sie zum Spielen in den Hof. Dann bat sie Mike, ein wenig Brot für das Frühstück zu holen, da sie nichts mehr im Haus hätten. Er nickte zustimmend und sagte ihr noch, bevor er aufbrach, daß er sie liebe. Carolyn erwiderte, daß auch sie ihn liebe und daß sie sich in der Zwischenzeit um die Wäsche kümmern würde. Sie nahm sich zwei Körbe und suchte tatsächlich für sich und die Töchter Kleidungsstücke zusammen. Heimlich packte sie auch die elektrischen Lockenwickler mit ein – das einzige Geschenk, das sie je von Mike erhalten hatte.

Kurz nachdem Mike tatsächlich das Haus verlassen hatte und mit seinem Wagen um die Ecke gebogen war, bat Carolyn die Nachbarin, die Wäschekörbe und die Lockenwickler für sie zu verwahren, und machte sich dann mit den Mädchen zu dem mit ihrer Mutter vereinbarten Treffpunkt auf. Diese brachte ihre Tochter und ihre Enkel zu sich nach Hause und fuhr später noch einmal zurück zu Carolyns bisheriger Wohnung, um die Sachen von der Nachbarin abzuholen. Noch am selben Abend fuhr sie Carolyn und die Mädchen zum Busbahnhof von Louisville. Von dort brachen die drei nach Bowling Green in Kentucky auf, wo Carolyns Vater seit der Trennung von ihrer Mutter lebte. Dort blieben sie ganze sechs Jahre. Während dieser Zeit beantwortete sie keinen der vielen Briefe, die Mike an sie geschrieben hatte und die von ihrer Mutter weitergeleitet worden waren, ohne ihm Carolyns Aufenthaltsort zu verraten. Noch heute ist Carolyn der festen Überzeugung, daß ihr Entschluß, Mike endgültig zu verlassen und jeden Kontakt zu ihm abzubrechen, die mutigste Entscheidung ihres Lebens war.

Da Carolyn die Wohnungstür bei ihrem überstürzten Aufbruch hatte offenstehen lassen, ahnte Mike bei seiner Rückkehr bereits, daß etwas Außergewöhnliches passiert sein mußte. Später erzählte er einem Freund, daß ihm Carolyns Flucht schlagartig klar geworden sei, als er beim Durchsuchen der Wohnung das Fehlen der elektrischen Lockenwickler festgestellt habe.

Erfolglos versuchte er zunächst, durch einige Telefonate Hinweise auf den Aufenthaltsort von Carolyn und den Kindern zu erhalten. Dann wurde Mike – wie einige Nachbarn Carolyn später berichteten – in den Folgetagen dabei gesehen, wie er im Hof mit dem Gartenschlauch mehrmals das Planschbecken auffüllte, in dem die Mädchen immer gespielt hatten. Selbstverständlich wandte er sich auch an Carolyns Mutter, die jedoch keinerlei Bereitschaft zeigte, ihm irgendwelche Auskünfte über den Verbleib ihrer Tochter zu erteilen. Während der folgenden Jahre entwickelte Mike geradezu eine Art Besessenheit, Carolyn aufzuspüren. Immer wieder tauchte er bei ihrer Mutter auf, um sie regelrecht anzubetteln, ihm irgendeinen Hinweis zu geben. Er beteuerte ihr, Carolyn noch immer zu lieben und seine Familie wieder zusammenführen zu wollen. Er habe sich wirklich geändert und sei ein anderer Mensch geworden. Aber nach all den Erfahrungen, die Carolyn und ihre Eltern mit ihm gemacht hatten, schien es ihrer Mutter nicht ratsam, eine Probe aufs Exempel zu wagen.

Da Mike die Miete für die ehemals gemeinsame Wohnung nicht weitergezahlt und zahlreiche Einrichtungsgegenstände nach und nach verkauft hatte, ließ der Vermieter die wenigen noch verbliebenen Habseligkeiten pfänden, so daß Carolyn schließlich alles verlor, was sie von ihrem Verdienst angeschafft hatte. Es dauerte nicht lange, und Mike wurde erneut wegen Scheckbetrugs festgenommen. Die Polizei hatte ihm offensichtlich vor dem Apartment aufgelauert und überrumpelte ihn, ohne daß er sie zuvor bemerkt hatte.

Einen Teil der Zeit, während der sich Carolyn immer gefragt hatte, wo Mike stecken mochte, war er mit Einbrüchen, Überfällen und Hehlerei beschäftigt gewesen. So hatte er zum Beispiel an einem Abend den älteren Besitzer einer Tankstelle mit der Drohung in einen Raum gesperrt, daß er ihn bei einem Fluchtversuch töten werde. Mike hatte dann mehrere Kunden bedient, das Geld eingesteckt, Reifen und Werkzeug in seinen Wagen geladen und war schließlich davongefahren. Er suchte sich oft Tankstellen aus, weil das Risiko bei einem Überfall gering war: Man ging einfach hinein, nahm das Geld und machte sich schnell durch die Hintertür davon, bevor jemand zu einer Waffe greifen konnte. Ein anderes Mal war er in der Nähe von Indianapolis mit einem Freund unterwegs gewesen und hatte vor einem Wohnblock mit der Begründung geparkt, dort einen bestimmten Mann treffen zu wollen. Mike war jedoch wenige Minuten später mit einem Fernsehgerät unter dem Arm aufgetaucht, das er offensichtlich aus einer der Wohnungen gestohlen hatte. Sein damaliger Begleiter sagte später aus, daß man bei Mike nie sicher sein konnte, was er im nächsten Augenblick anstellen würde. Er sei immer völlig unberechenbar gewesen, und man sei ständig Gefahr gelaufen, durch ihn in ein Verbrechen verwickelt zu werden. Seine Dreistigkeit wäre so weit gegangen, daß er Außenbordmotoren von Booten gestohlen habe, die auf Anhängern in den Auffahrten vor den Häusern der Besitzer abgestellt worden waren. Einmal habe er sogar ein Kanu aus einem großen Einkaufszentrum geklaut, indem er es einfach an der Kasse vorbei hinausgetragen habe, mit der Bemerkung, es sei bereits bezahlt worden.

Normalerweise hatte Mike keine Schußwaffe bei sich, aber alle seine Freunde und Bekannten waren sich darin einig, daß stets ein Messer in seiner Tasche steckte. Als Junge war Mike einmal von einem Schläger attackiert worden, der erst von ihm abgelassen hatte, nachdem Mike ihm das Messer in den Oberarm gerammt hatte. Alle, die Mike näher kannten, bezeugten übereinstimmend, daß die Neigung zu Gewaltanwendung ein Teil seines Wesens war. Zwar bedurfte es immer eines Auslösers, um ihn in Rage zu bringen, aber niemand war in der Lage vorherzusagen, was seine Gewaltbereitschaft auslösen mochte. Eines Abends war es zum Beispiel zwischen ihm und einem anderen Mann an einem Imbißstand wegen einer Belanglosigkeit zu einem Streit gekommen. Dieser Streit war eskaliert, als der andere Mike mit der Bemerkung einzuschüchtern versucht hatte, er beherrsche Karate. Mike hatte nur geringschätzig »Ach ja, wirklich?« gerufen, dann seine Zigarette in das linke Auge des Mannes gedrückt und ihn anschließend beinahe bewußtlos geschlagen. Da Mike eher schmal gebaut war, vermittelte seine äußere Erscheinung kaum den Eindruck körperlicher Überlegenheit; seine Stärke lag vielmehr im Überraschungseffekt eines unerwarteten Angriffs. Zudem hatte er sich im Gefängnis die Technik des gezielten ›Erstschlags‹ und schnellen Verschwindens angeeignet. Viele, die mit seinen Eigenarten vertraut waren, fürchteten ihn vor allem, wenn sie ihn in ihrem Rücken wußten und nicht sehen konnten.

Ob Mike gerade einmal wieder zu Geld gekommen war, konnte man immer an seiner Garderobe feststellen. Er liebte es mehr als alles andere, sich in schwarzen Ledermänteln, italienischen Anzügen und Hemden sowie teuren Lackschuhen zu zeigen. Alles mußten Markenartikel sein: auch seine seidene Unterwäsche, deren Farbe auf Hemden und Anzüge abgestimmt war. Sein Haarschnitt war immer adrett und im Nacken mit dem Rasiermesser zu einer akuraten Linie gestutzt. Außerdem putzte er seine Zähne dreimal täglich – jedesmal nach der Uhr genau fünf Minuten lang. Er nahm Kleiebäder und verwendete wohlduftende Essenzen, um seine Haut zu pflegen. Darüber hinaus polierte er sogar seine Fingernägel mit Zahncreme, um sie zum Glänzen zu bringen. Es verwundert daher nicht, wenn er auf alten Fotos – gemessen an der damaligen Mode der Sechziger – als ausgesprochen gepflegt und attraktiv wirkender junger Mann erscheint. Auf jüngere Betrachter mußte er sogar den Eindruck einer geradezu außergewöhnlichen Persönlichkeit machen.

Mike brachte viele Nächte damit zu, sich in Nachtclubs an einsame Hausfrauen und Sekretärinnen heranzumachen. Während seine Opfer ihre Cocktails genossen und lachend den Kopf in den Nacken warfen, durchsuchte er unbemerkt ihre Handtaschen und entwendete ihnen Kreditkarten und Scheckvordrucke, die er am nächsten Tag benutzte, bevor ihr Verlust bemerkt wurde.

Oft machte er auch den Mittelsmann bei Drogengeschäften, indem er entweder Lieferungen überbrachte oder im Auftrag Drogen für Kunden beschaffte, die selbst nicht wußten, wie sie an das Gewünschte herankommen konnten. Mike gaukelte Ärzten erfolgreich vor, er leide unter Depressionen oder Nierensteinen und brauche Psychopharmaka oder starke Schmerzmittel. Welche Geschichte er den Medizinern auftischte, hing jeweils davon ab, welche Drogen er gerade benötigte. Mit dieser Masche war er ausgesprochen erfolgreich und konnte seine Gesprächspartner von beinahe allem überzeugen: schlicht und einfach, weil er ausgesprochen glaubwürdig wirkte. »Er machte immer den Eindruck eines Chorknaben«, hieß es über ihn, »so als könne er kein Wässerchen trüben.«

»Wenn man ihm zum ersten Mal begegnete, konnte man gar nicht anders, als diesen gutgekleideten Burschen, der immer einen Scherz auf den Lippen hatte, zu mögen«, stellte ein guter Bekannter Mikes fest. »Aber wenn man ihn näher kennenlernte, mußte man immer auf der Hut sein. Falls er mal wieder eine neue Identität brauchte, klaute er einem einfach die Kreditkarte oder den Führerschein.«

Zu Beginn der 70er Jahre schloß sich Mike einer Gruppe von Männern an, die sich nachts in den Clubs von Indianapolis herumtrieben. Auf diese Weise lernte er eines Tages Lee Von Hauger kennen. Der von allen nur Skip gerufene Von Hauger ist jetzt um die fünfzig. Er ist beinahe einsneunzig groß, hat einen mächtigen Brustkorb und Schultern, die so breit sind, daß sie spielend einen Türrahmen ausfüllen. Skip hat leicht gewelltes, blondes Haar und einen ebenso blonden Bart, der sein rundes Gesicht umrahmt. Die Augen sind klein, blau und wirken sehr aufmerksam. Sein Auftreten ist gewöhnlich heiter und zuvorkommend, kann aber schlagartig in eine argwöhnische und einschüchternde Haltung überwechseln. Jeden Morgen macht er vor dem Fernseher gymnastische Übungen, die auf dem Bildschirm von einem Mann und einer Frau an einem Strand auf Hawaii vorgeführt werden. Ansonsten verbringt er einen Großteil seiner Zeit damit, an seinem Küchentisch zu sitzen und von dort aus telefonisch seine Geschäfte zu betreiben. Vor einigen Jahren hatte er damit angefangen, alte, renovierungsbedürftige Häuser aufzukaufen; dann hatte er ehemalige Sträflinge und Obdachlose angeheuert, um die Häuser wieder instand zu setzen. War die Arbeit erfolgreich beendet, durften die Arbeiter als Mieter in den Häusern wohnen bleiben. Skip hat eine rauh klingende, dröhnende Stimme, die übergangslos die Schärfe einer Rasierklinge annehmen kann: vor allem wenn einer der Mieter anruft, um Skip mitzuteilen, daß er im nächsten Monat keine Miete zahlen kann.

Skip und seine Kumpane trafen sich abends meist in einem Nachtclub namens ›Rat Finks‹. Dorthin brachte irgend jemand eines Tages auch Mike mit. Skips erster Eindruck von ihm war, daß er »ein unauffälliger Durchschnittstyp war, der wie die meisten anderen ein durchschnittliches Leben in einer durchschnittlichen Wohnung mit der Durchschnittsquote von zwei Kindern« führte. Doch bald spürte Skip, daß etwas in Mikes Innerem gegen dieses Durchschnittsdasein rebellierte und daß Mike erst durch den Kontakt mit ihm und den anderen zu seinem wahren Selbst finden würde.

»Ich unterhielt damals auch ein Bordell«, erklärte Skip, »in dem die meiste Zeit über sechs oder sieben, eine Zeitlang aber auch bis zu vierzehn Mädchen arbeiteten. Wir Männer schlugen nur die Zeit tot und zogen durch die Bars, um neue Mädchen aufzugabeln und sie ebenfalls zu gefügigen Mitgliedern unseres Harems zu machen. Mike war so etwas wie ein Laufbursche für mich. Wenn eins der Mädchen mal eine neue Strumpfhose brauchte, zu einer Verabredung gefahren oder ein Wagen betankt werden mußte, so war das Mikes Job. Dafür bezahlte ich ihn, versorgte ihn mit Drogen und verschaffte ihm neue Klamotten. Da ich damals sehr oft meine Sachen wechselte, trug er meist die meinen auf. Von Zeit zu Zeit ließ er sich bei seiner Frau Carolyn blicken, die mich einmal anrief, weil er völlig am Ende war. Ich fuhr zu seiner Wohnung und brachte ihn mit ein paar Aufputschmitteln wieder auf die Beine.«

Die meisten der teuren Markenanzüge, die Skip und seine Leute trugen, stammten aus Diebstählen organisierter Banden. Während jemand den Verkäufer oder den Kassierer eines vornehmen Herrenausstatters ablenkte, machten sich seine Komplizen an die Arbeit. Skip ist heute der Auffassung, daß Mike selbst oft bei solchen Aktionen mitgemacht hat. »Vor allem in seiner Freizeit dürfte er allerhand angestellt haben«, vermutete Skip. »Ab und zu habe ich mal was läuten hören, aber ich konnte mich nicht die ganze Zeit über um ihn kümmern. Meistens war er für mich als Wasserträger unterwegs. Ist ja auch normal für 'n Zuhälter, jemanden zu haben, der für ihn die Mädchen im Auge behält, auch wenn man meistens 'nen Schwulen dafür nimmt.«

»Man kann schon sagen, daß Skip und Mike so etwas wie Freunde waren«, urteilen Zeugen, die die beiden Männer kannten. »Hinter dem Rücken des anderen äußerten sie sich jedoch immer nur abfällig übereinander.«

Der Grund für dieses seltsame Verhalten ist darin zu finden, daß Skip seinem Laufburschen mit Mißtrauen begegnete und dieser ihm gegenüber wiederum Neid empfand, weil Skip Eigenschaften verkörperte, die Mike bewunderte, ohne sie erlangen zu können. Deshalb versuchte er zu einer Art Doppelgänger Skips zu werden. Sein älteres und elegantes Vorbild war schließlich ein richtiger Gangster, der in seinen Kreisen Anerkennung genoß. Auf seine Weise hatte Skip sogar wirklich etwas für Mike übrig, aber er hielt ihn letztendlich für unzuverlässig. Dies bestätigte sich, als Mike eines Tages auf einer Fahrt für Skip in eine Polizeikontrolle geriet und festgenommen wurde, da noch ein älterer Haftbefehl gegen ihn bestand. Um seine eigene Haut zu retten, bot Mike der Polizei an, als Spitzel für sie zu arbeiten und Informationen über Skips Drogengeschäfte zu liefern. Skip kam ihm jedoch auf die Schliche und ließ Mike ein Wahrheitsserum injizieren, unter dessen Einfluß dieser sein Vorhaben gestand. Trotzdem fand Mike bei Skip Gnade, was Mikes Bewunderung für seinen Gönner noch steigerte.

Als Mike einige Zeit später auf Skips Einfluß hin sogar vorzeitig aus einem Gefängnis in der Nähe von Indianapolis freigelassen und von ihm persönlich mit einem weißen Cadillac voller nackter Mädchen abgeholt wurde, wuchs Mikes Bewunderung geradezu ins Unermeßliche. »Er war völlig aus dem Häuschen«, erinnerte sich Skip, »und schien wirklich sehr beeindruckt. Ja, das sind Geschichten, aus denen man Legenden strickt. Wie auch immer – ich stand bei Mike wirklich hoch im Kurs.« Als Mike sich später bereits mehrere Jahre in Haft befand, wandte er sich erneut voller Hoffnung an Skip, daß dieser das Wunder von damals noch einmal wiederholen möge. Als sich aber herausstellte, daß es kein zweites Wunder geben würde, verfluchte er seinen ehemaligen Gönner.

Im Jahre 1972 wurde Mike wegen wiederholten Scheckbetrugs zu vier Jahren Gefängnis verurteilt und in die Haftanstalt von Pendleton, Indiana, eingewiesen, in der Skip bereits wegen eines Drogenvergehens einsaß. Mike arbeitete dort in der Wäscherei und achtete darauf, daß Skip seine Sachen stets sauber und ordentlich gefaltet erhielt.

Die Jahre vergingen, und Skip wurde als erster von den beiden entlassen. Als schließlich auch Mike im März 1976 auf freien Fuß gesetzt wurde, machte er sich zunächst nach Florida auf, um dort einen Freund zu besuchen. Dann fuhr er zu seiner Mutter, von der er erfuhr, daß in der Zwischenzeit sein Stiefvater verstorben war. Im weiteren Verlauf des Tages kam es zu einem Streit zwischen ihm und einem seiner Brüder, den er schließlich mit einem Messer verletzte. Daraufhin ließ ihn seine Familie in ein Krankenhaus schaffen und drängte die Ärzte dazu, für Mike eine Entziehungskur zu bewilligen, um ihn von seiner Heroinsucht zu heilen. Mike gelang es allerdings, sich aus dem Staub zu machen, nach Indianapolis zurückzukehren und schließlich an Skips Tür zu klopfen.

Skip hatte sich während seiner Haftzeit mit Psychotherapie beschäftigt und nach seiner Entlassung eine Praxis eröffnet. In erster Linie behandelte er ehemalige Häftlinge, die in seinem Haus lebten, dort die anfallende Hausarbeit verrichteten und an Gruppentherapien teilnahmen. Auch Mike wurde dort aufgenommen, wobei seine Mutter einen Teil der Kosten beisteuerte, die sein Aufenthalt dort verursachte.

Obwohl die Zeit, die Mike in Pendleton verbracht hatte, nicht so hart wie die in Michigan City gewesen war, litt Mike nach wie vor unter den dortigen Erfahrungen des Eingesperrtseins und der Gewalt. Unübersehbar hatte sein Verhalten seltsame Züge angenommen. So starrte er oft mit leerem Blick vor sich hin oder warf plötzlich während eines Gesprächs ein brennendes Streichholz auf den Boden, um daraufhin in ein hysterisches Lachen auszubrechen.

Eines Nachts stürmte er unvermittelt splitternackt in das von Skip und dessen Ehefrau Cindy bewohnte Schlafzimmer. Er sprang auf das Bett der beiden, umtanzte sie wild heulend und rannte schließlich wieder davon. Cindy starrte ihren Mann entsetzt an. Sie hatte Mike zwar noch nie zuvor gesehen, war sich aber bereits nach dieser ersten Begegnung mit ihm sicher, ihn nicht in ihrer Nähe dulden zu wollen.

Mike lebte in der Folgezeit zwar weiterhin unter Skips Dach, kapselte sich aber immer mehr von den übrigen Mitbewohnern ab. Er gesellte sich bald nicht mehr zum Essen zu ihnen, sondern nahm seinen Teller mit in einen kleinen Nachbarraum des Speisezimmers, um von dort aus den Gesprächen der anderen zu lauschen. Von Zeit zu Zeit murmelte er einen Kommentar zu dem Gehörten, allerdings viel zu leise, als daß ihn jemand verstanden hätte. Skip und Cindy hatten andererseits den Eindruck, daß Mike mit den Wörtern und Sätzen, die er oft laut vor sich hinsagte, auf sich aufmerksam machen und eine Reaktion provozieren wollte. Gewöhnlich wurden Schwierigkeiten unter den Hausbewohnern in Sitzungen ausdiskutiert, an denen alle teilnahmen – alle, außer Mike. Zwar tauchte er manchmal bei den Gesprächsrunden auf, doch sobald ihm jemand widersprach oder Kritik an ihm übte, stand er auf und ging fort. Alle anderen waren für irgendeine bestimmte Tätigkeit der Haushaltsführung verantwortlich, nur Mike lehnte jede Tätigkeit im oder am Haus ab.

Eines Morgens richtete er eine Spielzeugpistole auf eine der Hausbewohnerinnen, die ihm daraufhin angesichts der vermeintlichen Bedrohung buchstäblich an die Kehle ging. Skip kam zufällig vorbei und trennte die beiden Kämpfenden, wobei Mike aufgrund des Gerangels zu Fall kam und von Skip mit einem Fußtritt am Kopf erwischt wurde. Anschließend setzte Skip ihn vor die Tür und verriegelte diese. Vor Wut schnaubend stand Mike auf der Straße und forderte brüllend, man möge ihm sein Adreßbuch zuwerfen. Als niemand reagierte, nahm er einen kräftigen Ast, der auf dem Rasen lag, und schlug jedes ihm erreichbare Fenster im Erdgeschoß ein. Bald darauf traf die Polizei ein, und die Beamten fanden einen gellend schreienden Mann vor, den sie wegen Erregung öffentlichen Ärgernisses festnahmen. Skip gab später zu Protokoll, daß Mike kaum jemals schliefe und vielen Hausbewohnern Geld gestohlen habe. In der Hoffnung, den mittlerweile zu einer unerträglichen Last gewordenen Mike endgültig loszuwerden, ging Skip so weit, Mike zu beschuldigen, er habe gegen ihn und seine Familie Morddrohungen ausgesprochen.

Aufgrund seines seltsamen Verhaltens wurde Mike nicht erneut ins Gefängnis gesteckt, sondern zur Beobachtung in eine psychiatrische Klinik eingewiesen. Immer, wenn der behandelnde Arzt ihm bei der Eingangsuntersuchung einige Fragen stellte, brüllte Mike seine Antworten oder stellte eine Gegenfrage. Teilweise verknüpfte er auch zwei Aussagen, die gedanklich in keinerlei Zusammenhang standen. Die Frage, ob Mike wisse, wo er sei, und ob er das Datum kenne, bejahte er. Dann fragte ihn der Arzt, ob er gelegentlich Personen oder Gegenstände sehe, die nicht wirklich existierten, ob er Stimmen höre, die es nur in seinem Kopf gebe, oder ob er oft vehement für Überzeugungen eintrete, die sich später als falsch und haltlos erwiesen hätten. All dies wurde von Mike verneint.

Als Mike die erste Woche in der geschlossenen Anstalt verbracht hatte, wurde seine Mutter von einem anderen Mitarbeiter der Klinik befragt. Sie erklärte, daß ihr Sohn oft von seinen Träumen spreche, als seien sie Realität, und daß sein Lachen ›unnatürlich‹ klinge. Mike selbst erklärte hingegen, daß alles sei Unsinn: Er habe keinerlei Probleme und reagiere nur dann gewalttätig, wenn man ihn provoziere – zum Beispiel, wenn man ihm sein Geld zu stehlen versuche. Dabei schaute er den ihn untersuchenden Ärzten offen in die Augen. Manchmal aber senkte er seinen Blick ebenso wie seine Stimme, bis sein Flüstern kaum noch zu verstehen war. Hin und wieder tauchte er mit einer Sonnenbrille auf, um seine Augen zu verbergen. Er haßte es, in dem Krankenhaus eingesperrt zu sein und die Anordnungen der Wärter befolgen zu müssen. Immer wieder fragte er: »Was muß ich tun, um endlich hier herauszukommen?«

Den Therapeuten gegenüber beteuerte er, daß es ihm gelingen werde, seinen Jähzorn im Zaum zu halten, und daß er mit ihnen zusammenarbeiten wolle. Sein Verhalten aber deutete eher auf das Gegenteil hin. »Alle Leute reden immer nur über die Vergangenheit«, klagte Mike über seine Behandlung. »Ich habe im Gefängnis für meine Dummheiten bezahlt. Deshalb verstehe ich nicht, warum ich hier festgehalten werde. Vielleicht sollte ich lieber den Mund halten und mich still und leise in einen Winkel verkriechen, damit man mich endlich auf freien Fuß setzt.« Sofern er auf Nachfrage überhaupt eingestand, irgendwelche Probleme zu haben, so betonte er jedesmal, daß er diese nur lösen könne, wenn man ihn freilasse. Alles, was er wirklich brauche, sei zunächst eine Arbeit auf dem Bau, eine Frau, die sich um ihn kümmere, und eine Schule, an der er sich zum Kosmetiker oder Friseur ausbilden lassen könne. Als Begründung für seinen letzten Wunsch gab Mike an, daß es nichts Schöneres für ihn gebe, als seine Finger durch das Haar einer Frau gleiten zu lassen.

Wie zuvor schon Skip, so versuchte nun auch der behandelnde Psychologe Mike klarzumachen, daß er offensichtlich nicht bereit wäre, die Verantwortung für sein Tun zu übernehmen, und daß er sich seine Probleme letztendlich selbst schaffe. Mike entgegnete nur immer wieder, daß man ihn ungerecht behandle und ihm etwas in die Schuhe zu schieben versuche. Auch vor offenen Drohungen schreckte Mike nicht zurück. Skip nahm sie so ernst, daß er alles versuchte, damit man Mike nicht aus der Psychiatrie entlassen würde. Er behauptete sogar, Mike habe in der Nähe von Skips Haus einmal mit einer Pistole auf einen Mann geschossen, obwohl diese Geschichte frei erfunden war. Skip sagte auch aus, daß Mike ein Drogenabhängiger sei und gewiß nicht zögern werde, eine seiner Wahnvorstellungen in die Tat umzusetzen. Kurz und gut: Der Psychologe zog in seinem Gutachten das Fazit, daß Mike ein ›deformiertes Sozialverhalten‹ zeige, ›paranoid‹ sei und ›Selbstmordneigungen‹ aufweise.

Mike wurde noch einige Zeit stationär beobachtet und dann wieder entlassen. Da Skip ihn natürlich nicht wieder aufnehmen wollte, zog er zunächst zu seiner Mutter, die im Bundesstaat Mississippi lebte. Nachdem er dort am ersten Juli mit einem seiner Brüder in Streit geriet, wurde er erneut festgenommen und für drei Wochen ins Gefängnis gesteckt. Dort blieb er allerdings nicht lange, da er das Angebot annahm, in eine staatliche Nervenklinik überstellt zu werden, wo er am zweiundzwanzigsten Juli eintraf. Mike war zu diesem Zeitpunkt dreißig Jahre alt. Wieder mußte er sich einer ihm mittlerweile vertrauten Prozedur von verschiedenen Gesprächen und Tests unterziehen. Dabei erklärte er einem der Ärzte auf die Frage nach der Vorgeschichte seiner Einweisung, daß er seit seinem achtzehnten Lebensjahr Drogen nehme und nach seiner letzten Gefängnisentlassung vor vier Monaten auf Heroin umgestiegen sei. Mike vermittelte dem ihm gegenübersitzenden Arzt den Eindruck, daß er sich seine Antworten sorgfältig überlegte, bevor er sie äußerte. Der Arzt charakterisierte ihn daraufhin in seinem Gutachten als ›relativ sprachgewandten Lügner‹. Ferner protokollierte der Arzt, daß er im Verlauf des Gesprächs an Mike keinerlei Anzeichen für eine paranoide Veranlagung bemerkt habe.

Mike war zwar mit dem Verdacht, an paranoider Bewußtseinsspaltung zu leiden, in die Klinik eingewiesen worden, doch konnten die Untersuchungen die für eine solche Diagnose typischen Symptome wie Wahnvorstellungen oder Halluzinationen nicht bestätigen. Offenkundig war Mikes Gedächtnis intakt, er wußte jederzeit, wo er war, seine Äußerungen waren allesamt gedanklich klar geordnet, und nichts an ihm deutete darauf hin, daß er nervlich zerrüttet wäre.

So kam der Arzt lediglich zu dem folgenden Fazit: »Die Vorgeschichte des Patienten macht deutlich, daß er ein zweifellos hochgradig egoistisch veranlagter Mensch ist, der ebenso impulsiv wie verantwortungslos handelt und unfähig ist, ein Schuldbewußtsein zu entwickeln oder aus Erfahrung und Bestrafung zu lernen. Ebenso steht außer Zweifel, daß seine Frustrationsschwelle extrem niedrig ist.« Zwar habe Mikes Mutter das Verhalten ihres Sohnes als unausgeglichen beschrieben, aber für den Arzt schien es schwierig zu entscheiden, in welchem Maße hierfür der Drogenkonsum verantwortlich war. So schließt das Gutachten: »Auf der Grundlage meiner Gespräche mit dem Patienten während seines allerdings nur kurzen Klinikaufenthaltes komme ich zu dem Ergebnis, daß er keinerlei psychotische oder schizophrene Verhaltensauffälligkeiten zeigt.« Die Prognose für eine mögliche Besserung des von Mike gezeigten sozialfeindlichen Verhaltens lautet: »Unwahrscheinlich.«

Mike wurde nach fünf Tagen gestattet, das Krankenhaus zu verlassen. Da er seiner Einweisung freiwillig zugestimmt hatte, gab es keine weitere Handhabe, ihn länger festzuhalten.

Ein Jahr verging, und Mike begann im September 1977 in einer Stadt in Mississippi, nahe der Grenze zu Tennessee, mit einer Kosmetikerausbildung. Nur zwei Wochen später fand er sich in vertrauter Umgebung wieder und starrte auf die Decke einer Gefängniszelle der DeBerry-Strafvollzugsanstalt in Nashville. Ohne Mitgefangene, allein in dem engen Raum, bildete er sich ein, Gott zu sein. Er hörte, wie Filmstars, der Präsident, seine Mutter, seine Brüder und Schwestern und seine Töchter, wie sie alle nur seinen Namen riefen. Und er sah nicht nur ihre Gesichter, sondern darüber hinaus auch die von außerirdischen Wesen.

Im Frühjahr 1978 schrieb er folgenden Brief:

Lieber Skip,

ich habe Verständnis dafür, daß Du am Ende nichts mehr mit mir zu tun haben wolltest. So, wie die Dinge lagen, wäre das auch zu viel verlangt gewesen, denn ich habe immer nur genommen, ohne jemals etwas zu geben. Aber all das ist jetzt anders geworden, auch wenn Du Dich wundern wirst, daß ich Dir dies aus einer Gefängniszelle schreibe. Sie haben mich wegen einer Vergewaltigungssache eingesperrt. Doch es ist anders als sonst, denn zum erstenmal weiß ich, warum ich etwas angestellt habe. Ich hatte finanzielle Schwierigkeiten und glaubte, nur durch Diebstahl aus der Sache rauskommen zu können. Ich war völlig durcheinander, betrank mich und fuhr in ein Einkaufszentrum, mit der Absicht, dort etwas zu stehlen oder jemandem seine Brieftasche abzunehmen. Wie konnte ich nur so verdammt blöd sein! Es ist wirklich zum Heulen! Ach Skip, ich wünschte, ich könnte das Ganze rückgängig machen – aber ich kann es nicht. Plötzlich saß ich neben einer Frau im Auto. Ich war so betrunken, daß ich nicht mehr wußte, was ich tat. Ich hatte sie überrascht und wollte zuerst nur ihr Geld. Doch dann sagte sie: »Ich gebe Ihnen alles, was Sie wollen, aber tun Sie mir nichts!« Da wollte ich's ihr mit einemmal besorgen. Verdammt, ich war einfach krank, Skip. Ich hatte bei der ganzen Sache mehr Angst als sie. Aber es war falsch. Ich weiß, daß es falsch war. Doch ich habe trotzdem einen schlimmen Fehler gemacht...

Die Staatsanwaltschaft bot mir einen Pflichtverteidiger an und stellte mir eine Strafe von höchstens fünf Jahren in Aussicht. Ich dachte, ich könnte mit einem privaten Anwalt besser davonkommen, deshalb bezahlte ich einem 1000 Dollar und endete schließlich mit einer Verurteilung zu zehn Jahren... Aber darüber zerbreche ich mir nicht mehr den Kopf. Ich will auch kein weiteres Wort mehr darüber verlieren. Ich wollte nur, daß Du weißt, wo ich stecke und wie es mir geht.

Laß uns einen neuen Anfang finden, bei dem Du auf ganz legale Weise genauso viel gewinnen kannst wie ich selbst – falls Du dazu bereit bist. Ich will Dir das Ganze im folgenden in allen Einzelheiten erklären. Es geht dabei nur um den Aufbau einer rein geschäftlichen Beziehung. Ich habe nämlich vor, als Kosmetiker zu arbeiten, und ich weiß, daß ich auf dem Gebiet gut sein werde. Vielleicht fragst Du Dich, was Du mit der Geschichte zu tun hast? Aber ich greife zu weit vor. Vergiß das Ganze zunächst einmal, und erinnere Dich für einen Augenblick an unsere Freundschaft. Ich schätze, Du bist immer so etwas wie eine Vaterfigur für mich gewesen, Skip. Sicher, ich liebe meinen leiblichen Vater, weil er nun mal mein Vater ist. Aber ich habe ihn nie so verehrt wie Dich. Er verließ mich, als ich nur acht Jahre alt war. Er hat mir nie bei irgend etwas geholfen, obwohl er es mir immer versprochen hat. Und ich habe früher immer den gleichen Fehler gemacht. Er hat mir nie gezeigt, wie man irgend etwas macht. Nein, ich habe keine guten Erinnerungen an ihn, nicht die geringsten. Aber dennoch liebe ich ihn. Er ist schließlich mein Vater. Aber jetzt genug von ihm. Ich werde wohl noch drei Jahre im Gefängnis verbringen müssen. Dabei denkt man schon mal über sich selbst und über die Vergangenheit nach. Aber ich lerne auch und arbeite an meiner Ausbildung zum Kosmetiker. Bis zu meiner Entlassung werde ich ein guter Kosmetiker geworden sein. Ich werde als Coiffeur arbeiten. Klingt das nicht wundervoll? Aber ich vermisse Dich. Skip... Ich kann es nicht erwarten, zu Euch allen zurückzukehren. Es wird alles gut werden. Hast Du damals eigentlich bemerkt, wie sehr ich mich gehenließ? Abgesehen davon, daß ich immer nur gelogen und betrogen habe, war ich auch körperlich völlig am Ende. Ich bin fast einsneunzig groß, wenn ich aufrecht stehe, aber kannst Du Dir vorstellen, daß ich auf 147 Pfund abgemagert war? Meine Schultern hingen herab, mir fielen Haare aus, und ich hatte schlechte Zähne. Aber reden wir nicht mehr davon. Wußtest Du eigentlich, daß zu häufiges Haarewaschen die Kopfhaut austrocknet, die Poren verschließt, Schuppenbildung fördert und zu Haarausfall führen kann? Genau das war mein Problem. Jedesmal, wenn ich duschte, habe ich mir die Haare gewaschen – jeden Tag. Das hat meine Kopfhaut ausgetrocknet, die Poren verstopft und meinen Haarausfall bewirkt. Aber ich habe schon vor langer Zeit damit aufgehört, mir täglich die Haare zu waschen, und ich habe weitere Maßnahmen ergriffen, um Haarausfall vorzubeugen. Ich nehme jetzt ein Pflegeöl, und ob Du es mir glaubst oder nicht: das Zeug hilft wirklich. Mein Haar ist wieder viel dichter geworden. Ich bringe mich hier wieder richtig auf Vordermann und arbeite auch an meiner äußeren Erscheinung. Ich habe wieder an Gewicht zugelegt, und die neuen Pfunde stehen mir gut. Ich habe auch meine Haltung verbessert. Und ich habe neue Schneidezähne bekommen. Nur die Farbe der Zähne gefällt mir nicht. Ich werde sie ersetzen lassen, sobald ich aus dem Gefängnis komme. Außerdem will ich all das Metall loswerden, das nötig ist, um die Brücke an Ort und Stelle zu halten. Aber immerhin habe ich wieder ein ganz ansehnliches Gebiß, und das ist das, was ich wollte. Ach Skip! Ob Du vielleicht einmal Deinen Mund ganz weit aufmachen und dabei breit grinsen würdest, damit jemand für mich ein Foto von Deinen Zähnen schießen kann? Ich will mir dann meine Brücke nach Deinem Vorbild machen lassen. Bitte schick mir ein Foto, wenn es Dir nicht zu viele Umstände bereitet. Ich lege Dir ein Foto von mir bei, das im September 1977 aufgenommen wurde. Es ist das einzige, das ich habe, denn zur Zeit kann ich keine Aufnahmen machen. Ich meine, ich könnte eine Kamera auftreiben, aber ich sehe momentan nicht gut aus, denn ich habe erst am gestrigen Freitag eine Nasenoperation hinter mich gebracht. Sie haben etwa zwei Pfund Fleisch und Knochen weggeschnitten, damit die Nase schmaler erscheint. Aber wegen der Operation ist mein ganzes Gesicht noch geschwollen und entzündet. Meine Nase ist dick verbunden, und meine Augen sind blau unterlaufen. In drei Wochen lasse ich mir das Gesicht liften. Ich werde mir ein paar Falten entfernen und die Augenbrauen verändern lassen. Danach steht noch eine Operation an meinen Händen aus. Das einzige, was dann noch fehlt, ist eine neue Brücke im Mund. Ich werde ein ganz neuer Mensch sein. Weißt Du,

Skip, daß ich Dir sehr viel von mir offenbart habe, ohne daß mich jemand dazu gezwungen hat? Ich habe es aus freien Stücken getan, weil ich die schönsten Erinnerungen in meinem Leben der Zeit mit Dir verdanke. Ob Du Dir dessen bewußt bist oder nicht: Du bist derjenige, der für die bedeutendsten und schönsten Momente in meinem Leben verantwortlich ist, und ich verehre Dich dafür. Ich wollte immer so sein wie Du, und dieses Streben hat mein Leben sehr befruchtet. Ich bereue so vieles. Ich bereue, so dumm gewesen zu sein. Ich bereue, daß es so viele Jahre gedauert hat, bis ich mich geändert und den rechten Weg gefunden habe. Aber ich muß nur noch diese letzte Durststrecke überwinden, um dann wieder in das Leben und zu Dir zurückkehren zu können... Ich brauche Dich so sehr. Ich brauche eine Nachricht von Dir. Und wenn Du mir nur eine Karte schickst, auf der Du kurz sagst, was Du gerade so treibst. Nur irgend etwas von Dir... Und schick mir bitte ein paar Fotos, Skip... und vergiß bitte nicht, ein Foto von Deinem Gebiß beizulegen. Bitte, Skip – laß mich nicht völlig fallen. Sende mir eine Botschaft – nur ein paar Zeilen, eine Karte, oder beauftrage jemanden, es für Dich zu tun... Ich liebe Dich, Skip... Ich liebe Euch alle von ganzem Herzen. Ich muß jetzt zum Schluß kommen, damit ich den Brief noch rechtzeitig aufgeben kann. Schreib mir bitte. Ich liebe und vermisse Dich, Skip.

Mit herzlichen Grüßen
Mike.

Mikes Mutter Modean fuhr mit ihren Enkelinnen im November 1979 ins Gefängnis, damit die Kinder dort ihren Vater besuchen konnten. Zuvor waren sie in Mississippi gewesen, um dort den farbenprächtigen Herbst mitzuerleben. Ohne die Mädchen vorher über ihre Absicht zu informieren, war Modean auf dem Rückweg nach Indianapolis einfach zu dem Gefängnis gefahren, und unversehens hatten sich die Kinder auf einem Sofa im Besucherraum zusammen mit vielen Häftlingen und deren Familienangehörigen wiedergefunden. Das Foto, das Mikes Mutter bei diesem Besuch aufnahm, zeigt, wie sich das jüngere der Mädchen mit seinen blonden

Haaren gegen seinen Vater lehnt, während die ältere und dunkelhaarige etwas abseits steht. Sie konnte sich hinsichtlich ihres Vaters nur an die letzte Begegnung mit ihm erinnern, als sie zusammen mit ihrer Mutter und ihrer jüngeren Schwester an jenem Morgen Hals über Kopf vor eben jenem Mann geflohen war, der jetzt dort vor der Kamera posierte. Später gestand sie einmal ein, ihren Vater niemals wirklich vermißt zu haben, da ihr auch niemals wirklich bewußt geworden war, was es heißt, einen Vater zu haben. So hatte sie auch kein Verlangen gespürt, ihn wiederzusehen, auch wenn ihre Großmutter und ihre Schwester oft über ihn sprachen und sich alte Bilder von ihm anschauten. Während des etwa einstündigen Besuches betonte Mike vor allem, welch schönes Haar seine Töchter hätten, und erteilte ihnen viele Ratschläge, wie sie ihr Haar pflegen sollten.

Am nächsten Tag schrieb Mike an Carolyn: »Es ist kaum zu glauben, wie die beiden gewachsen sind. Sie sind wirklich sehr hübsche Mädchen geworden. Und mir ist jetzt klar, was ich alles verpaßt habe. Ich war ein so schlechter Ehemann und bin den Kindern niemals ein Vater gewesen. Wie soll ich meinen Schmerz ausdrücken, alles verdorben zu haben. Dabei bin ich sicher, daß wir miteinander hätten glücklich werden können.«

Mike wurde schließlich im August 1982 auf freien Fuß gesetzt. Seine von ihm selbst behauptete Besserung während der Inhaftierung war von vielen Rückschlägen begleitet worden. Oft hatten ihn psychotische Gewaltausbrüche heimgesucht, woraufhin er in den psychiatrischen Trakt des Gefängnisses verlegt worden war. Immer wieder hatte er Drohbriefe an seine Mutter und an Skip abgeschickt. Auf die Umschläge der an seine Mutter adressierten Schreiben hatte er derart lästerliche Schimpfworte gekritzelt, daß es der zutiefst beschämten Modean schwergefallen war, vor dem Postboten plausible Entschuldigungen zu finden. Schließlich hatte man Mike im Gefängnis zunächst gegen seinen Willen unter Medikamente gesetzt, um auf diese Weise seine Aggressionen zu dämpfen. Als er feststellte, daß die Mittel in der gewünschten Weise anschlugen, machte er bei der Therapie am Ende bereitwillig mit. Bis zu jener Phase hatten die Verantwortlichen ins Auge gefaßt, Mike in eine staatliche Nervenklinik einzuweisen, als die Medikamente jedoch zu wirken begannen, hielt man eine Verwahrung nicht länger für notwendig.

Vom Gefängnis aus hatte Mike oft an Carolyn geschrieben, die sich seit nunmehr acht Jahren vor ihm versteckt hielt. Sie hatte zwischenzeitig in Bowling Green geheiratet, aber die Ehe war nur von kurzer Dauer gewesen. Carolyn hatte einen Mann gesucht, bei dem sie Geborgenheit zu finden hoffte, doch mußte sie schnell feststellen, daß sie die falsche Wahl getroffen hatte. Als sie später unter anderem Namen nach Indianapolis zurückkehrte, meldete sie sich telefonisch bei der in Mississippi lebenden Modean, um sich nach Mikes gegenwärtigem Aufenthaltsort zu erkundigen. Sie wollte ihm auf keinen Fall so ohne weiteres begegnen, und ihre ehemalige Schwiegermutter bestätigte ihr dann auch, daß Mike noch immer im Gefängnis säße. Auf diese Weise vergewisserte sich Carolyn immer wieder, ob Mike zwischenzeitig nicht doch etwa entlassen worden war. Aus Sicherheitsgründen teilte sie Modean deshalb auch niemals mit, wo sie lebte und welchen Namen sie inzwischen angenommen hatte.

Nach seiner Entlassung lebte Mike einige Monate lang bei seiner Mutter in Pontotoc, Mississippi. Er meldete sich zwar bei einer Kosmetikerschule an, brach die Ausbildung aber kurze Zeit später ab, weil ihm das geforderte Lesepensum zu hoch schien. Statt dessen nahm er eine Teilzeitstelle als Hausmeister in einem Apartmentkomplex an und kaufte sich ein Auto. Außerdem bewarb er sich bei einer Firma, die Kompressoren herstellt, wurde dort aber nicht angenommen. Daraufhin wandte er sich an die staatliche Arbeitsvermittlung in Indianapolis und fragte dort an, ob man ihm nicht eine Stelle vermitteln könne. Er erhielt zur Antwort, daß es in der Region nicht viele Arbeitsmöglichkeiten gebe, daß sich aber in einem Restaurant wahrscheinlich ein Job finden ließe. Zu dieser Zeit schrieb er an Skip, daß er das Leben in Pontotoc als »absolut öde und langweilig« empfinde und daß er es in dieser Stadt »keine Minute länger aushalten würde«, wenn nicht seine Mutter dort lebte.

Mike besuchte regelmäßig einen Arzt in Tupelo, da er unter Depressionen, innerer Unruhe und Kopfschmerzen litt. Ab und zu klagte er auch über Übelkeit und mußte sich übergeben. Als er später zu weiteren Untersuchungen vorgeladen wurde, um seinen Antrag auf die Zahlung einer Frührente wegen Arbeitsunfähigkeit zu prüfen, wurde ihm auf einem Formular für die Sozialversicherung bescheinigt, daß sein Auftreten gehemmt und gefühllos wirkte. Obwohl er kein Symptom für eine Psychose zeige, weise sein Verhalten ernstzunehmende Störungen auf; unter anderem sei er zweifellos unfähig, mit Geld umzugehen.

Vier Monate später wurde Mike auf Betreiben seiner Mutter erneut in das Staatskrankenhaus von Mississippi eingeliefert. Modean hatte den Ärzten berichtet, daß es zu einer Gewohnheit ihres Sohnes geworden war, sich splitternackt auf das Sofa im Wohnzimmer zu legen oder ebenso unbekleidet sogar außerhalb des Hauses herumzulaufen. Zudem habe sie zwischen seinen Sachen pornographische Magazine gefunden und ihn öfter dabei beobachtet, wie er plötzlich und ohne Anlaß zu singen begonnen oder offensichtlich zu Leuten gesprochen habe, die nicht im Raum anwesend waren. Mehrmals sei Modean nachts von lauter Musik geweckt worden, da Mike das Radio auf volle Lautstärke gestellt habe. Als er von ihr zur Rede gestellt worden sei, habe sie gesehen, daß er das Gerät eng an sein Ohr gepreßt hielt. Schließlich habe er seit längerem weder die ihm zur Auflage gemachten ambulanten Behandlungstermine wahrgenommen noch die Medikamente geschluckt, die ihm verordnet worden waren.

Einem Arzt gegenüber äußerte Mike, das Ganze sei lediglich ein Hirngespinst seiner Mutter. Als er nackt durch die Wohnung gelaufen sei, habe er zum einen zuvor eine Menge Bourbon zu sich genommen und zum anderen nur eine Dusche nehmen wollen. Außerdem wolle er so schnell wie möglich eine Hotelfachschule in Indianapolis besuchen und könne daher nicht länger im Krankenhaus bleiben, zumal ihm ja nichts fehle.

Während seines Krankenhausaufenthaltes wurden auch mehrere Intelligenz- und Assoziationstests mit ihm durchgeführt. So legte man ihm unter anderem Tintenkleckse vor und fragte ihn nach den Vorstellungen, die sie bei ihm erweckten. Außerdem sollte Mike lückenhafte Sätze vervollständigen und einen ganzen Katalog von Fragen mit ›richtig‹ oder ›falsch‹ beantworten. Er stimmte nur widerwillig zu, sich diesen Untersuchungsverfahren zu unterziehen.

Die Auswertung des Intelligenztests ergab einen Intelligenzquotienten von ungefähr 99, was durchschnittlich war. Die Art der Eindrücke, die jene Tintenkleckse bei ihm hinterlassen hatten, glich der, die ansonsten paranoide Personen zeigen, die sich einerseits nicht klar über die Folgen ihres Tuns sind und andererseits die Verantwortung für ihr Tun ablehnen. Die Testergebnisse zeigten ferner, daß Mike aus seiner Sicht ›wenig Erfreuliches und Positives‹ wahrnahm, sondern die meisten Dinge als ›häßlich‹ einstufte. Er war in vieler Hinsicht überempfindlich, führte ein freudloses Dasein und legte wenig Interesse für das Schicksal anderer Menschen an den Tag.

»Ich bin...«, legte man ihm zur Vervollständigung vor.

»...ein Mensch«, ergänzte Mike.

»Es ist falsch...«

»...Falsches zu tun.«

»»Ich betrachte mich selbst als...?«

»...friedliebend.«

Die folgenden Feststellungen wurden aus seiner Sicht mit ›falsch‹ beantwortet.

Manchmal denke ich an Dinge, die zu schrecklich sind, als daß ich darüber reden könnte.

Ich sage nicht immer die Wahrheit.

Von Zeit zu Zeit verschiebe ich Dinge auf morgen, die ich lieber heute erledigen sollte.

Meine Tischmanieren sind zu Hause schlechter, als wenn ich mit anderen Leuten ausgehe.

Ich bin stolz darauf, wenn ich wichtige Leute kennenlerne, weil es mir das Gefühl vermittelt, selbst wichtig zu sein.

Bei Wahlen gebe ich manchmal meine Stimme für Leute ab, über die ich kaum etwas weiß.

Ab und zu lache ich über schmutzige Witze.

Nach geltender Auffassung der Ärzte ist jemand, dessen Testergebnisse auf eine Persönlichkeitsstruktur wie die von Mike verweisen, kaum dazu in der Lage, Enttäuschungen und Niederlagen zu ertragen. Vielmehr neige ein Mensch wie er dazu, Wut und Enttäuschung in sich aufzustauen und zu einem späteren Zeitpunkt möglicherweise in Form von Gewalt wieder abzubauen. Darüber hinaus strebe ein derart veranlagter Mann danach, seine sexuelle Machtposition bestätigt zu bekommen, und zeige gleichzeitig wenig Bereitschaft, weibliche Ansprüche und Bedürfnisse verschiedenster Art zu berücksichtigen. Außerdem wurden die Ärzte hellhörig, als Mike die Äußerung »Ich fühle mich von Menschen meines eigenen Geschlechts stark angezogen« mit ›richtig‹ bewertete, gleichzeitig aber betonte, er wolle nicht, daß man ihn für ›andersrum‹ halte.

Mike verließ das Krankenhaus nach einem Monat; er wurde am 10. März von einem seiner Brüder abgeholt und wieder zu seiner Mutter gebracht.

Während des folgenden Jahres pendelte Mike ständig zwischen den Bundesstaaten Mississippi und Indiana hin und her. Er litt häufig unter Kopfschmerzen und Schlafstörungen und nahm innerhalb von sechs Monaten fünfzig Pfund zu. Anfangs arbeitete er noch in einer Waffelbäckerei, doch mußte er seinen Job bald aufgeben, weil er sich die Bestellungen der Gäste nicht merken konnte. Er hatte in einem heruntergekommenen Stadtviertel in einem von Skips Häusern Unterschlupf gefunden. Dort wohnte ein sechzehnjähriges Mädchen namens Phyllis Wright zusammen mit ihrer Mutter und mit zwei von vier Brüdern – bis Mike eines Tages mit einem Freund auftauchte.

»Sie fuhren in einem alten blauen Wagen vor«, erinnert

sich Phyllis. »Man sah auf den ersten Blick, daß diese zwielichtigen Kerle ihr ganzes Hab und Gut bei sich hatten. An der Haustür fragten sie mich, ob sie das Haus sehen könnten. Ich wußte von nichts und erwiderte nur, daß ich keinen Grund hätte, sie hereinzulassen. Darauf sagten sie nur: ›Skip hat uns erlaubt, hier zu wohnen.‹«

Mikes Auftreten erregte bei Phyllis großes Mißtrauen, so daß sie noch am gleichen Abend bei Skip anrief und sich bitterlich darüber beklagte, daß er ihnen diese Kerle geschickt hatte. Da Skip jedoch mehr Miete aus dem Haus herausquetschen wollte, als Phyllis und ihre Familie zu zahlen in der Lage waren, mußten sie nachgeben. Allerdings sollte sich Mike bald mit Travis, dem siebzehnjährigen Bruder von Phyllis, anfreunden. Kurze Zeit später fuhren die beiden nach Pontotoc, um dort Mikes Mutter zu besuchen. Da Travis meinte, als Minderjähriger nur in Begleitung seiner Eltern von einem Bundesstaat in den anderen fahren zu dürfen, hatte er sich von seiner Mutter extra eine schriftliche Erlaubnis ausstellen lassen. Während der Fahrt mit Mikes altem VW sahen sie plötzlich bei einem Gebrauchtwagenhändler einen Pick-up-Truck, der zum Verkauf angeboten wurde.

»Mike war sogleich von diesem Wagen begeistert«, berichtet Travis. »Als wir bei seiner Mutter ankamen, erzählte er ihr sofort davon, und nur ein paar Tage später gab er den beinahe neuen Wagen seiner Mutter bei dem Händler in Zahlung und kaufte sich dafür den Transporter, während Mikes Mutter seinen alten VW bekam. Ich fürchte, daß es für sie kein gutes Geschäft war.«

An einer unbefestigten Straße in der Umgebung von Indianapolis fanden Travis und Mike kurz darauf einen Wohnwagen, den dort jemand am Flußufer abgestellt hatte. Für die Pritsche von Mikes Transporter war der Wohnwagen zwar zu lang, aber Mike bearbeitete ihn so lange, bis er sich schließlich befestigen und abtransportieren ließ. Auch wenn nicht alles perfekt zusammenpaßte, so war Mike doch sehr stolz auf sein Gefährt, das weder Rost noch Beulen aufwies. Ein im Besitz seiner Mutter befindliches Foto, das im November 1983 aufgenommen wurde, zeigt Mike – mit überschlagenen Armen vor seinem Wagen stehend – in der Pose eines selbstbewußten und stolzen Besitzers.

Im Dezember 1983 schickte Mike drei von ihm verfaßte Gedichte an Carolyn. Eines davon, dem er den Titel ›Schlaf schön‹ gegeben hatte, begann mit den Zeilen: »Mein Schlaf ist tief, mein Schlaf ist ruhig, wenn ich nur weiß, daß du schön schläfst.« Ein anderes Gedicht mit dem Titel ›Wieder auf der Durchreise‹ lautet:

Vorbei an den Zeichen
und den Wegweisern
jagen wir mit solcher Hast
durch die Zeit,
daß es uns von Jahr zu Jahr
schwerer fällt,
zu halten und darüber nachzudenken,
welchen Weg wir wählen.
Und doch hält unser Gott
tagtäglich inne,
zu gemahnen uns, ihm zu gehorchen
und uns um unseren Nächsten zu sorgen.

Das dritte Gedicht trägt den Titel ›Manchmal möchte ich ein kleines Mädchen sein‹:

Manchmal möchte ich ein kleines Mädchen sein –
das den Märchen lauscht von Prinzen,
die schlafende Prinzessinnen küssen –
von Schlössern, die auf Bergen thronen,
und in denen elegante Herren
zu sanften Geigenklängen
mit biegsamen Damen Walzer tanzen,
während im Schein des Mondes die Sterne blinken.

Manchmal möchte ich ein kleines Mädchen sein –
das Popcorn ißt und Kekse
und süße Zuckerwatte.
Das kichernd hinter verschlossenen Türen
Rätsel und Geheimnisse löst.

Das bei heulendem Wind und prasselndem Regen
ins Bett gekuschelt auf seine Zöpfe beißt
aus Furcht vor den Geistern und Hexen der Nacht.

Manchmal möchte ich ein kleines Mädchen sein –
Drum streichle meine Wangen,
spiel mit meinem Haar.
Liebkose mich
ohne Begierde oder Gewalt
und ohne Forderungen
sanft in meinem Federbett
denn – ich bin ein kleines Mädchen.

Carolyn war sich nicht sicher, ob Mike die Gedichte wirklich selbst geschrieben hatte. Deshalb versuchte sie herauszufinden, ob jemand sie jemals irgendwo in irgendeinem Buch gesehen hatte. Aber sie konnte die Texte nirgendwo finden.

Zu Beginn des Jahres 1984 mühte sich Mike einige Wochen lang in Tupelo mit einer Schweißerausbildung ab, bis er auch hier das Handtuch warf. »Er hatte nie ernsthaft die Absicht, eine Sache zu Ende zu bringen«, stellt seine Mutter fest. »Es kam immer der Punkt, an dem er einfach alles hinwarf.« Im März schlug er im Streit einem seiner Brüder eine Eisenstange auf den Kopf, verletzte auch seine Mutter und fand sich schließlich erneut in der Psychiatrie des staatlichen Krankenhauses wieder. Auch diesmal beteuerte er gegenüber den Ärzten und Psychologen, daß ihm nichts fehle, daß alles in Ordnung sei, sofern man ihn nur in Ruhe lasse, und daß alle Schwierigkeiten, über die seine Mutter klage, von ihr und nicht von ihm ausgingen. Und wieder verordneten ihm die Ärzte Beruhigungsmittel.

Es kam zwar zu keinerlei Konflikten mit den anderen Patienten, aber Mike schottete sich spürbar gegen alle anderen ab. Er blieb für etwa zwei Monate in der geschlossenen Abteilung, bevor man ihn probehalber für zwei Wochen zu seiner Mutter zurückkehren ließ. Als Modean berichtete, daß die Zeit mit ihm reibungslos verlaufen sei, entschieden die Ärzte, daß Mike nicht wieder in die Klinik zurück müsse, sondern weiterhin bei seiner Mutter leben könne.

Ein weiteres Jahr war ins Land gegangen, als Mike 1985 an einem Februarnachmittag einen Baumarkt am Stadtrand von Tupelo betrat, um dort verzinktes Eisenrohr zu kaufen. Um sicherzugehen, daß das Rohr für seine Zwecke den richtigen Durchmesser besaß, hatte Mike eine Schrotpatrone mitgebracht. Nachdem er geprüft hatte, daß die Patrone passend in das Rohr eingeführt werden konnte, ließ er sich drei Stücke zurechtschneiden, von denen das längste knapp einen halben Meter lang war. Dann wählte er noch einen geeigneten Bolzen und bezahlte fünf Dollar an der Kasse. Anschließend fuhr Mike über den Highway Nr. 6 auf das offene Land hinaus, bis er nur noch von Feldern umgeben war. Dort hielt er an einer abgelegenen Stelle an und machte sich an die Arbeit. Zunächst schob er die Schrotpatrone in ein Ende des längeren Rohres und schraubte anschließend ein T-förmiges Kupplungsstück an, in das er den Bolzen einpaßte. Zum Schluß trieb er den Bolzen mit der flachen Hand so weit in das T-Stück, bis er auf das Zündhütchen der Schrotpatrone schlug und deren Treibladung zur Explosion brachte. Der selbstgefertigte Schußapparat, mit dessen Konstruktion er sich im Gefängnis vertraut gemacht hatte, wurde vom Rückstoß zur Seite geschleudert.

Wenige Wochen später floh Mikc eines Nachts überstürzt aus dem Haus seiner Mutter, die er dort nach einer bärenhaften Umklammerung mit mehreren gebrochenen Rippen zurückließ. Das Telefon hatte plötzlich zu klingeln begonnen, was ihn so erschreckte, daß er nicht nur von seiner Mutter abließ, sondern – nur mit Pantoffeln, Pyjama und Bademantel bekleidet – im Vorbeilaufen einen Mantel und ein Paar Schuhe seines Bruders ergriff und Hals über Kopf zu seinem Wagen stürzte. Mike war so sehr in Panik geraten, daß er sogar vergaß, sein Gebiß mitzunehmen.

Kurz darauf raste er die Bundesstraße 55 entlang und hielt

erst weit hinter Memphis an, um die restliche Nacht am Straßenrand zu verbringen. Dann setzte er seinen Weg durch die Bundesstaaten Arkansas und Missouri fort und fuhr schließlich in östlicher Richtung weiter, bis er am Donnerstag in Indianapolis eintraf. Dort wollte er eine seiner Schwestern aufsuchen, die als Verkäuferin in einem Laden für Gesundheitskost arbeitete. Sie hatte Mike seit etwa einem Jahr nicht mehr gesehen, am Vortag aber von ihrer Schwester telefonisch erfahren, was er ihrer Mutter angetan hatte. Als Mike bei ihr im Geschäft auftauchte und von ihr Geld forderte, wies sie ihn wütend ab, woraufhin er sie wüst beschimpfte. Schließlich drohte sie ihm damit, die Polizei zu rufen, was Mike mit der Bemerkung kommentierte: »Du wirst nicht mehr lange in der Lage sein, irgend jemanden zu rufen!« Er beließ es bei der Drohung und fuhr wieder hinaus auf das offene Land. Gegen 13 Uhr 30 sah ihn einer seiner Brüder, der in einem kleinen Ort in der Nähe von Indianapolis lebt, vor seinem Haus parken. Als er aus dem Haus trat, um zu fragen, was Mike wollte, gab er jedoch sofort Gas. Im weiteren Verlauf des Tages fuhr Mike mehrmals vor Skips Haus auf und ab, sammelte im Hof eines Krankenhauses mehrere weggeworfene Spritzen auf und kaufte irgendwo vier große Wasserflaschen aus Plastik. Auf einem Parkplatz fertigte er in einem Reservekanister eine Mischung aus Benzin und Diesel an, die er anschließend in die Plastikflaschen abfüllte. Dann zerschnitt er einen Lappen in vier Streifen, stopfte jeweils einen in eine der Flaschen – und schon waren vier Molotowcocktails fertig.

Eigentlich hatte Mike die Nacht in der Mission der Heilsarmee verbringen wollen, doch da er kein Geld mehr hatte, mußte er sich damit begnügen, in seinem Transporter zu übernachten. Am nächsten Morgen betrat er gegen 10 Uhr 30 einen Supermarkt, an dessen Salatbar er sich drei Portionen zusammenstellte. Nach dem Abwiegen und Bezahlen hatte Mike den Laden wieder verlassen und war gerade im Begriff, zu seinem Wagen zu gehen, als er von einem Wachmann angehalten und in das Büro des Supermarktes gebracht wurde. Dort fanden sich bei einer Überprüfung seiner

Hosentaschen fünf Schrotpatronen, fünfzehn Schuß Munition vom Kaliber 22, drei Taschenmesser und fünf oder sechs Spritzen. Nach diesem Fund verständigte der Wachmann die Polizei in Indianapolis. Nach deren Eintreffen wurde Mikes Identität überprüft und auf diese Weise festgestellt, daß noch ein zwei Jahre alter Haftbefehl wegen Trunkenheit am Steuer gegen ihn bestand. Als Mike nach seinem gegenwärtigen Wohnort befragt wurde, gab er Skips Adresse an.

Bevor die Polizeibeamten Mike ins Untersuchungsgefängnis brachten, fragten sie ihn, ob er einen Wagen auf dem Parkplatz des Supermarktes abgestellt habe, was er verneinte. Dennoch bemerkte einer der Polizisten die im Bundesstaat Mississippi ausgestellten Kennzeichen von Mikes Transporter, ließ per Funk dessen Halter ermitteln und unterzog daraufhin den Wagen einer näheren Untersuchung. Auch wenn sich der Beamte nicht sofort einen Reim auf die seltsame Rohrkonstruktion machen konnte: die Molotowcocktails erkannte er jedenfalls auf den ersten Blick.

Später sagte Mike aus, er habe sich den Schußapparat nur gebaut, um sich vor Skip schützen zu können, denn Skip habe gedroht, ihn umzubringen, falls er jemals nach Indianapolis zurückkehren sollte. Das FBI kam allerdings zu dem Schluß, daß Mike offensichtlich die Absicht gehabt habe, mit den von ihm angefertigten Brandsätzen das Haus einer seiner Schwestern anzuzünden. Skip behauptet hingegen, aus anderer Quelle erfahren zu haben, daß es Mikes Plan gewesen sei, bei ihm Feuer zu legen und ihn bei der Flucht vor den Flammen mit dem Schußapparat zu töten.

Bis zur Gerichtsverhandlung sperrte man Mike ins Marion County-Bezirksgefängnis, dessen Direktor binnen weniger Wochen mit der geschwungenen Handschrift Modeans vertraut wurde. Immer wieder drängte Mikes Mutter in ihren Briefen darauf, einen geeigneten Platz für die Pflege ihres – sie wie sagte – ›geistesgestörten‹ Sohnes zu finden. Sie betonte gleichzeitig, daß sie ihn nach wie vor liebe, zu ihm halte und alles in ihrer Macht Stehende tun werde, um ihm zu helfen.

Wenig später wurde Mike nach Springfield, Missouri, in

das Nationale Medizinische Zentrum für Strafgefangene verlegt, wo darüber befunden werden sollte, ob er verhandlungsfähig wäre oder nicht. In das Formular, das er bei seiner Einlieferung ausfüllen mußte, schrieb er in die Spalte mit der Aufforderung »Fassen Sie in eigenen Worten zusammen, welcher Umstand zu Ihrer letzten Festnahme führte«: »Ich habe mir nur ein Gewehr gebaut, um damit auf die Jagd gehen und um mich verteidigen zu können.«

Gegenüber einer medizinischen Untersuchungskommission erklärte Mike, er sei kein Alkoholiker, obwohl er alles trinke, was er vorgesetzt bekäme. Sein Konsum hänge nur von seiner jeweiligen Stimmung und seiner Barschaft ab. Außerdem habe er mit allen nur denkbaren Arten von Drogen Bekanntschaft gemacht. Während Mike derlei berichtete, schweifte sein Blick ständig von einer zu anderen Ecke des Raumes, wobei er gelegentlich in ein Gelächter ausbrach, für das die übrigen Anwesenden keinerlei Anlaß erkennen konnten. Als ihm auch bei dieser Untersuchung jene Frage gestellt wurde, die er seit seinem einundzwanzigsten Lebensjahr wohl am häufigsten gehört hatte – nämlich ob er irgendwelche Stimmen höre und Menschen oder Szenen sehen, von denen er wisse, daß sie nicht real seien –, antwortete er mit ›Nein‹. Mike bestritt außerdem nachdrücklich, in irgendeiner Form geisteskrank zu sein. Als ihn einer der Psychologen darauf hinwies, daß er depressiv wirke, erwiderte Mike lediglich: »Man muß die Dinge nehmen, wie sie sind.«

Zu einem der anderen Mediziner gewandt, erklärte Mike, daß er außer wegen Mordes schon wegen aller möglichen Delikte festgenommen worden sei und in den vergangenen viereinhalb Jahren die verschiedensten Sorten von Medikamenten geschluckt habe. Sein Befinden habe sich dabei aber eher verschlechtert.

In dem abschließenden Gutachten über Mike heißt es: »Der Patient trägt einen Vollbart und zeigt in seinem Auftreten eine ablehnend-feindliche Haltung, die von einer unterschwelligen Aggressivität getragen wird. Er vermittelt den Eindruck eines Menschen, der zu plötzlichen unbeherrschten Handlungen neigt.«

Von der Folgezeit seiner Inhaftierung in Springfield sind einige Einzelheiten bekannt, da man ihn unter strenger Beobachtung hielt. Er prahlte oft damit, ein ›wirklich harter Bursche‹ zu sein, vernachlässigte seine äußere Erscheinung und begann regelrecht zu stinken. Bald wurde er bekannt dafür, andere Mitgefangene um Briefmarken anzubetteln, außerdem stand er im Verdacht, ihnen Zigaretten zu stehlen. Frühmorgens wurde er einmal dabei überrascht, in seiner nur von ihm bewohnten Zelle scheinbar mit drei anderen Leuten zu sprechen. Ein anderes Mal lachte er ohne erkennbaren Grund vor sich hin. Des öfteren weigerte er sich mehrere Tage lang, seine Zelle zu verlassen. Dann hortete er nicht nur Nahrungsmittel, Zeitungen und Magazine, sondern auch alles andere, was ihm unter die Finger geriet. Als die Hälfte der Lebensmittel nach einer Woche verdorben war, wurde er gewaltsam aus seiner Zelle geholt, wobei er außer sich geriet und einen der Wärter bedrohte. Als man ihn daraufhin an sein Bett fesselte, entschuldigte er sich einige Tage später für sein Verhalten. Dann beklagte er sich plötzlich darüber, daß ihn seine Schuhe drückten, und verlangte neue. Mike brach außerdem oft Streitigkeiten vom Zaun und blieb die ganze Nacht über wach, um nur mit sich selbst zu reden, wobei er verlangte, daß die Zellenbeleuchtung nicht gelöscht werde. Ein Wärter beobachtete ihn dabei, wie er mit Kopfhörern dem Radioprogramm lauschte und dabei fortwährend sprach. Auf die Frage, was er da treibe, sagte Mike: »Ich führe nur ein Selbstgespräch. Das mache ich manchmal.«

Nicht lange nach seiner Überstellung nach Springfield erhielt dic Gefängnisleitung ein Schreiben der Staatsanwaltschaft in Indianapolis, in dem mitgeteilt wurde, daß der Gedanke an Mikes Freilassung seine Familie ›in Angst und Schrecken‹ versetzte.

Nur wenige Tage später kamen die Ärzte in Springfield zu dem Ergebnis, daß Mike verhandlungsfähig sei, und veranlaßten seine Rücküberstellung nach Indianapolis.

Der vom Gericht bestellte Pflichtverteidiger riet Mike, hinsichtlich der Anklage wegen unerlaubten Waffenbesitzes auf

Unzurechnungsfähigkeit zu plädieren. Mike sträubte sich allerdings dagegen, vor Gericht als ›Verrückter‹ hingestellt zu werden, und verlangte vom Richter, seinen Verteidiger durch einen anderen zu ersetzen, denn so habe er es mit zwei Anklägern zu tun.

Während der Verhandlung erklärte er, daß er nur deshalb nach Indianapolis zurückgekehrt sei, um näher bei seinen Töchtern sein und zu ihnen eine väterliche Beziehung aufbauen zu können. Er stellte außerdem den Antrag, das Gericht möge die Telefongesellschaft dazu zwingen, ihm Carolyns Anschrift bekanntzugeben; sie müsse man unbedingt als Zeugin vorladen. Am Ende erklärte er sich selbst für schuldig. Nach der Verhandlung berichtete der Staatsanwalt, daß Mike während der Urteilsverkündung die ganze Zeit über so leise, daß der Richter es nicht hören konnte, vor sich hin gemurmelt habe: »Ich werde dich töten. Ich werde wiederkommen und dich töten.«

Auch als Mike zur Verbüßung seiner Strafe bereits wieder im Gefängnis saß, wiederholte er seine Drohungen so häufig, daß einer seiner Mitgefangenen Skip eine Warnung zukommen ließ:

Skip!
Ich dachte nur, daß es vielleicht besser ist, wenn ich Dir folgende Nachricht schicke. Dieser Mike Jackson hat wirklich nicht alle Tassen im Schrank und redet die ganze Zeit so verrücktes Zeug über Dich. Wenn er rauskommt, solltest Du besser ein bißchen auf Dich aufpassen...

Mike war wieder nach Springfield geschickt worden, um dort ein Jahr wegen illegalen Besitzes eines Schußapparates abzusitzen. Für die Herstellung der Molotowcocktails wurde er zu einer Strafe von drei Jahren verurteilt, die der Richter allerdings zur Bewährung aussetzte.

Auch dieses Jahr hinter Gefängnismauern glich den früheren Inhaftierungen, die Mike bereits hinter sich hatte. Von Zeit zu Zeit verlor er seine Selbstbeherrschung, drehte durch und wurde in Einzelhaft genommen. Er mußte wieder und wieder Fragen und Tests über sich ergehen lassen, mit Hilfe derer man erfahren wollte, was er fühlte und dachte. Manchmal spielte er mit anderen Gefangenen Karten und unterhielt sich mit ihnen, dann wieder zog er sich zurück und kapselte sich von allen Mithäftlingen ab. Manchmal achtete er auf sein Äußeres, manchmal vernachlässigte er es völlig. In der einen Woche hielt er seine Zelle sauber, in der nächsten überhaupt nicht. Meistens lag er nur auf dem Rücken auf seinem Bett und starrte an die Zimmerdecke oder schlief. Oft saß er grübelnd mit aufgestützten Ellenbogen da, den Kopf zwischen den Händen verborgen.

Eine Zeitlang nahm Mike an einer Musiktherapie teil und entschied sich dafür, Schlagzeug zu spielen. Die betreuende Therapeutin vermerkte in ihren Aufzeichnungen, daß Mike mit den anderen zusammen sang und auch diskutierte, daß er das Gitarrespielen zu erlernen versuchte und daß er auch in Phasen tiefster Depression zwar auf den Boden starrte, aber dennoch weiterhin musizierte. Mehr als einmal habe er seinen Wunsch geäußert, den ganzen Tag über nichts anderes zu tun, als an der Musiktherapie teilzunehmen.

Nach wie vor war Mike vielen Stimmungsumschwüngen unterworfen, und nach wie vor weigerte er sich oftmals, sein Bett zu verlassen oder jemanden anzusehen, der mit ihm sprach. Beharrlich bestritt er, Stimmen zu hören oder Visionen zu haben, aber die Art und Weise, wie er plötzlich in Gelächter ausbrach und sich auch sonst verhielt, widersprach seinen Beteuerungen. Mittlerweile hatte er seinen Bart und seine Haare lang wachsen lassen, wobei vor allem sein dichter und dunkler Bart dazu beitrug, sein Gesicht noch leidvoller, gehetzter und gestörter erscheinen zu lassen. Auch sein Blick schien meist nur noch verloren in die Ferne gerichtet zu sein.

Während sich Mike damit abmühte, die Zeit bis zu seiner Haftentlassung totzuschlagen, zerbrachen sich die Verantwortlichen die Köpfe darüber, was mit ihm nach seiner Freilassung, die für Mitte Februar 1986 vorgesehen war, geschehen sollte. Seine Mutter hatte in ihren Briefen immer wieder hervorgehoben, daß er gefährlich sei und deshalb unter ständiger Aufsicht stehen müsse. Im Dezember fragte der Gefängnisdirektor bei dem Leiter der Sozialbehörde in Indianapolis an, ob es möglich sei, Mike dort in eine psychiatrische Klinik einzuweisen. Die Antwort lautete, daß darüber nur ein Gericht entscheiden könne, da es bei Mikes Persönlichkeitsprofil unwahrscheinlich sei, daß er freiwillig einer dauerhaften Verwahrung in einer geschlossenen Anstalt zustimmen würde.

Gegen Ende des Monats wurde Mike einem Gremium vorgeführt, das seinen gegenwärtigen Zustand beurteilen sollte. Die beteiligten Ärzte und Psychologen kamen übereinstimmend zu dem Ergebnis, daß er unter ›einer erheblichen psychischen Störung oder Krankheit‹ leide und ›für andere eine Gefahr‹ darstelle. Sie sprachen die Empfehlung aus, daß ein Platz für ihn gefunden werden müsse, an dem er beobachtet werden könne, ohne eine Bedrohung für andere Menschen darzustellen.

Anfang Januar verabreichte man Mike unter anderem ein neues Medikament namens Mellaril. Kurz darauf stutzte er sich wieder seinen Bart und ließ sich die Haare schneiden. Sein Denken, das den Medizinern und dem Gefängnis- und Pflegepersonal stets als zusammenhanglos erschienen war, folgte offensichtlich nun wieder geordneteren Bahnen. Mike redete jetzt meist langsam und bedacht und hatte weniger Mühe, sich an Zurückliegendes zu erinnern. Er wirkte auch höflicher, klagte nicht mehr ständig über alles mögliche und bemühte sich sogar, mit dem Personal und den übrigen Gefangenen auf gutem Fuß zu stehen. Er drohte nicht mehr, jemand umzubringen, und zeigte auch keinerlei Anzeichen dafür, zu Gewalttätigkeiten zu neigen. Das für Mike verantwortliche Untersuchungsgremium trat erneut zusammen und befand diesmal, daß man Mike ohne Bedenken freilassen könne, sofern sichergestellt sei, daß er regelmäßig sein Mellaril erhalte.

In der ersten Februarwoche schrieb der Anstaltsleiter einen Brief an Michael Trent, den in Indianapolis für psychisch gestörte Fälle zuständigen Sozialarbeiter. Der Anstaltsleiter hoffte, daß Trent, der in der Städtischen Nervenklinik arbeitete, dort Mikes weitere Medikamenteneinnahme kontrollieren könne. Falls Mike die Termine nicht einhalten oder die Einnahme des Mittels verweigern würde, sollte dies umgehend einem Richter mitgeteilt werden, damit unverzüglich ein Haftbefehl und die erneute Überführung nach Springfield verfügt werden konnte.

In einem Auto sitzend, passierte Mike am Morgen des 14. April in aller Frühe um 5 Uhr 25 die Anstaltstore. Er wurde dabei von einem Sicherheitsbeamten begleitet, der ihn zum Flughafen brachte und dort mit ihm die Maschine nach St. Louis nahm, wo sie dann in die Maschine nach Indianapolis umstiegen. Kurz nach elf trafen sie dort ein und riefen ein Taxi, um sich zu Michael Trents Büro fahren zu lassen.

Trent verabreichte Mike zunächst seine Medizin, die dieser nicht mochte, da sie ihn schläfrig machte; er schien jedoch einzusehen, daß er sie nehmen mußte. Trent gewann zunächst den Eindruck, daß Mike eifrig darum bemüht war, eine Bleibe und einen Arbeitsplatz zu finden. Dabei würde er auf öffentliche Verkehrsmittel angewiesen sein, da sein Führerschein während seiner Inhaftierung abgelaufen war. Im Verlauf des Gesprächs mit Trent veränderte sich seine Tonlage kaum; auch sein Gesicht zeigte nur wenige Regungen. Überhaupt hockte Mike fast die ganze Zeit über beinahe bewegungslos auf seinem Stuhl und geriet bei seinen sprachlichen Äußerungen ab und zu ins Stocken. Trent war sich jedoch nicht sicher, ob dieses Verhalten ein Resultat der Medikamente oder eines psychischen Defekts war. Mike machte auf ihn jedenfalls nicht den Eindruck eines Menschen, der unter einer echten Psychose leidet. Am Ende vereinbarten sie für den folgenden Tag ein erneutes Treffen.

Mike verließ zusammen mit dem Beamten aus Springfield Trents Büro. Während sich sein Begleiter auf den Rückweg zum Flughafen machte, meldete sich Mike aus einer Telefonzelle bei seiner Mutter. Er erzählte ihr, daß er nur die Kleider auf seinem Leib und 45 Dollar besitze und daß er keinen Ort wisse, wohin er gehen könne.

Am nächsten Tag erfuhr Trent von Mike, daß ihm in dem Wohnheim, zu dem man ihn geschickt hatte, ein Bett verweigert worden war. Verwundert telefonierte Trent mit dem Heim, da er davon ausgegangen war, daß die Verantwortlichen in Springfield bereits alles Notwendige veranlaßt hatten. Er erfuhr von der Heimleitung, daß aus Springfield tatsächlich fünfmal wegen eines Platzes für Mike angefragt worden war, daß man diesen aber wegen Mikes Hang zu Gewalttätigkeiten verweigert habe. Am Ende wurde Mike für die folgende Nacht ein Bett in der ›Hafenlaterne‹, einem von der Heilsarmee geführten Männerwohnheim, zugewiesen.

Während der nächsten sechs Wochen erschien Mike beinahe jeden Tag bei Trent, der nicht nur seine Medikamenteneinnahme überwachte, sondern ihn auch mit Busfahrkarten versorgte. Seine Mutter hatte ihm Geld geschickt, so daß er sich zunächst einmal neue Kleidung kaufen konnte. Außerdem fragte Mike bei Trent an, ob es ihm gestattet sei, Alkohol zu trinken.

Gegen Ende des Monats wurde Mike zu einer Arbeitsvermittlung geschickt, die Programme für Personengruppen organisierte, die besondere Schwierigkeiten bei der Arbeitssuche hatten. Dort wurde ihm mitgeteilt, daß er zunächst, wie jeder andere auch, weniger angenehme Arbeiten verrichten müsse.

Trent gegenüber äußerte Mike, daß er das Leben nicht mochte, in das man ihn hineindrängte. Ihm mißfiel nicht nur die Arbeit, sondern auch die dauernde Einnahme der Medikamente, die ihn, wie er sagte, matt und stumpfsinnig machten. Außerdem hatte er keine Lust mehr, noch länger in der ›Hafenlaterne‹ in verwanzten Betten zu schlafen und Flure zu kehren, nur um seinen guten Willen zu zeigen. Er wollte, daß seine Mutter ihn unterstützte und ihm ein eigenes Apartment finanzierte, er wollte Carolyn wiedersehen und auf schnelle und einfache Weise viel Geld verdienen. Im Verlauf irgendeines dieser Gespräche bemerkte Trent plötzlich, daß Mike niemals über die Vergangenheit redete, sondern sich nur über die Gegenwart beklagte.

Um sich ein paar zusätzliche Dollar zu verschaffen, hatte

Mike irgendwann heimlich damit begonnen, regelmäßig Blut bei einer Blutbank zu spenden, ohne dort seine ständige Medikamenteneinnahme anzugeben. Dabei dürfte auch eine Rolle gespielt haben, daß ihn nichts so sehr beschäftigte wie das Verlangen, endlich seinen Pick-up-Truck wiederzubekommen. Der Wagen war während seiner Inhaftierung abgemeldet und bei einem seiner Brüder abgestellt worden, und das Gefährt bedurfte zudem einiger Reparaturen, für die ihm das Geld fehlte. Seine Mutter würde sich darüber hinaus auch bestimmt weigern, ihm die Fahrzeugpapiere zuzuschicken, ohne die er den Wagen nicht zulassen konnte.

Mike bekam in einem exklusiven Hotel einen Job als Tellerwäscher, kündigte aber bereits am ersten Tag wieder. Trent sagte er, man habe ihm dort eine unzumutbare Leistung abgefordert, und es seien ›zu viele Menschen‹ um ihn herum gewesen.

»In Springfield hatten sie ihm seine Medikamente verschrieben, ihn vor die Tür gesetzt und dann zu mir geschickt. Und ich sollte jetzt sehen, wie ich mit ihm fertig werde«, beklagte sich Trent rückblickend.

Es stand außer Frage, daß Mike nicht wieder bei Skip unterschlüpfen konnte, weil dieser dazu niemals sein Einverständnis gegeben hätte. Aber dennoch trieb sich Mike immer häufiger und stets unangemeldet vor Skips und Cindys Tür herum. Die beiden duldeten seine Annäherungsversuche, da sie ihn nach eigenem Bekunden »immer noch gern hatten«, auch wenn er ihre Geduld oftmals überstrapazierte. In seiner durch das Medikament langsam und zögerlich gewordenen Sprechweise jammerte er über sein Unglück, daß seine Mutter ihm nie die Fahrzeugpapiere schicken würde, daß er keine Arbeit finden und daß das Zimmer in der ›Hafenlaterne‹ klein und schmutzig sei.

Gegenüber Trent beklagte Mike, daß seine Familie ihn ablehne und nichts mehr von ihm wissen wolle. Vor allem wies er wieder auf die Weigerung seiner Mutter hin, ihm die Fahrzeugpapiere seines Wagens auszuhändigen. Dabei würde er doch auf alles andere, sogar auf eine weitere finanzielle Unterstützung verzichten, wenn sie ihm nur die

Papiere gäbe. Trent war davon überzeugt, daß Mike viel zu stark auf seine Mutter fixiert war und besser den Versuch unternommen hätte, selbständiger zu handeln. Der Sozialarbeiter wies Mike außerdem darauf hin, daß für eine solche Abmachung das Gerichtsurteil abgehärtet und ein Zusatz aufgenommen werden müsse, der beinhalte, daß Mike kein Mitglied seiner Familie zu weiteren Zahlungen nötigen werde, sofern er seinen Wagen zurückerhalte. Trent nahm am nächsten Tag mit Mikes Mutter Kontakt auf und erläuterte ihr die Lage. Modean stimmte zu und versprach, die Papiere an Mikes Bruder zu senden, da bei ihm auch der Wagen stehe.

Als Trent jedoch von Mike auch noch darum gebeten wurde, dafür zu sorgen, daß er seine Medikamente nicht länger nehmen müsse, machte Trent ihm klar, daß eine solche Verfügung nicht in seiner Macht stehe.

Am Ende erhielt Mike die Schlüssel und die Papiere für seinen Pickup. Noch bevor Trent jedoch die verabredete Änderung des Gerichtsurteils vornehmen lassen konnte, hatte Mike bereits Druck auf seine Mutter ausgeübt, ihm auch noch das für die Anmeldung des Wagens nötige Geld zu schicken. Er verstieß damit allerdings nicht nur gegen die von ihm vorgeschlagene Regelung, sondern fluchte auch noch auf seine Mutter, als diese sich weigerte, weitere Zahlungen an ihn zu leisten. »Man sollte diese Hündin an den Füßen aufhängen, bis sie abkratzt!« äußerte er gegenüber einem Freund. Dann machte er sich mit einem Kumpan auf den Weg zu einem Schrottplatz, wo an einigen Autowracks noch Kennzeichen angebracht waren. Während er den Verwalter des Platzes ablenkte, stahl sein Begleiter ein im Bundesstaat Indiana ausgestelltes Nummernschild.

»Zum erstenmal nach seiner Entlassung aus dem Gefängnis in Springfield sah ich ihn im Sommer. Ich hatte mich hinter das Haus in die Sonne gelegt und sein Kommen nicht gehört«, berichtet Phyllis Wright – die junge Frau, die zusammen mit ihrer Familie und mit Mike in einem von Skips Häusern gewohnt hatte. »Plötzlich entdeckte ich sein Gesicht direkt über mir. Er rief ›Huuh!‹ und erschreckte mich so sehr, daß ich glaubte, mein Herz bliebe stehen. Dann schnappte ich mir nur schnell mein Handtuch und lief ins Haus.«

Ende Juni wurde Mike von Phyllis und ihrer Familie gestattet, tagsüber deren Badezimmer zu benutzen und mit ihnen seine Mahlzeiten einzunehmen; sie wollten jedoch nicht mit ihm unter einem Dach schlafen. Statt dessen erlaubten sie ihm, seinen Pickup-Truck mit dem Wohnaufbau, in dem sich auch eine Matratze befand, in ihrer Einfahrt abzustellen und dort zu übernachten. Phyllis' Bruder Travis wollte Mike einen Schlüssel aushändigen, damit er auch nachts das Bad benutzen könne, aber seine Schwester lehnte dieses Entgegenkommen von seiten ihres Bruders nachdrücklichst ab. Obwohl sie nicht wußte, daß Mike wegen Vergewaltigung vor Gericht gestanden hatte, fühlte sie sich in seiner Nähe einfach nicht wohl. Deshalb erklärte sie ihm und ihrem Bruder gegenüber, daß er ja laut genug klopfen könne, falls er nachts einmal die Toilette benutzen müsse. Mike hatte daraufhin gefragt, ob sie ihm denn nicht traue, was Phyllis wahrheitsgemäß mit einem klaren ›Nein‹ beantwortete. Mike hatte nur die Augen verdreht und war davongegangen.

Er und Travis hatten die Gewohnheit, abends noch in eine Kneipe zu gehen. Wenn die beiden zurückkehrten, schlief Phyllis meistens schon. War sie noch wach, so warteten die beiden, bis sie zu Bett ging. Dann wurde Mike regelmäßig von Travis heimlich ins Haus gelassen, damit er mit seinem Schlafsack in einem kleinen Raum neben der Küche schlafen konnte. Vor Sonnenaufgang stahl er sich jedoch jedesmal wieder aus dem Haus, um mit Phyllis keinen Streit zu bekommen.

Tagsüber entwickelte sich beinahe so etwas wie ein harmonisches Verhältnis zwischen Mike und der Familie. Mike erwies sich als hilfsbereit, was Tätigkeiten am und im Haus betraf, und benahm sich unter der Wirkung des Medikaments geradezu ›lammfromm‹. Da Phyllis und ihre Mutter kein Auto hatten, fuhr Mike sie oftmals zum Supermarkt oder zum Kino und Phyllis' Mutter sogar mehrere Male zu Verwandten aufs Land. Wenn sie ihm Geld für Benzin geben wollten, lehnte er dies jedesmal ab und sagte nur: »Es wird vielleicht der Tag kommen, an dem ich es brauche, und dann könnt ihr mir aushelfen!«

Mittlerweile hatten sie sich an seine einfache und schleppende Ausdrucksweise gewöhnt. Nur Phyllis erschien sie nach wie vor ein wenig ›gruselig‹. Außerdem wirkte Mike manchmal so, als trage er eine Maske, hinter der er sein wahres Ich verberge.

Als Phyllis und die anderen seine Mutter Modean Monate später auf dem Fernsehschirm sahen, wie sie Mike anflehte, sich der Polizei zu stellen, stand ihnen allen wieder das Gesicht Mikes vor Augen. Wenn er etwas sagte, was er für komisch hielt, verwandelte sich sein Gesichtsausdruck oft übergangslos von völliger Abwesenheit zu einem angedeuteten Lächeln und dann ebenso schnell wieder zu einer starren Maske. Was immer er auch in Worte kleiden wollte – sei es ein einfacher Gedanke oder ein komplexerer Sachverhalt: Stets schien es mindestens zwanzig Minuten zu dauern, bis er seine Gedanken ausgedrückt hatte. Selbst die simpelste Überlegung schien in seinem Geist endlosen Windungen zu folgen. Immer wieder betonte er, daß dafür die Medikamente verantwortlich seien und daß er sich niemals sicher wäre, ob er wirklich das sage, was er denke. Dabei behielt seine Stimme stets den gleichen monotonen Klang bei. Nur wenn er betrunken oder außer sich vor Wut war, wurde er lauter und begann zu brüllen.

Trent und ein Psychiater aus der Nervenklinik beantragten bei Gericht, daß die tägliche Kontrolle, ob Mike seine Medikamente tatsächlich nehme, ausgesetzt werden solle. Mike sei gerade im Begriff, an einem Berufsvorbereitungskurs teilzunehmen, könne dies aber unmöglich tun, solange er noch jeden Morgen in der Klinik erscheinen müsse.

Am selben Tag meldete sich Mike telefonisch bei Trent, um ihm mitzuteilen, daß er gerade für jemanden ein Dach decke. Da das Haus keinen Telefonanschluß habe, könne er ihm nur die Adresse mitteilen. Es war die von Phyllis.

In Wahrheit arbeitete Mike inzwischen für Phyllis' Mutter,

die eine Gruppe von Raumpflegerinnen beaufsichtigte, die nachts Schulen und Fabriken reinigten. Mikes Aufgabe war es, Flure zu wischen und Müll hinauszutragen, aber er hatte Mühe, die ihm aufgetragenen Arbeiten zu erledigen. »Er kapierte einfach nicht, was er tun sollte«, seufzte Phyllis' Mutter. »Man mußte ihm zwei- oder dreimal erklären, was zu tun war. Dann machte er es immer noch nicht richtig und ärgerte sich nur über sich selbst. Vielleicht hatte er wirklich ein sehr simples Gemüt, oder es lag an den Medikamenten.«

Mike wollte den Job schon bald wieder frustriert hinwerfen, aber Phyllis' Mutter redete ihm gut zu, doch weiterzumachen. Sie erklärte ihm, daß ihr Chef seine Arbeit für gut befunden habe und daß sie alle auf seine Hilfe angewiesen seien.

Damals spielte Mike mit dem Gedanken, das Restaurant eines Einkaufszentrums zu überfallen. Er war wütend auf eine Frau, die dort arbeitete, und wollte deswegen den Überfall an einem Tag ausführen, an dem sie ihren Dienst versah, damit er – wie er Travis gegenüber äußerte – »gleichzeitig mit ihr abrechnen« könne. Eines Nachmittags fuhren die beiden los, um sich das Restaurant genauer anzusehen, machten jedoch unterwegs vor einem Apartmenthaus halt. Mike verschwand für kurze Zeit in dem Gebäude, ohne Travis hinterher zu erklären, was er dort gemacht habe. Danach kurvten die beiden durch einige Vororte von Indianapolis und tranken einige Gläser Bier. Dabei fiel ihnen ein Wagen auf, der vor ihnen in Schlangenlinien fuhr. Mike betätigte die Hupe und setzte zum Überholen an, während Travis sich aus dem Fenster lehnte und den Fahrer des Wagens durch Winken aufforderte, auf dem Parkplatz einer Tankstelle anzuhalten. Mike fragte die Insassen des Wagens, ob sie wüßten, wo er Marihuana bekommen könne. Sie sagten, sie könnten ihm nicht weiterhelfen, hätten aber noch ein bißchen LSD bei sich. Mike kaufte ihnen eine für Travis und ihn ausreichende Menge ab, die sie sofort nahmen. Anschließend fuhren sie wiederum ziellos durch die Gegend, tranken noch mehr Bier und kamen erst am Abend in die Stadt zurück, wo sie den Rest der Nacht miteinander redend verbrachten.

Von Zeit zu Zeit brach Mike mit seinem Transporter zu Streifzügen durch die umliegende Gegend auf, um dort bei Geistlichen an die Tür zu klopfen und ihnen vorzujammern, daß er kein Geld habe und Hilfe benötige, um wieder auf die Beine zu kommen. In ähnlicher Weise klapperte er im Stadtgebiet auch Kirchen ab, von denen er wußte, daß dort Lebensmittelgaben verteilt wurden. Danach kehrte er regelmäßig mit zwei, drei Tüten voller ›Einkäufe‹ zurück, aus denen er nur einige Dinge für sich behielt. Das meiste reichte er an Phyllis, Travis und deren Mutter weiter, um auf diese Weise seinen Anteil an den Kosten der Haushaltsführung zu leisten.

Travis war wirklich gern mit Mike zusammen. Wenn Mike gerade ein paar Dollar in der Tasche hatte, dann teilte er sie stets mit ihm; außerdem war Mike immer bereit, mit ihm in den Pickup zu steigen und in der Gegend herumzufahren. Nervös wurde Travis nur, wenn Mike zu viel getrunken hatte, weil er dann leicht die Beherrschung verlor und ausfallend wurde. Schon nach ein paar Bier begann er jedesmal von seiner Ex-Frau zu erzählen: vor allem wie sie seine Töchter gegen ihn aufgehetzt hatte und was er mit ihr anstellen würde, wenn er jemals ihren Aufenthaltsort in Erfahrung bringen sollte.

Eines Abends sagte er zu Phyllis' Freund: »Du mußt es mir nur sagen, wenn dir jemand Ärger macht. Gibt es so jemand, dann werde ich ihn für dich töten.«

»Mike beging zwar keine Überfälle mehr, sondern bemühte sich scheinbar, längere Zeit bei ein und demselben Job zu bleiben. Aber was er wirklich wollte, war nichts anderes als eine Arbeitsunfähigkeitsbescheinigung, um Sozialhilfe beantragen zu können«, stellte Phyllis fest. »Er war der Meinung, daß es dumm sei, eine Stunde lang für drei Dollar zu arbeiten, wenn man das Geld auch fürs Nichtstun einstreichen konnte.«

Dem ersten Schreiben der Sozialbehörde, das Phyllis für

Mike in ihrem Briefkasten fand, waren mehrere Schecks beigelegt. Nachdem Mike sie an sich genommen hatte, verließ er das Haus für den Rest des Tages. Als er spätabends zurückkehrte, erzählte er Phyllis, ein Kerl habe ihn in einer Bar zusammengeschlagen und ihm sein ganzes Geld abgenommen. Zunächst zeigte er sich höchst besorgt, wie er die Zeit bis zur Zusendung der nächsten Schecks überbrücken sollte, lachte dann aber plötzlich laut auf.

»Na ja, wir wissen alle, daß durchaus einmal etwas Schlimmes passieren kann, das einem später komisch erscheint«, kommentiert Phyllis, »aber trotzdem schien mir das Ganze seltsam. Ich fragte mich, ob Mike wirklich die Wahrheit sagte, zumal er mir noch Geld schuldete.«

Die nächsten zwei Wochen lang arbeitete Mike recht zufriedenstellend in der Kolonne von Phyllis' Mutter, dann aber begann er sich ständig bei ihr über verschiedene Dinge zu beklagen. Er jammerte, daß Travis immer lese, anstatt den ihm zugeteilten Raum sauberzumachen, und daß andere Arbeiter sich nur unterhielten, ohne dabei ihre Aufgaben zu erfüllen. Bald begann er auch damit, die anderen Kollegen zu bedrohen, so daß vor allem die Frauen Angst vor ihm bekamen. Es dauerte nicht lange, und die meisten erklärten Phyllis' Mutter, daß sie kündigen wollten, wenn Mike noch länger mit ihnen zusammenarbeiten würde. Als sie Mike kurz darauf während einer Schicht feuerte, drohte er ihr, später zurückzukehren, ihr das Herz aus dem Leibe zu reißen und in ihren Rachen zu stopfen. Phyllis' Mutter ließ ihn daraufhin von einem Wachmann vom Firmengelände entfernen.

Am 30. Juli behauptete Mike gegenüber Trent, daß er zum Aufseher über die Reinigungskolonne befördert worden sei und nun mehr Geld verdiene. Er äußerte die Hoffnung, sich bald ein Haus kaufen zu können. Zu dem Zeitpunkt lebte er immer noch mit Phyllis, ihrer Mutter und Travis zusammen.

Ein paar Tage nachdem er den Job verloren hatte, begann er in der Küche mit Travis und Phyllis über deren Mutter zu streiten. Phyllis wurde dabei so wütend, daß ihr die Tränen in die Augen traten. Schließlich warf sie Mike hinaus, schlug ihm die Tür vor der Nase zu und verriegelte sie. Mike hämmerte noch eine Weile mit den Fäusten gegen die Tür, zog sich dann aber in seinen Wagen zurück. Nach etwa einer Stunde trat Phyllis ins Freie und rief ihm zu: »Du kannst hier nicht länger wohnen bleiben. Verschwinde!«

Da Mike zufällig wußte, daß sich Phyllis' Mutter gerade zum Einkaufen in einem Supermarkt befand, fuhr er dorthin. Er entdeckte sie, vor einer Kasse in der Schlange stehend. Vor allen Leuten brüllte er mit sich überschlagender Stimme, daß Phyllis ihn hinausgeworfen habe, daß er aber nicht gehen wolle. Das Haus gehöre schließlich ihr, so daß Phyllis kein Recht habe, ihn rauszuschmeißen. Er sei extra mit dem Wagen gekommen, um sie abzuholen, damit sie ihrer Tochter den Kopf waschen könne. Phyllis' Mutter verließ den Laden zusammen mit Mike, gab aber ihrer Tochter hinsichtlich deren Entscheidung recht.

Nach dieser Auseinandersetzung verschwand Mike für zwei Wochen und tauchte erst dann wieder auf, nachdem er das Haus im Pleasant Run Parkway gesehen hatte. Zwar hatte es ein Freund ausfindig gemacht, der es auch kaufen wollte, doch Mike war ihm zuvorgekommen und war einfach eingezogen. Es sei zwar in traurigem Zustand, erklärte Mike gegenüber Trent, aber mit einem kleinen Darlehen könne er es aus eigener Kraft wieder in Schuß bringen. Auch seine Mutter und einer seiner Brüder besichtigten das Haus und versprachen ihm Geld für den Kauf. Zu dieser Zeit klagte Mike nicht mehr über die ihm noch immer auferlegte Einnahme der Medikamente, da er endlich eine Zukunftsperspektive zu haben schien. Mitte August erklärte er Trent, daß er mit dem Hausbesitzer eine Ratenzahlung vereinbart und außerdem seinen Raumpfleger-Job an den Nagel gehängt habe. Ferner bat er Trent, nur noch einmal im Monat bei ihm vorbeikommen zu müssen.

Ein Nachbar erlaubte Mike, gegen Barzahlung vorübergehend einen Wasserschlauch und ein Stromkabel bei ihm anzuschließen. Er und die übrigen Anwohner sahen in der Folgezeit, wie der bärtige Mann, der stets nur einen Overall trug, manchmal über die Straße lief und für mehrere Tage im Unterholz verschwand, das dort am Ufer eines Flüßchens wucherte. Ab und zu fuhr er auch mit seinem Transporter fort und kehrte mit einer ganzen Ladung von Dingen zurück, die er auf verschiedenen Abfalldeponien aufgetrieben hatte. Er schleppte all die alten Stühle, Tischbeine und Matratzen ins Haus, um sie später, wie er den Leuten erklärte, wieder zu verkaufen und das Geld für die Renovierungsarbeiten zu benutzen. Mike führte offensichtlich ein ausgesprochen primitives Dasein. Als Toilette benutzte er einfach einen großen Plastikeimer, auf den er einen Stuhlsitz als Deckel gestülpt hatte. Außerdem hielt er im ersten Stock Kaninchen, für die er im Parterre Heuballen aufbewahrte.

Einmal fragte Mike einen Nachbarn, ob dieser bereit sei, ihm seinen Hund zu verkaufen, da sein eigener Gesellschaft brauche – doch Mike hatte keinen Hund. Wie in diesem Fall begann er des öfteren ein Gespräch mit den Leuten in seiner Nachbarschaft, drehte sich dann aber unvermittelt um und ging einfach fort. Von Zeit zu Zeit lud Mike auch Kinder zu sich ein, um ihnen ein paar Kekse anzubieten. Zudem gewöhnte er sich an, den Kindern Geld zu geben, damit sie Besorgungen für ihn erledigten.

Dann bekam er einen Job in der Küche eines Hotels. Dort wurde er von einer Angestellten wiedererkannt, die mit Mike und Carolyn zur Schule gegangen war und mit Carolyn immer noch in Kontakt stand. Sie informierte ihre alte Freundin telefonisch, woraufhin Carolyn sie bat, Mike an den Apparat zu holen, ohne ihm aber ihre Telefonnummer zu verraten. Mike erklärte Carolyn, daß es ihm sehr leid tue, andere Leute verletzt zu haben. Sein Leben sei verpfuscht, jetzt habe er aber den Plan gefaßt, eine Farm oder ein Haus zu kaufen und dort eine große Wohngemeinschaft aufzuziehen. Unvermittelt fragte Carolyn ihn: »Hast du damals das Mädchen vergewaltigt?«

Nach einer kurzen Pause antwortete Mike mit ›Ja‹.

Als Carolyns Töchter erfuhren, daß ihre Mutter wußte, wo Mike zu finden war, drängte die jüngere der beiden darauf, ihren Vater zu besuchen. Schließlich fuhr sie in Begleitung ihrer älteren Schwester, die auf sie achtgeben sollte, zu ihm. »Er wollte von uns vor allem wissen, wo Mutter lebte«, berichtete die ältere Tochter über das Treffen. »Ansonsten erzählte er nur von seiner geplanten Wohngemeinschaft, daß wir dort alle wieder zusammensein könnten und daß Mutter in dem Gebäude ihre eigene Wohnung bekäme. Alles klang völlig wirr und verrückt, weil er doch überhaupt nicht das Geld für so ein Vorhaben besaß.« Mike hatte etwa eine Stunde lang mit den Mädchen gesprochen, als sein Chef auftauchte und ihn vor die Wahl stellte, entweder seine Unterhaltung fortzusetzen und den Job zu verlieren oder wieder an die Arbeit zu gehen. Mike entschied sich für die Fortsetzung des Gesprächs mit seinen Töchtern und wurde auf der Stelle gefeuert.

Eine Zeitlang verdiente er sich seinen Unterhalt damit, daß er ein Haus in der Nähe von Skips Straße anstrich. Jeden Tag kam er zum Mittagessen zu seinem alten Gönner und überschüttete ihn und Cindy mit einem endlosen Schwall von Klagen. Er hasse seinen Job und überhaupt jede Form von Arbeit. Er hasse seine geringe Bezahlung und seinen Arbeitgeber, der durch seine Arbeit reich werde. Dann verschwand Mike plötzlich.

Phyllis hatte ihn über einen Monat nicht gesehen, als er plötzlich eines Nachmittags vor ihr stand. »Ich wollte gerade durch die gläserne Hintertür in den Garten gehen, als ich diese Gestalt erblickte und dachte: ›Gütiger Himmel, wer ist denn das?‹ Plötzlich sagte dieser Bursche ›Phyllis‹, und da erst erkannte ich, daß es Mike war. Sein Haar war sehr lang und genauso struppig und verfilzt wie sein Bart. Er war über und über verdreckt, und selbst sein Gesicht hob sich nur wenig von der Farbe seines völlig verschmutzten Hemdes ab. Er trug ein T-Shirt, Shorts und Sandalen. Als Mike noch bei uns untergekrochen war, hatte er jeden Tag ein Bad genommen und sich regelmäßig rasiert, so daß man nie auch nur eine Bartstoppel in seinem Gesicht sah. Ich bekam später mit, wie ihn jemand fragte, warum er so schmutzig sei, und er antwortete nur, daß er am Haus arbeite. Er wollte es Skip unbedingt nachmachen und ebenfalls alte Häuser aufkaufen, sie instandsetzen und dann vermieten. Als ich später Zeitungsfotos von dem Raum sah, wo er gelebt hatte – auf dieser alten Matratze neben dem Kinderschreibtisch und zwischen den Konservendosen und einigen Büchern –, dachte ich, daß er dort wie ein Tier oder ein Höhlenbewohner gehaust haben mußte. Jedenfalls öffnete ich die Tür nur einen Spalt und fragte ihn, was er wolle. Er erkundigte sich, ob die Post schon gekommen und ein Scheck für ihn dabeigewesen sei. Als ich verneinte, zog er nach einer Weile wieder ab.«

Der Anblick der verkrusteten Schmutzschicht auf Mikes Gesicht und seines verfilzten Haares sowie der Gestank, der ihn umgab, alarmierten auch Skip. Mike tauchte jetzt immer häufiger bei ihm auf, um ihn um ein Glas Wasser zu bitten, sich Werkzeug von ihm zu leihen oder sein Telefon zu benutzen. Außerdem erfand er stets irgendwelche Vorwände, nur um Skips Haus zu betreten. Skip gab Mike meist, was er verlangte, in der Hoffnung, daß er dann bald wieder ging.

Eines Abends fuhr Mike hinaus aufs Land, um dort eine seiner Schwestern zu besuchen. Nachdem er bei ihr gegessen hatte und wieder weggefahren war, rief sie seinen ehemaligen Bewährungshelfer an und wies ihn darauf hin, daß Mikes desolater Zustand gewiß eine Folge seines Drogenkonsums sei. Der Bewährungshelfer erwiderte nur, daß Mike dieses Problem aus eigener Kraft lösen müsse, wenn er jemals wieder auf die Beine kommen wolle.

»Wenn das so ist, warum muß er dann ständig Medikamente nehmen?« hakte seine Schwester nach. »Und warum hilft man ihm nicht in einer Nervenklinik?«

Ein paar Tage später schaute Mike bei einem seiner Brüder vorbei, um auch von ihm Werkzeug zu borgen. Die beiden gerieten allerdings in Streit, und Mike versuchte, seinem Bruder einige Fausthiebe zu versetzen, die dieser jedoch abwehrte. Danach flüchtete Mike in seinen Wagen und machte sich davon.

Etwa zur gleichen Zeit erkundigte sich Modean bei Michael Trent, ob er es für ratsam halte, wenn sie Mike Geld für den Kauf des Hauses gebe. Trent gab ihr sinngemäß die gleiche Auskunft, die er Mikes Schwester gegeben hatte: Mike könne nur dann wirklich aus seinen Schwierigkeiten herauskommen, wenn er selbst die Initiative ergreife und sich nicht ständig auf ihre Unterstützung verlasse. »Er hat in der Vergangenheit in keiner Weise Dankbarkeit für das gezeigt, was Sie für ihn getan haben. Warum sollte er es jetzt tun? Wahrscheinlich wird er nur immer mehr von Ihnen fordern«, vermutete Trent.

Am 11. September 1986 betrat Mike das Waffengeschäft ›Sacks Eagle and Loan‹ in der Indiana Avenue in Indianapolis und bezahlte dort einhundertundfünfundneunzig Dollar für eine dreischüssige halbautomatische Schrotflinte. Als Adresse gab er das Haus im Pleasant Run Parkway an und wies sich mit einem neuen Führerschein aus. Auf die vorgeschriebene Frage des Verkäufers, ob er Drogen nehme, geisteskrank oder vorbestraft sei, antwortete Mike mit ›Nein‹. Der Verkäufer erinnerte sich später noch daran, daß Mike unbedingt Munition verlangt habe, mit der man auch ›große Tiere‹ erlegen könne. Da diese jedoch ausverkauft gewesen sei, habe sich Mike mit kleinkalibrigem Schrot zufriedengegeben.

Ein paar Tage später stand Mike, bekleidet mit einem Trenchcoat, in dem von ihm bewohnten Zimmer. Durch die aufgeschnittene Manteltasche hindurch hielt er das Gewehr mit dem Lauf nach unten an sein Bein gepreßt. Den Teil des Laufes, der unter dem Saum des Mantels hervorragte, sägte er ab.

Wiederum ein paar Tage später sandte Modean eine Glückwunschkarte an Trent, die dieser an Mike, der am 23. September Geburtstag hatte, weiterleiten sollte. Auf die Karte hatte sie einen Satz von Charles Dickens geschrieben: »Kein Mensch in dieser Welt ist überflüssig, wenn er nur jemandem dabei hilft, dessen Last zu tragen.« Mikes Mutter hoffte noch immer, daß ihr Sohn einen Platz fände, an dem er ein behütetes Dasein führen könnte. Falls er die Sozialhilfeleistungen, die er bekam, dafür verwenden würde, wollte sie ihm zu seinem Geburtstag ein Fernsehgerät schenken.

Nur wenige Tage, bevor Mike die Morde beging, hielt vor

seinem Haus ein Cadillac, aus dem vier gutgekleidete Männer stiegen. Sie betraten die Veranda und klopften an die Eingangstür, aber Mike war offensichtlich nicht zu Hause. Daraufhin gingen sie einmal um das Haus herum, wobei einer von ihnen eine Frau in einem der Nachbarhäuser sah. Der Mann ging zu ihr und fragte sie, ob sie Mike Jackson kenne. Die Frau erklärte, daß sie ihn erst einige Male gesehen habe und daher kaum über ihn Bescheid wisse. Daraufhin stellte sich der Mann als Anwalt vor, der im Auftrag von Mikes Mutter komme. Er und seine Begleiter hatten vorgehabt, Mike mitzuteilen, daß seine Mutter ihre Meinung geändert habe und ihm doch nicht die zugesagten 2500 Dollar für den Kauf des Hauses überlasse wolle. Da sich Modean vor der Reaktion ihres Sohnes fürchtete, hatte sie den Anwalt damit beauftragt, Mike diese Nachricht zu überbringen. Als der Anwalt Mikes Nachbarin fragte, ob sie ihn nicht entsprechend informieren könne, stellte sie nachdrücklich fest, daß sie dazu ›unter keinen Umständen‹ bereit sei.

Jedesmal, wenn Mike in den Tagen vor den Morden bei Skip auftauchte, hatte er eine Liste mit Dingen dabei, die er von Skip zu bekommen versuchte: Lebensmittel und Werkzeuge, eine Sicherung, ein Stück Wasserleitung usw. Dabei fiel Skip auf, daß Mike ausgesprochen bösartig wirkte. Er schlich sich einfach in das Haus und stand plötzlich – verschlagen und bedrohlich blickend – vor ihm. Skip bemühte sich darum, ihn nicht zu provozieren oder ein Anzeichen von Furcht zu zeigen, da er glaubte, daß Mike dies sofort spüren würde. Er atmete jedesmal erleichtert auf, wenn Mike wieder gegangen war.

Skips Vorsicht erhöhte sich noch, als er von einem Freund erfuhr, daß Mike jetzt ein Gewehr besaß. Der Freund sagte, daß Mike die Waffe für Überfälle benutzen wolle. Auf jeden Fall achtete Skip bei jedem weiteren Besuch Mikes darauf, was der bei sich trug.

Am Freitagabend vor den Morden begann es heftig zu regnen. Als Mike sah, daß einer seiner Nachbarn zusammen mit seiner Frau versuchte, eine schwere Kiste auf die Veranda zu schleppen, eilte er hinüber, um seine Hilfe anzubieten. Er packte an der Seite der Frau an und sagte: »Das ist doch viel zu schwer für Sie.« Als der Nachbar ihm dankte, lächelte Mike nur und meinte: »Nicht der Rede wert.«

Bei Cindy tauchte Mike am Tag vor der Bluttat auf; sie war allein zu Hause, da Skip eine Verabredung hatte. Immer wenn sie allein war, schloß sie die Eingangstür wegen Mike ab, doch ihr Sohn hatte ihn – ohne sie um Erlaubnis zu fragen – hereingelassen. Mike hatte gehört, daß Skip und sie Lebensmittel für die Leute gesammelt hatten, die in ihren Häusern wohnten. Als Cindy ihm gestattete, sich zu nehmen, was er wolle, bediente sich Mike und fuhr dann wieder weg.

Gegen neun Uhr am gleichen Abend betrat Mike einen Supermarkt. Die Art und Weise, wie er die Gänge zwischen den Regalen inspizierte und die Kasse in Augenschein nahm, schien vielen Leuten so auffällig, daß sie annahmen, er wolle den Laden überfallen oder plane zumindest einen Diebstahl.

Carolyn hatte Mike wenige Wochen vor den Morden noch einmal gesehen. »Kurz zuvor hatte er mir noch einige Briefe geschrieben, in denen er mich übel beschimpfte«, erklärte Carolyn. »Aber ich wollte ihn trotzdem wiedersehen, weil er mir fehlte und weil ich ihn noch immer liebte. Ich hätte alles in der Welt dafür gegeben, einmal in Ruhe mit ihm darüber zu sprechen, wie das alles passieren konnte. Falls es ein Leben nach dem Tode gibt, hoffe ich heute, dafür Gelegenheit zu erhalten.

Ich wußte, daß ich ein Risiko einging, aber ich war mir ziemlich sicher, daß er mich selbst bei einer direkten Begegnung gar nicht erkannt hätte. Aber ich erkannte ihn bereits von weitem, schon an seinem Gang, der immer noch irgendwie angeberhaft wirkte, auch als er bereits völlig heruntergekommen war.

Ich wußte, daß er in Springfield in der ›Hafenlaterne‹ gewohnt hatte und ziemlich auf den Hund gekommen war – aber ich wollte ihn sehen. Von seinem Bruder hatte ich erfahren, daß er jeden Morgen um acht Uhr ins Krankenhaus mußte, um dort unter Kontrolle seine Medikamente einzunehmen. Also fuhr ich mit dem Bus zum Krankenhaus und wartete dort in der Nähe des Eingangs. Nach etwa einer Stunde sah ich ihn kommen. Er ging nur zehn Meter entfernt an mir vorbei, aber er sah nicht ein einziges Mal in meine Richtung: Sein Haar war lang und ungekämmt und sein Bart struppig; er trug ein zerrissenes, kurzärmeliges Hemd, ein Paar Tennisschuhe und Jeans, die ihm nicht richtig paßten. Außerdem hatte er jetzt einen Bauchansatz. Kein Mensch wäre auf die Idee gekommen, daß dieser Mann sich früher die Fingernägel mit einer Zahnbürste poliert und Pflegebäder für seine Haut genommen hatte. Sogar in jenem Augenblick verspürte ich den Wunsch, zu ihm zurückzukehren. Aber ich stand nur da und dachte, daß es mit Mike sicher ein schlimmes Ende nehmen würde.«

Bellende Hunde

Am Steuerrad des Cadillac klebte Blut. Bill Burgess, Polizeichef von Wright City, und sein Deputy hatten insgesamt sechsmal auf den davonrasenden Mike Jackson geschossen: Burgess viermal und sein Assistent zweimal, bevor ihn der Schmerz seiner Verwundung bewegungsunfähig machte. Als Burgess später danach gefragt wurde, warum er Jackson auf so geringe Distanz nicht habe stoppen können, antwortete er, der während seiner gesamten Dienstzeit noch nie zuvor auf ein menschliches Wesen geschossen hatte, daß er plötzlich ›zittrige Hände‹ bekommen habe. Bevor die Rücklichter des Cadillac hinter einem Hügel verschwunden waren, glaubte Burgess jedoch auf eine Entfernung von ungefähr hundert Metern zu erkennen, daß Jackson sich nach links warf, so als ob er verletzt worden sei.

Ein Verkehrspolizist entdeckte den Wagen, der mit offenstehender Fahrertür auf dem Mittelstreifen zwischen den beiden Fahrspuren abgestellt worden war. Als sich der Beamte dem Fahrzeug näherte, hörte er dumpfe Schläge und Hilferufe aus dem Kofferraum. Sie stammten von dem Besitzer des Wagens, den Mike Jackson irgendwo zwischen O'Fallon und Wright City gezwungen hatte, in den Kofferraum zu steigen.

Der erste hochrangige Polizeioffizier, der in Wright City eintraf, war Captain John Ford von der Missouri State Highway Patrol. Er gab die Anweisung, auf allen Zufahrtstraßen, die zur Interstate 70 führten, unverzüglich Straßensperren zu errichten.

Während der Nacht wurden dann weitere Männer der lokalen Polizeidienststellen sowie Spezialagenten des FBI-Departments in St. Louis zusammengezogen. Eine derartige Suchaktion war auch für die FBI-Leute keine alltägliche Angelegenheit. »Eine solche Erfahrung macht man höchstens einmal in seiner Karriere«, bemerkte einer der Männer später. Den Jüngeren und Unerfahreneren war allein der Gedanke, einen bewaffneten Mörder zwischen Maisstauden, Kornsilos und Sojabohnenfeldern zu jagen, vollkommen fremd. Als sie in ihren Straßenanzügen in Wright City ankamen, wußten sie wirklich nicht, was sie erwartete, denn nur wenig später mußten sie in den Dauerregen hinaus, um die Farmhäuser aufzusuchen und Scheunen zu überprüfen, wobei sie mit ihren Stadtschuhen tief im Schlamm einsanken.

Eine Frau, die an einer der Straßensperren stehenblieb, erzählte den Männern, daß Jackson so knapp vor ihrem Auto über die Straße gelaufen sei, daß sie ihn beinahe überfahren hätte. Mitten in der Nacht meldete sich telefonisch ein Mann von einem Wohnwagenpark, der nur zwei Kilometer westlich von der Stelle lag, an der Jackson den Cadillac zurückgelassen hatte. Er berichtete, daß seine Frau und er gehört hätten, wie sich jemand an der Tür ihres Pick-up-Trucks zu schaffen gemacht habe und dann an ihrem Wohnwagen entlanggeschlichen sei. Ein anderer Mann hatte am gleichen Ort jemanden vor seinem Schlafzimmerfenster husten hören. Die Polizei leitete einen Großeinsatz ein und schickte einen Hubschrauber, der einen Suchscheinwerfer auf ein Feld in der Nähe des Wohnwagenparks richtete, wo sich die Suchmannschaft durch hüfthohes Gras zu kämpfen hatte. Weitere Beamten leuchteten mit starken Lampen unter die Wohnwagen und in die parkenden Autos. Doch ebensowenig wie die Männer auf den Feldern entdeckten sie auch nicht die geringste Spur von Mike Jackson.

Hal Helterhoff, Leiter der FBI-Dienststelle in St. Louis, war gerade beim Jogging, als sich sein Pieper meldete. Da er den Tag über mit anderen Dingen beschäftigt gewesen war, reagierte er auf die Nachricht, daß Mike Jackson in Wright City aufgetaucht sei, zunächst nur überrascht und fragte: »Wer in aller Welt ist Mike Jackson?« Gegen neun traf Helterhoff dann in der Stadt ein. Er entschied sich dagegen, die Suche während der Nacht zu intensivieren, denn ihm war klar, daß Jackson gerade in der Dunkelheit für jeden seiner Leute eine unberechenbare Gefahr darstellte. Helterhoff hegte allerdings die Hoffnung, daß jemand Mike Jackson im Lichtkegel seiner Autoscheinwerfer, als einen nächtlichen Schatten auf dem Rasen vor dem Haus oder als eine unbekannte Gestalt auf dem Feld gesehen haben könnte. Außerdem versuchten Helterhoff und Ford, sich in Mike Jacksons Lage zu versetzen und aus seinem während des Tages gezeigten Verhalten eine Voraussage für sein nächtliches Handeln abzuleiten.

»Man ist eben darum bemüht, sich – so gut es geht – in die Gedankengänge des Kriminellen hineinzuversetzen«, erklärt John Ford. »Da der Täter in diesem Fall jedoch geistesgestört und unberechenbar war, fiel es natürlich schwer, seine nächsten Schritte vorauszusagen. Aber als wir uns den Wagen angeschaut hatten, mußten wir davon ausgehen, daß er zu Fuß geflüchtet war, und zählten einfach eins und eins zusammen: Bis jetzt hatte er sich nie zu Fuß fortbewegt, sondern immer wieder andere Autos gestohlen. Sobald er eines verlassen hatte, holte er sich das nächste. Deshalb nahmen wir an, daß er sich nicht allzu weit entfernen, sondern wieder versuchen würde, an ein Fahrzeug heranzukommen.«

Derartige Fahndungsaktionen, bei denen gutausgerüstete Polizeitruppen wie die Missouri State Highway Patrol oder das FBI im Einsatz sind, dauern normalerweise nicht länger als ein paar Stunden. »Wenn wir den flüchtigen Täter dann noch nicht haben, ziehen wir uns in Wartestellung zurück und hoffen darauf, daß uns eine Meldung erreicht«, berichtet Helterhoff. Er wußte nur zu gut, daß es genauso wichtig war, die Bürger von Wright City vor Jackson zu schützen, wie ihn festzunehmen. Auf keinen Fall wollte er, daß das FBI am Morgen eine Geiselnahme oder den Tod eines Autobesitzers melden mußte oder – anders ausgedrückt – daß Mike Jackson so weitermachte wie am Tag zuvor.

Die Gleise einer Güterzugstrecke führen mitten durch das Zentrum von Wright City und verlaufen in einer Entfernung von ungefähr einem halben Kilometer parallel zum Highway. Die Züge verkehren hauptsächlich zwischen St. Louis und Kansas City, wobei zwei Züge während der Nacht unterwegs sind. Helterhoff und Ford machten sich Sorgen, daß

Jackson auf einen der Züge aufgesprungen sein könnte, da diese ihre Fahrt beim Durchqueren der Stadt stark verlangsamen.

Aus diesem Grund veranlaßte das FBI noch in der gleichen Nacht, daß die betreffenden Züge während der Fahrt auf freier Strecke eine möglichst hohe Geschwindigkeit beibehielten, so daß ein Mitfahrender unmöglich abspringen konnte. Innerhalb bestimmter Orte aber sollten die Züge so langsam fahren, daß die dort in der Zwischenzeit am Rand der Gleise postierten Polizisten genügend Zeit hatten, in das Innere der offenen Waggons zu schauen oder jemanden zu entdecken, der auf den Kupplungsteilen der einzelnen Wagen stand.

Bei Sonnenaufgang verteilten sich weitere Einsatzgruppen von Polizisten über die Felder rings um Wright City. Die FBI-Leute durchkämmten die südlich der Interstate gelegenen Wiesen, während die Beamten der lokalen Polizei sich im nördlichen Bereich auf die Suche machten. Sie schreckten ganze Vogelschwärme auf, entdeckten aber keine Spur von Jackson. »Als ich sah, daß wir ihn selbst mit diesen großflächig vorgehenden Suchtrupps nicht finden konnten«, erinnerte sich Helterhoff, »dachte ich mir schon, daß Mike Jackson uns noch eine ganze Weile beschäftigen würde.«

Helterhoff und Ford richteten die in der oberen Etage des Rathauses gelegenen Räume der örtlichen Polizeidienststelle als Operationszentrale ein. Nach dem ersten erfolglosen Durchkämmen der Gegend mußten sie sich erneut die Frage stellen, wie Jackson es geschafft haben mochte, so spurlos zu verschwinden. Er konnte mit keinem der Züge entkommen sein, da es ihm nicht möglich gewesen wäre, unterwegs bei voller Fahrt abzuspringen. Falls er es doch gewagt haben sollte, hätte ihn sicher jemand beim Abspringen vom Zug beobachtet und gewiß die Polizei verständigt, vermutete Helterhoff: »Er wäre bestimmt irgendwo aufgefallen, denn er gehörte zu dem Typ Mensch, auf den die Polizei sofort aufmerksam wird.«

Es kamen selbstverständlich noch viele andere Möglichkeiten in Betracht, wie es Jackson gelungen war, aus Wright City zu verschwinden. Vielleicht hatte er sogar einen Helfer. Es erschien Helterhoff jedoch unwahrscheinlich, daß Mike Jackson einen Komplizen haben könnte, denn er hatte inzwischen von Kollegen in Indianapolis erfahren, wie wenige Freunde der Gesuchte hatte. Und in dem Zustand, in dem er sich jetzt befand, würde es ihm sicher schwerfallen, die Sympathie eines Fremden zu gewinnen. Helterhoff verwunderte es allerdings, daß keinerlei Meldung einging, obwohl es Jackson gewiß von weitem anzusehen war, daß er verfolgt wurde. Offensichtlich hatte er aber inzwischen weder ein Fahrzeug gestohlen noch einen Fahrer entführt. Ford hielt es für nicht unwahrscheinlich, daß sich Jackson, der bei seiner Flucht aus Wright City möglicherweise ernsthaft verwundet worden war, in den Wäldern versteckt hatte und dort vielleicht sogar schon gestorben war. Falls man seine Leiche nicht fand, würde man nicht wissen, wann die Suche guten Gewissens eingestellt werden konnte.

Am Donnerstag morgen riefen zwei Frauen um sieben Uhr in der Operationszentrale an und meldeten, daß sie Mike Jackson in der vergangenen Nacht in St. Charles, fünfzig Kilometer östlich von Wright City, gesehen hätten. Eine der Frauen erklärte, daß er von ihr im Restaurant der Kette ›Jack-in-the-Box‹ beobachtet worden wäre. Im weiteren Verlauf des Tages teilten etliche Leute aus Oklahoma sowie aus den Städten Wichita, Independence und Kansas City der Polizei mit, Mike Jackson zur gleichen Zeit gesehen und eindeutig erkannt zu haben. Auch die Kassiererin der Tankstelle, in deren Nähe der Polizist angeschossen worden war, meldete sich und berichtete, Jackson noch am gleichen Tag begegnet zu sein. Sie erinnerte sich daran, daß er eigentlich sehr freundlich aufgetreten sei. Auf die Frage nach der Ursache für die Farbspuren in seinem Bart habe er erklärt, in letzter Zeit viel und hart gearbeitet zu haben. Dann habe er fünfundsiebzig Cent für ein Päckchen Zigaretten auf den Tresen gelegt und sei fortgegangen.

Der erste wirklich glaubhafte Hinweis kam von einer Frau,

die sich morgens beim Operationsstab meldete und berichtete, daß sie zusammen mit einer Freundin in der vergangenen Nacht bei strömendem Regen auf der Interstate gefahren sei und einen Mann gesehen habe, der westlich der Stadt über eine die Straße überspannende Brücke lief. Die Brücke befindet sich ungefähr einen Kilometer westlich von der Stelle, wo man den Cadillac gefunden hatte. Mike Jackson war also offensichtlich in nördlicher Richtung weitergelaufen. Helterhoff und Ford konzentrierten die Suche daraufhin auf die Gegend nördlich des Highway.

Einige der in dem dortigen Gebiet lebenden Anwohner erinnern sich an die Suchaktion:

»Am Montag abend hielt man uns plötzlich auf der Straße an und leuchtete uns mit grellen Scheinwerfern ins Gesicht. Dann erfuhren wir, daß es die Aufnahmescheinwerfer eines Fernsehteams waren, und unsere Freunde erzählten uns hinterher, daß man im Fernsehen verfolgen konnte, wie unser Wagen dort in Wright City untersucht wurde. Die ganze Situation war schon sehr merkwürdig. Die Polizisten forderten uns auf, den Kofferraum zu öffnen, und traten dann ein ganzes Stück *zurück,* obwohl sie bewaffnet waren. ›Nanu‹, dachte ich: ›Die halten sich in sicherer Entfernung, und *ausgerechnet ich* stehe hier und soll den Kofferraum öffnen?‹ Ich erinnere mich genau, daß es an einem Montag war, weil ich mich an dem Tag für gewöhnlich meinem ›Montagabend-Fußball‹ widme. Zuerst schien die Nachricht nicht besonders aufregend zu sein. Ich habe Freunde, die bei der Feuerwehr arbeiten – Sie wissen ja, die hören über Funk immer alles als erste –, und sie riefen später an, um uns von der Sache zu erzählen. Es hörte sich zunächst nicht sehr spannend an, aber dann fielen die Worte ›bewaffnet‹ und ›höchst gefährlich‹. *Das* jagte uns allerdings einen gehörigen Schrecken ein.«

In Wright City gibt es Schulen für jede Altersstufe, die von insgesamt neunhundert Kindern aus der ganzen Umgebung besucht werden. Am ersten Tag der Großfahndung behielten mehrere hundert Eltern ihre Kinder zu Hause oder brachten sie selber zur Schule. Bevor die Schulbusse am Morgen losfuhren, untersuchten bewaffnete Männer des FBI sämtliche Sitzreihen. Während der Fahrt über Land und durch die Straßen der Stadt wurden die Busse noch mehrmals kontrolliert. Bevor die Hausmeister die Schulgebäude aufschlossen, wurden sie von bewaffneten Sondereinheiten der Polizei durchsucht. Die Beamten öffneten alle Türen, kontrollierten die Räume und schauten sogar in die Schränke. Als der Unterricht begann, wurden alle Türen außer einer einzigen zugesperrt, die von einem bewaffneten Polizisten bewacht wurde, so daß niemand unbemerkt die Schule betreten konnte. Es war die größte Sorge der leitenden Ermittlungsbeamten, daß ein Kind in eine Schießerei geraten oder als Geisel genommen werden könnte. Bei der Oberstufenschule waren die Sicherheitsmaßnahmen etwas weniger streng, denn es erschien unwahrscheinlich, daß Jackson sich einen der älteren Schüler als Geisel aussuchen würde. Ein geplanter Ausflug des Kindergartens zu einem Obstfarmer wurde gestrichen, und die Schulen schlossen ihre Tore bereits um drei Uhr wieder. Alle nachmittäglichen Sportaktivitäten fielen aus, denn niemand wollte es riskieren, daß sich die Jugendlichen in der Dämmerung im Freien aufhielten.

Am Dienstag wurde die Post erst mit Verspätung ausgeliefert, da sich die Briefträger, deren Fahrten durch ziemlich verlassene Gegenden führten, nur sehr zögerlich auf den Weg zu machen wagten. In Gedanken malten sie sich aus, wie Jackson hinter einem Baum oder einer Scheune hervorspringen und sie entführen oder sogar umbringen könnte.

Bea Kee, die Leiterin des Postamtes von Wright City, erinnert sich: »Eine von unseren Briefträgerinnen wollte an jenem Dienstag um keinen Preis ihre Runde machen und weinte fürchterlich. Eine Kollegin, die sich eine Schußwaffe besorgt hatte, schlug vor, sie zu begleiten, aber ich ließ das natürlich nicht zu. Es hätte mir gerade noch gefehlt, daß ein Postauto von einer weinenden Frau gefahren wurde, während ihre Beifahrerin einen geladenen Revolver aus dem Fenster hielt. Einige Tage später erlaubte ich aber, daß Frauen von ihren Ehemännern begleitet werden durften, was normalerweise ebenfalls nicht gestattet ist. Aber in diesem besonderen Fall hatte ich aus St. Louis eine Sondergenehmigung erhalten.«

Mrs. Kee hatte mit Beschwerden wegen der verspäteten Zustellung gerechnet, aber es beklagte sich unter diesen Umständen niemand deswegen bei ihr.

John Ford äußerte inzwischen vor der Presse die Ansicht, die Ergebnislosigkeit der bisherigen Suche lege den Schluß nahe, daß Jackson Wright City wahrscheinlich bereits verlassen habe. »Er ist durchnäßt, müde und hungrig und kann nicht für immer in seinem Versteck bleiben.«

Den ganzen Dienstag über durchkämmten die FBI-Leute und die übrigen Polizisten alle Farmhäuser, Scheunen und Silos; sie untersuchten jeden Holzstapel, der groß genug war, um einem Mann als Versteck zu dienen. Wie Soldaten liefen sie geduckt und im Zickzack-Kurs über die offenen Felder. Sie trugen Tarnuniformen und großkalibrige Schrotgewehre, die sie als ›Donnerbüchsen‹ bezeichneten, und bemühten sich, so gut wie möglich die Nerven zu behalten, während um sie herum die Füchse, Waschbären und Rehe aufgeschreckt wurden und ängstlich davonstoben.

Unterdessen verbreitete sich das Gerücht, daß Jackson den Lauf seines Gewehrs in den Mund seiner Geisel gehalten habe, als er in Richtung Wright City gefahren war.

Um sich zu schützen, holten viele der Bewohner von Wright City ihre Schußwaffen aus den Schränken und trugen sie ständig bei sich. Manch einer, der keinen Revolver besaß, führte ein Gewehr auf dem Beifahrersitz mit sich. Ein Mann verbrachte mit seinem 22er Kleinkalibergewehr sogar den ganzen Tag auf den Stufen zur Eingangstür seines Wohnwagens. Ein anderer stand, an sein Auto gelehnt, in seiner Einfahrt, wobei er die ganze Zeit eine halbautomatische Flinte umklammert hielt. Vor allem aber an den Schulbushaltestellen boten die vielen schwerbewaffneten Väter, die ihre Kinder dorthin geleiteten, einen ungewöhnlichen und nicht gerade beruhigenden Anblick.

»Bürger, die nie zuvor eine Schußwaffe besessen hatten, deckten sich nun damit ein. Das Schlimme daran war, daß die meisten regelrecht in Panik gerieten und selbst zu einer Gefahr für die anderen wurden«, erinnert sich Bea Kee. »Eine Frau sagte mir zum Beispiel, sie würde auf alles schießen, was sich nachts in der Dunkelheit hinter ihrem Haus bewege. Ich dachte nur: ›O mein Gott!‹«

Als es am Dienstag abend dunkel wurde, schalteten die Leute alle Lampen an, über die sie verfügten. Manche ersetzten sogar ihre Glühbirnen im Außenbereich durch hellere. Fast alle saßen – die Waffe auf dem Schoß – in ihren Häusern, wobei die Männer die Nacht über Wache hielten und Kontrollgänge um die Häuser herum machten.

Zweifellos lag an jenem Dienstag eine angespannte Nervosität über Wright City und seinen zwölftausend Einwohnern, deren Behausungen sich nur über ein Stadtgebiet von drei Kilometern Länge und anderthalb Kilometern Breite verteilen. Im Zentrum des Ortes gibt es eine Kreuzung, an der hauptsächlich einfache Flachdachgebäude stehen, von denen genauso viele leer sind, wie benutzt und bewohnt werden. Die Gebäude des ganzen Ortes sind ansonsten ungefähr gleich hoch, und keines hat mehr als drei Stockwerke. Vom Kirchturm erklang wie sonst auch die Melodie eines Glockenspiels. Allerdings fuhren an diesem Tag weniger Pick-up-Trucks auf den in alle vier Himmelsrichtungen führenden Straßen, die dem Verlauf der hügeligen Landschaft folgten. Deshalb erscheinen die Autos, die auf ihnen fahren, wie Boote bei Wellengang – scheinbar tauchen sie immer wieder auf und unter. Abends sind die weiten, einsamen Felder meist in ein warmes, klares Licht getaucht. Der Horizont erstreckt sich dann so weit, daß man eine Wetteränderung schon früh erkennen kann. Die meisten Bäume sind vom Wind gebeugt, und die Falken, die sich in der aufgeheizten Luftschicht über den Feldern von der Thermik nach oben tragen lassen, schießen manchmal so plötzlich in die Höhe, daß es aussieht, als ob sie an unsichtbaren Fäden hochgezogen würden.

In dem sonst so friedlichen Ort fanden die Leute in dieser Nacht kaum Schlaf. Immer wieder stellten sie sich vor, wie

Mike Jackson an den Baumreihen entlang und durch die wogenden Felder schlich.

Die Suchmannschaften fragten sich, wo er nur geblieben sein konnte. In den Güterzügen waren die Kontrollen ergebnislos geblieben, und auch keiner der Gleisarbeiter hatte ihn beim Auf- oder Abspringen beobachtet. Von den zwei Kugeln aus den Waffen von Burgess und seines Deputys, die die Tür des Cadillac durchschlagen hatten, wurde nur eine gefunden. »Wir hielten es deshalb auch durchaus für möglich, daß Jackson irgendwo ins Gebüsch gekrochen und gestorben war«, stellte Bill Burgess fest.

Das FBI erstellte Luftaufnahmen von dem Gelände, das auf diese Weise in Segmente aufgeteilt werden konnte, die systematisch durchsucht wurden. Während einige der Segmente jeweils einen Quadratkilometer offenen Geländes umfaßten, begrenzten andere das Grundstück und die Gebäude einer Farm. Ein Streifenpolizist beschrieb das Gefühl, daß er beim Durchsuchen von Scheunen, Werkstätten und Kornkammern hatte, auf die folgende Weise: »Es war, als schlüge einem bei jedem Schritt das Herz bis zum Hals.«

Ähnliche Erfahrungen sammelte auch Burgess: »Jeder Windzug, jedes Knacken eines Astes oder Knarren des Fußbodens, das kleinste Geräusch, das man sonst überhaupt nicht beachtet hätte, erschien plötzlich verdächtig. Sofort vermutete man, daß Mike Jackson dahintersteckte, und meldete es mir. Der Blick für die Realität wurde völlig verzerrt.«

Am Mittwoch normalisierte sich die Lage allerdings wieder, und die meisten bekamen wie gewohnt ihre Post zugestellt, außer die sehr entlegen Wohnenden.

Die Töchter von Earl Finn – dem Mann, den Jackson in seinem Wagen mitten auf dem Highway erschossen hatte – forderten, daß an dem Leichnam ihres Vaters eine Autopsie vorgenommen werden solle. Sie konnten für den ›Unfall‹, der ihrem Vater angeblich zugestoßen war, einfach keine Erklärung finden. Auch wenn er einen Herzinfarkt erlitten haben sollte, wäre er normalerweise nicht so abrupt von der Straße abgekommen. Bei der Autopsie entdeckten die Mediziner schließlich die Schrotkugeln in Finns Körper. Die daraufhin eingeleitete neuerliche Untersuchung des Autowracks und seiner Umgebung führte zu dem Fund von Überresten der Patronenhülse und zu der Entdeckung von kleinen Löchern im Dach, die von den einzelnen Schrotkügelchen verursacht worden waren. Bei späteren Laboruntersuchungen stellte man fest, daß die Patronenhülse vor Finns Wagen mit Patronenhülsen, die man in dem verlassenen Cadillac sichergestellt hatte, identisch war und demzufolge aus Mike Jacksons Schrotflinte stammen mußte. Jetzt bereitete es keine größeren Probleme, den Tathergang zu rekonstruieren.

Als sich Helterhoff und Ford nach und nach über das Ausmaß des Amoklaufs von Jackson klar wurden, verstärkten sie ihre Mannschaft. Bereits am Mittwoch befanden sich sechzig uniformierte Polizisten und ebenso viele FBI-Leute in Wright City, was einem Verhältnis von einem Polizisten auf zehn Bürger entsprach. Bei dieser gemeinsamen Operation verschiedener Sicherheitskräfte kam es glücklicherweise zu keinerlei Streitigkeiten, was die offiziellen Zuständigkeitsbereiche betraf: denn das FBI suchte Jackson wegen des Mordes an Tom Gahl, da das Opfer Beamter einer Bundesbehörde gewesen war, während die lokale Polizei wegen des versuchten Mordes an ihrem Kollegen in Wright City gegen Mike Jackson ermittelte.

Die auf ihre Waren wartenden Kaufleute in Wright City, die Radiogeräte besaßen, mit denen man den CB-Funk der Fernfahrer empfangen konnte, verfolgten die Gespräche der Trucker auf dem Highway, die sich gegenseitig davor warnten, den Ort anzufahren. Fahrer, die diesem Rat nicht folgten, stießen irgendwann auf die Straßensperren und mußten umkehren. Die Restaurantbesitzer saßen in leergefegten Räumen, und auch an den Tankstellen standen die Zapfsäulen still. Alles Leben in Wright City schien erloschen, nur im Frisörgeschäft schauten Leute herein, da dort auch Waffen verkauft wurden. Die Kunden unterhielten sich in dem

Laden meist über die Suche nach Jackson, schauten sich dabei Waffen an und blieben oft auch zum Haareschneiden.

Ein Fernsehsender in St. Louis verbreitete am Mittwoch die Nachricht, daß Jackson in einer Nervenheilanstalt in Dallas gesehen worden sei, zog diese Meldung aber schnell wieder zurück. Dann verbreitete ein ortsansässiger Bürger das Gerücht, Jacksons Leiche sei am Rand einer Farm in einem Gebüsch entdeckt worden. Schließlich behauptete jemand anderes, Jackson verstecke sich bei Verwandten in Beeny Hill, einem Ortsteil von Wright City. Alle Meldungen erwiesen sich jedoch als völlig aus der Luft gegriffen.

Ebenfalls zu keinem Ergebnis führte die auf sechs Uhr am selben Abend angesetzte Durchsuchung eines Hauses in Laddonia, sechzig Kilometer nordwestlich von Wright City. Dort wohnte ein Mann, der mit Jackson einmal in einer Zelle gesessen hatte.

Manch einer empfand die nun gebotene Möglichkeit, eine Waffe bei sich zu führen und sie im Notfall gegen einen Mörder einzusetzen, gerade als einen Segen, während viele andere Bürger von dem Gedanken, gegebenenfalls auf einen gefährlichen Kriminellen zielen und womöglich auch schießen zu müssen, stark beunruhigt waren. Doch die Tatsache, daß sich viele Bewohner des Ortes nach Einbruch der Dunkelheit zu Hause ziemlich hilflos fühlten, ließ es für die meisten sinnvoll und vernünftig erscheinen, sich eine Waffe zuzulegen. »Wir sind normalerweise gewiß keine Waffennarren«, berichtet ein Mann über sich und seine Familie, »aber ich besitze noch ein altes Gewehr von meinem Großvater, das ich an jenem Mittwoch hervorholte. Ich erinnere mich noch, wie merkwürdig ich mich fühlte, als ich eine Patrone in den Lauf schob.«

Viele Leute, die außerhalb der Stadt auf dem Land lebten, sperrten ihre Häuser ab und verließen sie. Sie zogen entweder zu Verwandten in der Stadt oder in Motels; manche verließen sogar Wright City für einige Zeit ganz. Aus diesem Grund stießen die Männer der Suchmannschaften auf manches Haus, an dem eine Notiz an der Tür hing, auf der zu lesen war: »Wir sind zur Zeit nicht zu Hause! Bitte melden Sie sich bei meiner Schwester!« Oder: »Wir sind bei Verwandten.« Ebenfalls am Mittwoch wurde ein junges Ehepaar als vermißt gemeldet. Ihr Auto stand nicht in der Einfahrt, und beide waren nicht am Arbeitsplatz erschienen. Sofort kam der Verdacht auf, daß Jackson im Spiel sei, doch spürte man das Paar schließlich in einem anderen Bundesstaat bei den Eltern des Mannes auf.

Manche fragten sich, ob Jackson irgendein Ziel vor Augen hatte. Möglicherweise war er nach Springfield unterwegs, um dort Rache zu nehmen, oder er wollte in seine Heimatstadt in Mississippi. Helterhoff schien es am wahrscheinlichsten, daß er einfach nur untergetaucht war. Einer der Polizisten äußerte die Befürchtung, daß Jackson ganz bestimmt alles riskieren würde, um zu entkommen, und dabei sicherlich auch nicht vor weiteren Morden zurückschrecken würde. Jacksons Nachbarn in Indianapolis befürchteten, er könnte zu seinem Haus zurückkehren. »Wie wir hier beobachtet haben, ist der Bursche nicht so leicht kleinzukriegen«, beschrieb ihn einer der Nachbarn in einem Interview mit einem Reporter. »Er hat sich sein ganzes Leben lang alleine durchgeschlagen. Wenn es daher sein Ziel ist, hierher zurückzukommen, dann wird er es auch schaffen.«

Gegen Abend stellten sich Helterhoff und Ford den unzähligen Zeitungs- und Fernsehreportern, die schon den ganzen Tag über die Kommandozentrale belagert hatten, um aktuelle Informationen zu erhalten. Ford berichtete ihnen, daß die Suchmannschaften den meisten Teil des Tages damit zugebracht hatten, jene Häuser zu durchsuchen, die sich in der Nähe der Stelle befanden, an der Jackson zuletzt gesehen worden war. Die Männer seien sehr erschöpft, aber zuversichtlich, ihn über kurz oder lang zu fassen. Einige Beamten seien noch dabei, das Gelände um den Highway und die Bahngleise zu durchkämmen, falls er bei dem Schußwechsel verletzt worden wäre und sich dort irgendwo im Gebüsch befände. »Es gibt keinerlei Hinweise darauf, daß er dieses Gebiet verlassen hat«, führte Ford weiter aus. »Bis jetzt hat er sich stets von einem Ort zum anderen bewegt, Geiseln genommen und auf seinem Weg Menschen getötet. Seit Montag ist jedoch nichts dergleichen bekannt geworden. Falls er sich irgendwo in den Wäldern aufhält, dann ist er sicher verwundet.«

Sämtliche FBI-Dienststellen im Land erhielten den Auftrag, nach Jackson Ausschau zu halten, falls er es wider Erwarten doch geschafft haben sollte, aus der von Polizisten abgeriegelten Gegend zu entkommen. Das Problem dabei war allerdings, daß man keinerlei Anhaltspunkte dafür hatte, wohin er sich in diesem Fall wenden würde.

Diejenigen, die das Auftauchen Mike Jacksons in Wright City auf die leichte Schulter nahmen und die Suchmannschaften sowie die Straßensperren als eher lästig ansahen, änderten ihre Meinung schnell, nachdem sie durch die Medien Näheres über Jacksons Taten und seinen Charakter erfahren hatten. Sie wußten jetzt, daß seine kriminelle Karriere bereits in seinem neunten Schuljahr ihren Anfang genommen und daß er sich seitdem nie wieder richtig gefangen hatte. Er war nicht nur Alkoholiker und zugleich drogenabhängig, sondern wurde darüber hinaus als schizophren eingestuft. Zudem war er bewaffnet und hatte sich – bevor er den Besitzer eines Lebensmittelladens erschoß, weil dieser nicht schnell genug seinen Anweisungen gefolgt war – sein Gesicht mit silberner Farbe besprüht.

»Wenn er ein Haus gefunden haben sollte, daß zur Zeit unbewohnt ist, hat er natürlich Glück gehabt«, überlegte John Ford. »Hält er sich dagegen tatsächlich draußen in den Wäldern auf, dann dürfte er es ziemlich ungemütlich haben. Ist er erst einmal hungrig und durstig genug, wird er sich vielleicht verraten.«

Mikes Schwester stellte bei einem Interview fest, sie und der Rest der Familie hätten schon seit langem vorausgesehen, daß Mike auf eine Katastrophe zugesteuert sei. Sie bezeichnete ihn als ›lebenden Toten‹, der voller Haß sei und den Rest der Welt genauso leiden sehen wolle, wie er es selbst tue. Der Polizist, auf den Jackson geschossen hatte, äußerte die Hoffnung, ihn tödlich verwundet zu haben, damit er niemandem mehr etwas zuleide tun könne.

Eine Frau teilte mit, Jackson – mit einem braunen Hemd bekleidet – bei strömendem Regen auf einem Rastplatz an der Interstate gesehen zu haben. Als die Polizei am angegebenen Ort ankam, fanden sie dort allerdings nur einen durchnäßten Pappkarton. Bis zum Mittwoch hatten bereits fünfzehn Leute gemeldet, Jackson in St. Louis gesichtet zu haben. Darüber hinaus erreichten die Kommandozentrale etliche Berichte über Schüsse, die Leute gehört haben wollten, sowie über Menschen, die beim Überqueren von Feldern beobachtet worden seien.

Am Nachmittag machte sich Bill Burgess daran, einen Bericht über all das zu erstellen, was während der Suche bis jetzt geschehen war. Er hatte nur sehr wenig Schlaf gefunden, seit Jackson nach Wright City gekommen war und auf den Wagen geschossen hatte, in dem er und sein Deputy gesessen hatten. »Doch die Anspannung ließ mich nicht zur Ruhe kommen«, seufzte er. Erst allmählich wurde ihm klar, was alles passiert war und wie wenig man eigentlich in der Hand hatte. Sie alle tappten noch ziemlich im dunkeln.

Am Mittwoch forderte Helterhoff Spürhunde an. Als erstes traf ein Hund ein, der speziell darauf abgerichtet war, Leichen aufzuspüren. Der Hund wurde zuerst an die Stelle geführt, an der der Cadillac liegengeblieben war, und durchstöberte dann die Felder, Wiesen und Wälder. Doch alles, was er verbellte, waren die Kadaver eines Kaninchens, einer Ziege und einer Kuh. Der Hundeführer deutete dies als ein sicheres Zeichen dafür, daß sich in dem durchsuchten Gebiet jedenfalls nicht Jacksons Leiche befand.

Karen Girondo, die als Angestellte im Rathaus arbeitet, klagt: »Sobald das FBI und die anderen Polizisten eintrafen und die Kommandozentrale eingerichtet wurde, nahm man mir meinen Parkplatz und mein Telefon weg. Wir durften nicht mehr an unseren Apparat gehen, und alle Anrufe wurden ins obere Stockwerk umgeleitet, wo irgend jemand den Hörer abnahm, der jedoch alles abblockte, was nicht mit der

Suche nach diesem Jackson zu tun hatte. Am Ende funktionierte nichts mehr, die gesamte Arbeit im Rathaus lag darnieder. Meine Mitarbeiterin war von dem Streß nach ein paar Tagen so mitgenommen, daß sie sich krankschreiben lassen mußte.«

John Ford bestätigt diesen Eindruck, wenn er gesteht: »Wir *besetzten* gewissermaßen die ganze Stadt und das Rathaus, so daß man in der Stadtverwaltung praktisch nicht einmal mehr eine Wasserrechnung erstellen konnte. Nur einige wenige Leute scherten sich überhaupt nicht um das, was um sie herum passierte, und ließen sogar ihre Kinder allein zu Hause. Aber das war die absolute Minderheit.«

Zu dieser Minderheit gehörten auch einige Familien, die auf ihren Farmen einige Kilometer südlich und westlich von Wright City lebten. Mike Jackson war mitten in der Erntezeit in den Ort gekommen, und trotz der drohenden Gefahr blieben gerade jene Leute auf ihrem Besitz, die in den ländlich gelegenen Gebieten wohnten und keine Nachbarn in Sichtweite hatten. »Man kann eine Farm in dieser Zeit nicht einfach sich selbst überlassen«, lautete die schlichte Erklärung.

Einige der Farmer bewaffneten sich, andere suchten vom Traktor aus immer wieder die Felder ab. Wieder andere waren der Ansicht, daß sie Jackson nichts getan hätten und daß er sie deswegen wohl auch in Ruhe lassen würde. Als einer der Farmer diese Auffassung gegenüber einem der FBI-Beamten äußerte, entgegnete dieser: »Jackson hat einen Mann erschossen, der sich auf dem Nachhauseweg von der Arbeit befand – und zwar ohne ihn überhaupt zu kennen.«

Eine Frau betete darum, daß Jackson nicht ihr Haus heimsuchen würde, während ihr Mann zur gleichen Zeit mit einem Schlachtermesser alle Räume durchsuchte.

Ein Bewohner des Ortes berichtet, daß auch Bürgermeister Roland Springmeier nur halbherzige Schutzmaßnahmen ergriffen habe. »Er hatte einen sechsschüssigen 38er im Kofferraum seines Cadillac. Doch um an den Revolver gelangen zu können, hätte er erst die Kofferraumentriegelung ziehen und um den Wagen herum nach hinten laufen müssen. Als ich ihn fragte, warum er die Waffe dort aufbewahre, antwortete er mir, man müsse auf alles vorbereitet sein. Daraufhin entgegnete ich ihm: ›Das ist wirklich das Verrückteste, was ich je gesehen habe. Was wollen Sie denn machen, wenn Sie ihn plötzlich vor sich haben? Wollen Sie ihm sagen, daß er warten soll, bis Sie die Waffe geholt haben? Wenn Sie wirklich vorbereitet sein wollen, sollten Sie das Ding ständig griffbereit haben.‹«

Bis zum Mittwoch hatte die Polizei gespannt darauf gewartet, ob Jackson eventuell in Pontotoc auftauchen würde. Das FBI ging davon aus, daß er nur neun Patronen für sein Gewehr, die Kleidung, die er anhatte, und die Ringe der Frau, die er zusammen mit ihrem Sohn als Geisel genommen hatte, bei sich trug. Alles weitere für seine Flucht würde sich Jackson daher unterwegs besorgen müssen.

Eine weitere Überlegung von Helterhoff und Ford ging dahin, daß Jackson, auch wenn er eine eventuelle Schußverletzung überlebt haben sollte, von der inzwischen entzündeten Wunde behindert würde.

Unterdessen erklärte Bill Burgess, Wright City sei im Hinblick auf das Polizeiaufgebot seit Beginn der Suchaktion die ›sicherste Stadt Amerikas‹. Als ihn jemand fragte, wo sich denn seine Familie aufhalte, entgegnete er, sie sei zu Verwandten innerhalb des Ortes gezogen, da »ich nicht zu Hause sein kann, um sie zu beschützen«.

Irgendwann wurde den Suchmannschaften das ständige vorsichtige Fortbewegen in Zick-Zack-Linien zuviel. Mit der Zeit ließ die Aufmerksamkeit nach, und es kostete die Männer eine ziemliche Anstrengung, sich immer wieder daran zu erinnern, daß Jackson ihnen bereits hinter der nächsten Ecke oder beim nächsten Hügel auflauern konnte. Einer der beteiligten Polizisten stellte einem Reporter gegenüber fest: »Diese Suche könnte bis in alle Ewigkeit so weitergehen. Manchmal habe ich das Gefühl, daß nicht er der Verfolgte ist, sondern wir – und er ist der Jäger.«

Die Vorstellung, Jackson hätte irgendwo die Gelegenheit gefunden, sich zu rasieren und umzuziehen, und könne nun unerkannt durch die Straßensperren entkommen, beunruhigte Helterhoff und Ford am meisten. »Er hat uns gegenüber einen großen Vorteil«, hob Helterhoff hervor. »Er kann uns sehen, lange bevor wir ihn bemerkt und identifiziert haben.«

Die Erfahrung, daß niemand in Wright City von ihnen Geld annahm, war den FBI-Leuten ein wenig unangenehm. So brachten Mitglieder der Ersten Baptistengemeinde am Mittwoch abend Kaffee und Sandwiches zu den Männern, die bei den Straßensperren Dienst taten. Ein Großteil der Lebensmittel war von Restaurants und Läden in Wright City und dem in Richtung Westen gelegenen Nachbarort Warrenton gespendet worden. Gegen Ende der Woche übernahm dann die Kirche die Verpflegung der Suchmannschaften. Die Gemeindemitglieder errichteten in den Räumen der Kommandozentrale eine provisorische Kantine, in der sich die Männer bei der Rückkehr von der Suche stärken konnten.

Ebenfalls am Mittwoch meldete Bill Hollenbach eine Beobachtung: »Das erste Mal wurden wir aufmerksam, als wir in unserem Garten hinter dem Haus den Schatten eines hinkenden Mannes wahrnahmen. Wir schauten uns gerade einen Film im Fernsehen an, aber es fiel uns auf, daß der Schatten sich bewegte. Wir hatten das Außenlicht brennen und konnten daher erkennen, wie er zum Zaun schlich, hinüberkletterte und in Richtung Wald verschwand.«

Bill Burgess dazu: »Sobald eine einigermaßen wahrscheinliche Meldung einging, prüften wir sie umgehend. Wir gingen dabei nicht nach einem festen Plan vor, sondern stellten einfach stichprobenartige Nachforschungen an. Es regnete die ganze Zeit über sehr heftig, weshalb es so gut wie unmöglich war, im Freien nach Spuren zu suchen. Daher beschränkten wir uns in solchen Fällen vor allem auf ein etwa zwei Quadratkilometer großes Gebiet um den Punkt, wo etwas Verdächtiges gesehen worden war. Man stieß dabei immer wieder auf andere Suchtrupps, die überall unterwegs waren. Viele hatten erfolgversprechende Einfälle, wo er stecken konnte, aber keiner davon erwies sich als richtig.

Es gingen natürlich jede Menge Meldungen über verdächtige Beobachtungen ein. Meist wollten die Leute aber nur, daß wir ihre Grundstücke durchsuchten, und wenn wir nicht umgehend bei ihnen erschienen, gestalteten sie ihren Bericht etwas dramatischer, damit wir uns mehr beeilten. Es wurden auch etliche auffällige Personen gemeldet: Anhalter, Reisende, die von der Interstate kamen, um eine Pause einzulegen – kurz: jeder Fremde schien verdächtig. Es gingen sogar zwei oder drei Anzeigen von Leuten ein, die Farbige im Verdacht hatten, Jackson zu sein. Ein Mann hatte Jackson angeblich dreimal gesehen. Wahrscheinlich war alles frei erfunden.«

Das FBI forderte ein speziell ausgerüstetes Flugzeug an, den sogenannten ›Nachtjäger‹. In dieses Flugzeug sind Geräte eingebaut, mit denen man einen Menschen aufgrund seiner Körperwärme aufspüren kann; ursprünglich waren sie für den militärischen Einsatz im Vietnam-Krieg entwickelt worden. Jede Nacht startete das Flugzeug in St. Louis und flog über Wright City und das Umland. Da das Flugzeug schwarz gestrichen war und ohne Beleuchtung flog, konnte man es zwar hören, aber nicht sehen. Das FBI behandelte den Einsatz des Flugzeugs streng geheim. Auch wenn die meisten Bürger von Wright City trotzdem davon wußten, ließ man offiziell nichts verlauten.

Kehren wir zu Bill Hollenbachs weiterer Aussage zurück: »Am nächsten Abend saßen wir wieder vor dem Fernseher, als wir ein tappendes Geräusch an der Außenwand vernahmen. Dann hörten wir, wie jemand an der Haustür hantierte, und ich sah sogar, wie sich der Türgriff bewegte. In dem Moment feuerte ich einen Schuß ab.«

Cookie Stude, Bürgerin von Wright City: »Ich hatte von Beginn der Suche an nachts ein siebenschüssiges Automatikgewehr neben dem Bett.

Jeden Abend und jeden Morgen schichtete mein Mann die Heuballen um, die in der Scheune verstreut lagen, um sicherzugehen, daß sich dahinter oder dazwischen niemand versteckt hielt. Es war auch nicht ungefährlich, morgens die Tiere zu füttern. Wenn man die Tür zum Stall aufstieß, wußte man nie, wer sich dahinter verbarg. Selbst wenn man ins

Auto einstieg, schaute man erst auf dem Rücksitz nach, ob sich dort jemand versteckt hielt. Und auch wenn man genau wußte, daß der Wagen verschlossen gewesen war, fürchtete man ständig, es würde plötzlich jemand auftauchen und einen an der Schulter packen. Uns hatte regelrecht die Panik ergriffen, und wir ertappten uns dabei, das Lenkrad völlig verkrampft in den Händen zu halten. Auf einer Straße, die man hundert- oder tausendmal unbesorgt entlanggefahren war, überkam einen plötzlich das Gefühl, als würde man von irgendwoher mit stechenden Augen angestarrt. Dabei konnte man nie sicher sein, ob diese Vorstellung nur der Fantasie entsprang oder ob die Angst begründet war – denn einige von uns hatte dieser Jackson bestimmt schon beobachtet.«

Die FBI-Beamten fragten sich auch, ob Jackson womöglich auf Bäume geklettert war, während sie ahnungslos den Boden unter ihm abgesucht hatten. Sie bemühten sich sehr, nicht daran zu denken, wie müde sie waren, sondern versuchten, sich so gut wie möglich von der Zuversicht ihres Chefs anstecken zu lassen. Bis auf die Knochen durchnäßt, kam dem einen oder anderen aber doch die bittere Vorstellung in den Sinn, daß Jackson unter Umständen gerade irgendwo auf dem Bett eines Motelzimmers lag und fernsah, die Verpackung eines gerade genossenen Hamburgers auf dem Teppich neben sich und der Badezimmerspiegel noch von dem Wasserdampf der heißen Dusche beschlagen.

»Langsam drängte sich uns die Überzeugung auf, daß er sich einen Wagen organisiert hatte«, erklärte Bill Burgess. »Es gibt da draußen eine Menge Farmen, die in ihren Scheunen alte Pickup-Trucks stehen haben, und es gibt auch eine ganze Reihe von meist unbewohnten Wochenendhäusern, die über eigene Zufahrtswege verfügen, so daß er auf diese Weise über Nebenstraßen an den Straßensperren vorbeigekommen sein konnte. Es war auch möglich, daß er die Sperren einfach zu Fuß umgangen hatte, denn man konnte sie ja schon von weitem sehen. Da man in der Nacht nicht völlig ohne Licht fahren kann, hätte er jedes sich nähernde Auto bemerken und sich rechtzeitig verstecken können. Doch es gab keinerlei Hinweise darauf, daß er unterwegs war. Er war jemand, der sich bisher stets in Läden durch Raub Geld beschafft hatte, und das FBI hätte davon sofort Kenntnis erhalten. So wurde zum Beispiel der Diebstahl eines Bootes irgendwo in Louisiana gemeldet, was zwar in keiner Verbindung zu diesem Fall stand, aber durchaus zeigt, wie gut das FBI informiert war.«

Einerseits fand man es zwar beruhigend, daß Jackson nicht irgendwo anders aufgetaucht war, gleichzeitig aber auch erschreckend, daß immer erst ein Diebstahl, eine Geiselnahme oder sogar ein Mord geschehen mußte, um eine Spur von ihm zu erhalten.

Eine ältere Dame machte folgende Erfahrung mit der Fahndung nach Jackson: »Eines Abends drangen die Polizisten einfach in mein Haus ein und durchsuchten es von unten bis oben. Sogar in meinen Küchenschränken wühlten sie herum. Ich bitte Sie, aber wie sollte ein erwachsener Mann sich in einem Küchenschrank verstecken?«

Eine weitere ältere Dame berichtet folgenden Vorfall: »Ich ging also zur Tür, weil es geklopft hatte. Durch mein Fenster konnte ich die ganzen FBI-Leute sehen, die auf dem Parkplatz standen und ihre Gewehre auf das Apartmenthaus gerichtet hielten. Durch das Guckloch in meiner Wohnungstür erblickte ich einen Polizeibeamten und öffnete daher. Sobald ich aber die Tür aufmachte, hielt er mir seinen Revolver vor die Nase. Zwei Männer an seiner Seite hielten ihre Waffen ebenfalls auf mich gerichtet. Ich kann Ihnen sagen, ich wurde kreidebleich vor Schreck.«

Die Kellnerin eines Fernfahrerrestaurants erinnert sich an folgenden Vorfall: »Mein Sohn arbeitet bei einem Pepsi-Werk, direkt westlich vom Zubringer zum Highway. Er ist einundzwanzig Jahre alt und trägt einen Bart. Als er sich mit seinem Pickup-Truck, Baujahr 66, einer ziemlich heruntergekommenen Karre, auf den Weg zur Arbeit machte, hatte er mal wieder Probleme mit der Zündung. Wie alle anderen hielt er bei der Straßensperre an und sollte sich wegen seines

Bartes ausweisen. Da er eine Limonadenbüchse zwischen den Knien hatte, langte er hinunter, um sie wegzustellen. Im selben Moment wurden drei Gewehre auf ihn gerichtet, und einer der Polizisten herrschte ihn an: ›Keine Bewegung, du Mistkerl!‹ Mein Sohn erzählte mir, daß er sich kaum noch zu atmen getraut habe.

Als er mich später besuchen und nach dem Rechten sehen wollte – er lebt in Wentzville –, lehnte ich das ab: ›Laß das bloß sein! Sie erschießen dich noch, nur weil du einen Bart hast.‹«

Ein Kunde des Lokals weiß Ähnliches zu berichten: »Sie zerrten meinen Sohn ohne Umschweife aus dem Fahrzeug, nur weil er einen Bart trägt. Er ist erst siebzehn Jahre alt und bekam einen Heidenschreck, denn es war schon dunkel, und sie trugen Tarnkleidung.«

Ein in Wright City ansässiger Bürger: »Mein Bruder wohnt ungefähr einen Kilometer Luftlinie von der Stelle entfernt, wo Jacksons Wagen liegengeblieben war, und er zog zusammen mit seiner Frau zu meinen Eltern in die Stadt. Er gab alles auf, obwohl er fünfundvierzig Jahre alt und Vietnam-Veteran ist. Ich erinnere mich noch genau daran, wie wir zu seinem Haus hinausfuhren, um noch Wäsche zu holen, und wie er zuerst das geladene Gewehr durch die Tür schob. ›Wie verrückt wir alle sind! Wir werden uns noch gegenseitig umbringen‹, schoß es mir damals durch den Kopf.

Wissen Sie, wir sind eine typische Pendlerstadt. Viele von uns fahren auf die Interstate, die direkt nach St. Louis führt. Mein Bruder verkaufte dort früher alkoholische Getränke, während seine damalige Frau – sie sind kinderlos und inzwischen geschieden – bei der Bank arbeitete. Da die beiden da draußen wohnten, war sie oft allein dort, so daß er sich ständig Sorgen um sie machen mußte. Irgendwann hatten beide einfach die Nase voll.

Die ständige Ungewißheit zerstörte völlig den gewohnten Tagesablauf. Normalerweise kam sie mittags nach Hause, wo sie sich irgendeine Fernsehserie anschaute, bevor sie wieder zur Arbeit zurückfuhr. Das war nun nicht mehr möglich. Man hatte nicht nur Angst, alleine zu Hause zu sein, sondern man wußte auch nicht, was man vorfinden würde, sobald man nach Hause kam. Plötzlich hörte man alle möglichen Geräusche, und es gehörte nicht sehr viel Fantasie dazu, sich alles mögliche auszumalen. Es brauchte nur irgend etwas Überraschendes einzutreten. Ein Mann wurde so nervös, daß er einfach durch sein Fenster in den Garten schoß. *Bumm!* Er saß vor dem Fernseher, das Gewehr auf dem Schoß, als er einen Schatten sah, einen Hund bellen hörte oder irgendein unheimliches Geräusch vernahm – und da schoß er einfach durchs geschlossene Fenster!

Mit der Zeit kochte die Gerüchteküche immer wilder. Sie machten den Mann buchstäblich zu einem *Unsichtbaren*, zu jemandem, dessen Gedankengänge für uns Sterbliche nicht zu durchschauen waren. Und dann kamen Geschichten auf, daß es einen Helfer gebe. Die Leute in der Gegend wurden mit dem FBI immer unzufriedener, weil kein Ende der Suche abzusehen war. Sie konnten nicht glauben, daß der Mörder so vielen Polizisten einfach entwischte. Einige forderten bereits: ›Nieder mit der Nationalgarde! Laßt uns die Sache selber in die Hand nehmen.‹ Am Anfang hatte man den Männern der Suchtrupps noch Gebäck, frischen Kuchen und gekühlte Getränke gebracht, weil es ziemlich heiß war. Aber nun ebbte der anfängliche Enthusiasmus rapide ab. Die Leute behaupteten: ›Vielleicht mißbrauchen sie die Situation nur für ihre Übungszwecke. Womöglich wissen sie genau, wo er steckt, aber sie lassen ihn von diesen jungen Kerlen suchen, damit sie dabei Erfahrungen sammeln können. Wenn man sich die Männer daraufhin noch einmal betrachtete, waren sie wirklich *sehr* jung.

Nach Einbruch der Dunkelheit wurde es wirklich unheimlich. Man hatte keine Ahnung, wo in aller Welt dieser Jackson stecken könnte. Die FBI-Männer – auf deren Jacken deutlich FBI zu lesen war – beschäftigten sich überall damit, Leute zu kontrollieren. Nach einer Weile gewöhnte man sich daran, und oft winkten sie einen auch direkt weiter, aber es behinderte den normalen Tagesablauf schon erheblich. Außerdem war es nicht gerade angenehm, ständig und überall Männer mit Schußwaffen herumstehen zu sehen und die ganze

Nacht über den Hubschrauberlärm ertragen zu müssen. Ich hörte einige Männer sagen, die in Vietnam gedient hatten, daß sie nicht nur das Geräusch des ewigen Startens und Landens der Helikopter ziemlich nerven würde, sondern auch die Suchscheinwerfer, deren Lichtkegel in der Dunkelheit pausenlos über die Felder und Häuser zogen. Ich muß zugeben, daß ich die Männer gut verstehen konnte.«

Immer öfter hörten die Suchmannschaften einen Satz von den Bürgern: »Wir hoffen, ihr findet und tötet ihn.«

Ein Fernsehsender in Mississippi machte Modean Jackson ausfindig. In der Sendung sah man sie auf einem Sofa sitzen und hörte sie mit ruhiger, gemessener Stimme sprechen. »Mike hätte nicht so frei herumlaufen dürfen«, klagte sie. »Ich habe mehrmals beantragt, ihn in einer geschlossenen Anstalt zu verwahren, aber sie haben ihn immer wieder weggeschickt. Schon seit Jahren wurde er nicht mehr mit dem Leben fertig und hätte ganz bestimmt unter Aufsicht bleiben müssen.«

Das FBI ließ einen Steckbrief drucken, auf dem Mike Jackson wegen des Mordes an einem Staatsbeamten gesucht wurde. Auf dem Plakat war ein Foto von Mike zu sehen, das im Jahr 1985 im Gefängnis aufgenommen worden war, als er noch lange Haare und einen sehr vollen Bart getragen hatte. Auffällig an dem Bild ist vor allem der extreme Kontrast zwischen der bleichen Gesichtshaut und dem schwarzen Bart. Daneben war eine Aufnahme aus dem Jahr 1986 angebracht, die man retuschiert hatte, um zu zeigen, wie er mit kürzerem Haar und einem geschorenen Bart aussah.

Die *New York Times* schrieb in ihrer Donnerstagsausgabe, Wright City sei ›im Belagerungszustand‹. Eine Frau hatte gegenüber dem Reporter betont, wie sehr die Menschen unter der Situation litten. »Wir haben Angst«, gab sie zu. »Niemand hat ihn gesehen oder gehört. Es ist zermürbend, nicht zu wissen, ob er noch lebt, ob er irgendwo versteckt lauert oder ob er einfach nur verschwunden ist.«

Bill Burgess nannte das Gefühl, das man hat, wenn auf einen geschossen wird, ›ziemlich verrückt‹ und wies darauf hin, daß die Kriminalitätsrate in Wright City normalerweise »so nahe an Null liegt wie überhaupt möglich«. Er erinnerte sich nur an zwei Morde: Einer war von einem Anhalter verübt worden, der andere war beim Streit eines Vaters mit dem Freund seiner Tochter geschehen.

Abends riefen die Stadtbewohner bei Freunden und Verwandten an, die auf dem Land lebten, um sich zu vergewissern, daß alles in Ordnung war. Wenn sich niemand meldete, setzten sie sich ins Auto und schauten nach dem Rechten. Viele Leute ließen ihr Haus auch erst von FBI-Leuten durchsuchen, bevor sie es nach einem Einkauf oder einer Erledigung wieder betraten.

Werner Strick, der Geistliche der Ersten Baptistengemeinde, erklärte, daß die Menschen neben Angst aber auch Mitleid fühlten: »Wir beteten für die Mutter dieses verlorenen und gehetzten Sohnes.«

Am Donnerstag kamen die meisten Kinder wieder zur Schule, auch wenn die Schulgebäude weiterhin überwacht wurden. Allerdings wurden noch keine Sportstunden im Freien abgehalten, und der Tag der offenen Tür im Kindergarten sowie das festliche Chili-Essen der High-School mußten ausfallen. Der Schulleiter versicherte, daß auch die vom Unterricht ferngebliebenen Kinder das versäumte Lernpensum aufarbeiten könnten, ohne mit irgendeiner Strafe rechnen zu müssen.

Den ganzen Tag über konnte man beobachten, wie die Kommandozentrale einem Bienenstock voll uniformierter Polizisten glich. Helterhoff und Ford standen auf dem Bürgersteig vor dem Rathaus und berichteten den Reportern, es gebe keinerlei Hinweise darauf, daß Jackson die Gegend verlassen habe. Sie führten weiterhin aus, er liege möglicherweise irgendwo verwundet und werde mit der Zeit hoffentlich irgend etwas tun, was ihn verraten würde. Zu den Details der Suchaktion und zum Stand der Spurensuche machten sie keine Angaben.

Am Donnerstag hielt kurz nach Mitternacht an einer der Straßensperren ein Pickup-Truck. Der Fahrer berichtete den

Polizisten, er habe soeben auf der Interstate eine Auseinandersetzung mit einem Anhalter gehabt, den er mitgenommen habe. Bei dem Fahrer handelte es sich um einen einundzwanzigjährigen Marinesoldaten, der sich auf Heimaturlaub befand. Er blutete aus der Nase und berichtete, es sei ihm gelungen, den Anhalter aus dem Wagen zu stoßen; der Kerl sei daraufhin in die Wälder bei Warrenton, der nächstgelegenen Stadt westlich von Wright City, geflüchtet. Er beschrieb den Anhalter als einen Mann mit Vollbart. Helterhoff und Ford zogen daraufhin einige Posten von den Straßensperren ab, um eine möglichst große Suchmannschaft zusammenzubekommen.

Hierzu äußert sich nochmals die aus Warrenton stammende Kellnerin aus dem Rasthof: »Kennen Sie Warrenton? Hinter dem Einkaufszentrum, wenn Sie wissen, wo das ist, gibt es eine Wohnsiedlung, und in der letzten Straße, direkt bei einem Waldstück, liegt unser Haus. Dieser Marinesoldat erzählte dem FBI, daß Mike Jackson ihn an der Straße angehalten und versucht habe, ihm seinen Truck wegzunehmen. Es hieß, er sei dann bei uns im Wald verschwunden. Es war gegen halb drei Uhr morgens, als wir an der Glasschiebetür unseres Schlafzimmers ein Klopfen vernahmen. Eine Männerstimme fragte: ›Alles in Ordnung da drinnen, Madam?‹ Als wir nicht reagierten, weil wir nicht wußten, ob der Mann wirklich zum FBI gehörte, wie er behauptete, wiederholte er seine Frage noch einmal. Mein Mann bejahte nun, woraufhin der FBI-Agent ein ›Okay‹ hören ließ. Wir gingen zum Fenster und erblickten draußen etwa zehn Männer in olivgrüner Tarnuniform. Auf einigen der Uniformen stand in großen Buchstaben auf dem Rücken FBI. Auf der Straße patrouillierten noch weitere Uniformierte, und über den Häusern kreisten Hubschrauber, die ihre Suchscheinwerfer über die Wohnanlage und die Waldstücke schwenkten. Und unser kleiner Hund, der nicht mag, wenn es in seinem Bereich so viel Unruhe gibt, winselte herzzerreißend.«

Ihr Ehemann: »Sie klopften an unsere Schiebetür und wollten wissen, ob alles in Ordnung wäre. Ich sagte: ›Ja, ja, wir sind okay.‹ Doch sie ließen nicht locker und wollten auch von meiner Frau hören, ob es *ihr* gutgehe.

Den Rest der Nacht blieb ich auf und bewachte das Haus, mit einem Gewehr bewaffnet. ›Wenn ihr einen Schuß hört, legt euch flach auf den Fußboden‹, instruierte ich meine Frau und meine Kinder, denn ich wollte Ernst machen und schießen, falls tatsächlich jemand versuchen sollte, in unser Haus einzudringen. Es war eine unheimliche Nacht. Wenn das FBI es schaffte, sich an unsere Schlafzimmertür anzuschleichen, ohne daß wir oder der Hund es bemerkten, dann...«

Die FBI-Leute und die uniformierten Polizisten durchsuchten drei Stunden lang sowohl die Gärten und Garagen der Wohnsiedlung als auch das Waldstück, fanden aber keine Spur von Jackson. Dann wollten sie Spürhunde an der Stelle, an der der Anhalter nach Aussage des Matrosen weggelaufen war, die Spur aufnehmen lassen, aber die Hunde liefen nur hin und her. Schließlich gab der Matrose zu, die Geschichte mit dem Anhalter erfunden zu haben. Er hatte sich in einer Bar geprügelt und war voller Angst vor dem Zorn seines Vaters.

Nach diesem Ereignis – Leute mitten in der Nacht aus dem Schlaf zu reißen und Kinder mit dem Anblick schwerbewaffneter Männer in ihrem Garten zu Tode zu ängstigen, was durch die kreisenden Hubschrauber noch verstärkt wurde, und das alles vollkommen umsonst – hatten die Beamten der Suchtrupps das Gefühl, daß die Suchaktion auf ihrem Tiefpunkt angelangt war.

Was die Situation für Helterhoff und Ford noch schlimmer machte, war die Tatsache, daß Jackson den Abzug der Straßenposten zum Entkommen genutzt haben konnte.

Unterdessen war das FBI aber auf zwei Augenzeugen gestoßen, die gesehen hatten, wie Jackson die Tür des Cadillacs geöffnet hatte und in Richtung der Wälder verschwunden war. Von diesen Zeugen erfuhren die Fahnder auch, daß niemand auf der Interstate angehalten hatte, um Jackson mitzunehmen.

Es war nicht zu vermeiden, daß die Polizisten irgendwann bereits durchsuchte Scheunen oder leerstehender Farmhäuser erneut kontrollierten. Die Alternative wäre gewesen, den Radius des Gebietes, das durchkämmt werden mußte, zu erweitern. Aber die Gefahr, Jackson auf diese Weise zu übersehen und die Suchmannschaften zu sehr auseinanderzuziehen, war zu groß, um diesen Weg einzuschlagen. Falls Jackson sich wirklich in der Nähe aufhielt, sollte der Kreis um ihn herum möglichst eng gezogen werden. Am ehesten glaubten Helterhoff und Ford der Aussage einer Frau, die in der Dunkelheit einen Mann in nördlicher Richtung über die Straßenüberführung hatte laufen sehen. Deswegen konzentrierte sich die Suche nun hauptsächlich auf die dortige Gegend. Luftbilder des Gebiets zeigten eine Reihe verlassener Autowracks, in denen Jackson sich versteckt halten konnte. Darüber hinaus gab es einen Schrottplatz, der in seiner Unübersichtlichkeit eine Unmenge an Versteckmöglichkeiten bot. Natürlich war es ermüdend für die Männer, immer dasselbe Gebiet zu durchkämmen, so daß es auch schwieriger wurde, sie auf Dauer zu motivieren. Hinzu kam noch die Unmöglichkeit, zu erkennen, ob ein Fußabdruck oder eine offenstehende Tür ein Hinweis auf Jackson oder nur auf die Nachlässigkeit eines Kollegen war.

»Das Suchgebiet wird auf diese Weise gewissermaßen verdorben«, drückt es Bill Burgess aus. »Nach einer Weile weiß man nicht mehr, wer schon dort gewesen ist. Manchmal sieht man unterwegs ein Gebäude und denkt: ›Das könnte ein gutes Versteck abgeben.‹ Man geht hin und schaut es sich an, ohne zu wissen, wie viele andere vielleicht schon früher auf diese Idee gekommen sind.«

Die meisten Leute hielten sich von den Wäldern fern, außer den Eichhörnchen-Jägern. »Sie wußten zwar von Jackson«, erinnert sich Burgess, »aber manche Menschen können auf ihre Gewohnheiten einfach nicht verzichten.«

Am Freitag hatten sich die meisten Bürger zwar an die bewaffneten Suchmannschaften und an die Straßensperren gewöhnt, nicht jedoch an den Anblick der teilweise ebenfalls schwerbewaffneten Mitbürger. »Es ist fast ein Wunder, daß es nicht mehr Verletzte gab«, urteilt ein Mann. »Man wagte nicht mehr, abends auch nur an eine Tür zu klopfen, ohne sich vorher bemerkbar gemacht zu haben. Sogar Kinder und alleinstehende Frauen oder Schüler, die nach der Schule alleine zu Hause waren, trugen Schußwaffen mit sich herum – es war einfach beängstigend.«

Das FBI hielt die meisten seiner Schritte geheim, schon deshalb, weil die Beamten nicht wollten, daß jemand auf die Idee käme, Jackson auf eigene Faust zu stellen.

»Man erzählte sich, daß sich eine Gruppe von Männern gebildet habe, die gemeinsam auf die Suche nach Jackson ging«, weiß ein Bürger zu berichten. »Es waren zwei oder drei Jäger, die hinter ihm her waren, weil sie es nicht mehr länger abwarten konnten. Sie hielten das Gefühl, bedroht zu werden, einfach nicht länger aus.«

Am Freitag morgen kam der Steckbrief mit Jacksons Foto heraus. Der Besitzer des mitten in der Stadt gelegenen Obst- und Gemüseladens hängte ihn sogleich an seiner Ladentür aus. Er sehnte sich danach, daß das Leben wieder seinen gewohnten Gang nehmen würde. »Die Leute sind so ruhelos«, klagte er. »Jeden Abend, wenn es dunkel wird, geht die Angst von neuem los.« Niemand ging abends mehr aus, und es mochte auch niemand allein sein. Ein Autohändler erzählt: »Ich hatte einen Mitarbeiter, der – sobald ich irgendeinen Außentermin wahrnehmen mußte – einfach die Tür abschloß und nicht mehr hinausging, auch nicht, um nach den Wagen zu schauen. Wahrscheinlich ging er nicht einmal mehr ans Telefon.«

Der Versuch, am Freitag einen Bluthund auf die Fährte Jacksons zu setzen, scheiterte daran, daß es keine Ausgangsspur gab. Fünfzig Polizisten durchsuchten jeden Winkel eines Güterzuges mit hundert Waggons in Griffith, Indiana, da jemand den Verdacht geäußert hatte, Jackson könnte sich in dem Zug versteckt halten, aber auch dort gab es keine Spur von ihm.

Eine Frau fuhr mit ihrem Wagen durch die Straßen von Wright City, am Wagenfenster einen Zettel, auf dem stand:

»Michael Jackson, wir wollen dich nicht in unserer Stadt haben.«

Die Männer der Suchmannschaften hielten auch nach Raubvögeln Ausschau, die irgendwo am Himmel kreisten, aber jedesmal handelte es sich nur um tote Tiere, durch die sie angelockt worden waren. Eine ganze Reihe von Leuten war inzwischen überzeugt davon, daß Jackson die Gegend längst verlassen hatte. Überall stand deshalb die eine große Frage im Raum: »Ob er noch hier – oder längst über alle Berge ist?«

Ein Polizist steckte einen Stab durch eines der Einschußlöcher in der Tür des Cadillac. Der Stab glitt durch die Armlehne hindurch und erreichte schließlich den Brustkorb eines Beamten, der auf dem Fahrersitz Platz genommen hatte.

»Wir konnten daraus schließen, daß Jackson mit allergrößter Wahrscheinlichkeit nicht unverletzt geblieben war«, kommentierte Ford den Versuch. »Da er auf dem Fahrersitz gesessen hatte, mußte er getroffen worden sein – und zwar wahrscheinlich in der Bauchgegend.«

Noch am Freitag kamen Helterhoff und Ford zu dem Schluß, daß sie die Gegend nördlich des Highway nun gründlich durchsucht hatten. Wen auch immer die Frau auf der Überführung gesehen hatte, es war wohl nicht Jackson gewesen. Vielleicht hatte sie sich auch im Zeitpunkt der Beobachtung geirrt, und es hatte sich bei der Person bereits um jemanden von der Suchmannschaft gehandelt. Da man das Gebiet sehr genau unter die Lupe genommen hatte, entschieden sich Helterhoff und Ford dazu, es nun südlich der Interstate zu versuchen.

In den Nachtstunden schalteten die Wachposten an den Straßensperren ihre Lampen aus und knipsten sie nur an, wenn sich ihnen ein Fahrzeug näherte. Während der ersten Tage der Suchaktion hielten sie jeden Fahrer an, ließen sich die Papiere zeigen und den Kofferraum öffnen, doch mit der Zeit kannten sie die Personen, die regelmäßig auf der Strecke verkehrten, und lockerten die Kontrollen etwas. Die Autofahrer wußten bald, daß die Posten es haßten, wenn man mit grellem Scheinwerferlicht auf sie zufuhr, und daß es am besten war, die Innenbeleuchtung einzuschalten. Einige der Straßensperren waren einfacher zu passieren als andere. Wenn jedoch ein Fernsehteam in der Nähe war, ließen die Polizisten die Autoinsassen aussteigen und zogen eine regelrechte Schau ab, was die Betroffenen natürlich sehr aufregte.

Keinem der Hunde gelang es am Samstag, eine Fährte aufzunehmen. Ein Ehepaar aus Calwood, einem Ort etwa sechzig Kilometer westlich von Wright City, bemerkte bei der Rückkehr auf seine Farm, daß jemand zwei Steaks aus dem Kühlschrank genommen und etwas Erdnußbutter aus einem Glas gegessen hatte. Der Eindringling hatte sich auch aus dem Erste-Hilfe-Kasten bedient und im Bett der Eheleute geschlafen. Schließlich hatte er drei Gewehre zusammengebunden, sie dann aber liegengelassen. Die Fingerabdrücke auf den Gewehren gaben dem FBI allerdings keinen Aufschluß über den Einbrecher.

Indem sie in dicke Bündel Zeitungspapier schossen, versuchten die FBI-Beamten nachzuvollziehen, wie schwer die Verletzungen sein mochten, die der Schuß durch die Tür des Cadillacs Mike Jackson zugefügt hatte. »Wir sind davon überzeugt, daß er sich noch in der Gegend befindet; vielleicht ist er auch bereits tot«, erklärte ein Polizeisprecher. »Sicher ist jedoch, daß er verletzt wurde.«

Ein Bürger von Wright City glaubte, Mike in einem Feld entdeckt zu haben, und schoß auf die Gestalt. Als sich danach nichts rührte, lief er hin und erkannte, daß er auf einen Baumstumpf gefeuert hatte. FBI-Agenten in Mississippi, Texas, Louisiana, Arkansas und Oklahoma prüften Meldungen, nach denen Mike in diesen Staaten gesichtet worden war. Es wurde unter anderem auch berichtet, daß er durch das Fenster eines Farmhauses in der Nähe von Valparaiso, Indiana, geblickt habe. Die Polizei überflog mit dem Hubschrauber die um die betreffende Farm herum gelegenen Felder und Waldgebiete. Außerdem überflogen sie die Schienen einer nahen Eisenbahnlinie, wo jemand angeblich beobachtet hatte, wie er von einem Waggon heruntergesprungen war.

Am Samstag nachmittag erschien ein junger Mann an einer der Straßensperren und verlangte, den ranghöchsten Polizisten zu sprechen. Bei ihm erkundigte sich der junge Mann nach dem vermutlichen Versteck Mike Jacksons. Als die Polizisten daraufhin seinen Wagen durchsuchten, stießen die Beamten im Kofferraum auf zwei Gewehre und eine Pistole. Es stellte sich heraus, daß es sich bei dem jungen Mann um Mike Jacksons Neffen handelte, den Sohn einer seiner Schwestern. Dem FBI teilte er mit, daß sein Onkel ein echter Naturbursche sei und ohne weiteres etliche Tage im Freien überstehen könne. Außerdem sei er ein begeisterter Camper und Jäger. Weiterhin berichtete er, daß Mike Jackson mit einer schußsicheren Weste bekleidet sei, was das FBI zu der Vermutung veranlaßte, daß er deswegen vielleicht trotz des Schusses durch die Wagentür unversehrt geblieben war. Da man davon ausging, daß der Neffe möglicherweise seinem Onkel bei der Flucht helfen wollte, beschlagnahmte man seine Waffen, ließ ihn selbst jedoch ziehen.

»Er war unterwegs, um Mike zu erschießen«, vertraute seine Mutter einige Jahre später einem Bekannten an. »Wir haben versucht, es ihm auszureden, aber es war zwecklos. Er glaubte, daß Mike wie ein Tier leide, und er wollte dem Leiden ein Ende setzen. Er wollte seinen Onkel töten, bevor es irgendein anderer tat.«

Allem Anschein nach wurde Mike nur ein einziges Mal wirklich gesehen, und zwar von einem Mann namens Paul Godt und dessen Schwager. Sie standen in der Einfahrt von Godts Haus, das etwa zwei Kilometer südlich von Wright City liegt, und sahen ihn, als er gerade dabei war, ein Feld zu überqueren.

»Es war am Samstag, ungefähr drei Uhr nachmittags«, lautete Godts Bericht, »und ich war mit meiner Frau und meinem Schwager draußen. Wir waren gerade dabei, Äpfel zu schmoren. Unsere Farm liegt an einem See, und am anderen Ufer erstrecken sich die Felder. Als ich hinübersah, entdeckte ich jemand, der mit eiligen Schritten über das Feld hastete. Die Person ging sehr schnell, so daß es fast so aussah, als ob sie anfangen wollte zu rennen. Es hatte ganz den Anschein, als ob der Mann, der sich da so beeilte, genau wußte, daß er nicht dorthin gehörte. Er hatte schwarzes Haar und kehrte uns die linke Seite zu. Seinen Arm hielt er gestreckt neben dem Bein, wie um eine Schußwaffe vor uns zu verbergen. Es war deutlich zu erkennen, daß er seine Jacke um die Hüfte geschlungen hatte. Als er am anderen Ende des Feldes angekommen war, kletterte er über den Zaun und verschwand zwischen den Bäumen. Mein Schwager entdeckte ihn als erster und behauptete sogleich, daß dies der Mann wäre, hinter dem alle her seien. Jackson brauchte etwa dreißig Sekunden, um das Feld zu überqueren – so lange beobachteten wir ihn. Während er eilig davonlief, drehte er sich um und sah meinem Schwager direkt ins Gesicht. Ich bin mir sicher, daß ich ihn nie zuvor gesehen habe. Jenseits des Sees wohnt nur noch mein Nachbar, denn das Gehöft am Ufer des Sees ist unbewohnt – es gehört mir selbst. Ich habe meinen Nachbarn angerufen und gefragt, ob er sich vielleicht dort auf dem Feld aufgehalten oder jemandem erlaubt habe, sich dort aufzuhalten, aber er sagte, das sei nicht der Fall gewesen.

Die Stelle, an der Jackson beobachtet worden war, lag genau unterhalb der Anhöhe. Wissen Sie, direkt hinter dem Hügel jenseits des Feldes, das er überquerte, befindet sich der Highway, und wäre er auf der Anhöhe gegangen, so hätte man ihn von der Straße aus gut sehen können.

Ich habe unverzüglich das FBI benachrichtigt und war, ehrlich gesagt, ein bißchen verärgert darüber, daß es so lange dauerte, bis jemand bei mir eintraf, denn es war mittlerweile bereits fast eine Stunde vergangen. Und dann liefen sie nur ein wenig am See auf und ab und schauten sich um.

Am Sonntag morgen gingen mein Schwager und ich selbst hinüber und fanden tatsächlich Fußspuren. Normalerweise wird an dieser Stelle Mais angebaut, aber in jenem Jahr waren dort Sojabohnen gepflanzt und wenige Tage zuvor mit dem Traktor abgeerntet worden. Also waren die Pflanzen zu diesem Zeitpunkt zu Boden gedrückt. Mein Schwager verglich die Tiefe der von uns gefundenen Fußspuren mit unserer eigenen und kam zu dem Schluß, daß der Mann gute zwei

Zentner wiegen müsse, was uns später bei Betrachtung seines Konterfeis auf den Steckbriefen gut möglich schien. Also machte ich am Sonntag erneut Meldung bei der Polizeistation, und dieses Mal schienen sie unsere Beobachtungen ernst zu nehmen.«

Sonntag früh, kurz nach Sonnenaufgang, verließen eine Reihe von Männern die Kommandozentrale, um die Anwohner der Gegend zu befragen, ob sie irgend etwas Ungewöhnliches bemerkt hätten, und um sicherzustellen, daß niemand einer Geiselnahme zum Opfer gefallen war. Zu diesem Zweck hatten die Beamten eine genaue Karte der Umgebung dabei, auf der jedes einzelne Wohnhaus verzeichnet war. Ihre Aufgabe bestand darin, an die Türen zu klopfen und herauszufinden, ob vielleicht jemand Mike Jackson gesehen hatte. Für den Fall, daß niemand zu Hause war, hatte man sie angewiesen, eine Nachricht mit der Aufforderung zu hinterlassen, daß sich der Betreffende umgehend bei der Polizei melden solle.

Raubvögel kreisten über dem Waldgebiet nahe der Stelle, an der man den Cadillac gefunden hatte. Daraufhin wurden erneut Spürhunde eingesetzt, die jedoch bald zurückkehrten, ohne eine Fährte aufgenommen oder die Leiche des Gesuchten entdeckt zu haben.

John Ford nahm in einer der vorderen Bankreihen der Baptistenkirche von Wright City Platz und lauschte dem Prediger Werner Strick, der sein Gebet mit dem Wunsch abschloß, Mike Jackson möge doch zur Vernunft kommen und aufgeben, damit die Unruhe ein Ende habe.

Im Indianapolis *Star* erschien ein Bericht über die Lage der Bürger von Wright City mit der dramatischen Überschrift: ›Belagerte Stadt von Mörder auf der Flucht terrorisiert.‹ Um zu ermessen, wie stark die Bedrohung durch Jackson eingeschätzt wurde, muß man nur auf die Tatsache hinweisen, daß niemand es wagte, das Waldgebiet ohne Schußwaffe und kugelsichere Weste zu betreten.

Die Anwohner schlossen ihre Fensterläden und stellten

auf die Fensterbänke ganze Reihen von Flaschen, um auf diese einfache, aber wirkungsvolle Weise gewarnt zu werden, falls jemand gewaltsam einzudringen versuchen sollte. Die Immobilienmakler gaben es mittlerweile auf, Häuser und Grundstücke in der Gegend besichtigen zu lassen. Ein Ehepaar hielt sich nach Anbruch der Dunkelheit nur noch im Schlafzimmer auf, da die durchsichtigen Vorhänge im Wohnzimmer von außen freien Einblick gewährten.

Die Presse und die Polizei verwendeten in ihren Meldungen fälschlicherweise so oft den Namen Michael Jackson, daß einige Kinder zu der Annahme verleitet wurden, der gleichnamige Popstar sei hinter ihnen her. Die meisten Eltern sorgten dafür, daß ihre Kinder das Haus nicht alleine verließen, und begleiteten sie noch immer auf dem Schulweg. Die Schüler hielten in den Hosentaschen Taschenmesser zur Verteidigung bereit. Einige Familien übten regelrecht, schnellstens das Haus verlassen zu können – für den Fall, daß der Flüchtende in ihr Heim eindrang. Jeden Morgen ließen die Farmer wachsame Blicke über ihr Land schweifen, sahen beunruhigt zu ihren Scheunen hinüber und versuchten den unangenehmen Gedanken abzuschütteln, daß Jackson dort Unterschlupf vor Kälte und Regen gesucht haben könnte.

Sonntag nachmittag meldete sich bei der Kommandozentrale ein Mann, der in einem Wohnwagen auf einem verwilderten Gelände südlich der Stadt lebte. Er berichtete, daß er einige Tage verreist gewesen sei und den Wohnwagen unverschlossen zurückgelassen habe. Bei seiner Rückkehr sei der Wagen jedoch abgeschlossen gewesen, außerdem habe jemand zwei Wurstkonserven und eine Dosensuppe verspeist und die leeren Dosen zurück ins Regal gestellt. Der Topf zum Wärmen stehe auf dem Bett. Auf dem Boden lägen mehrere Kleidungsstücke verstreut herum, die offenbar jemand anprobiert und dann liegengelassen hatte. Nachdem bereits unzählige Falschmeldungen eingegangen waren, wurde auch diesen Entdeckungen keine allzu große Bedeutung beigemessen. Der einzige Hinweis, von dem sich die Fahnder neue Aufschlüsse erhofften, war die Tatsache, daß sich der

Eindringling rasiert und Barthaare im Waschbecken zurückgelassen hatte. Der herbeigerufene Spurensicherungsexperte zerstörte die aufkeimende Hoffnung allerdings schnell. Zum einen fand er keine brauchbaren Fingerabdrücke, zum anderen hätte ein Labor nicht nur die Stoppeln, sondern vor allem die Haarwurzeln benötigt, um bestimmen zu können, ob die Haare Jackson gehörten. »Diese Barthaare könnten die eines jeden beliebigen Einbrechers sein«, erklärte daher ein Polizeisprecher in einem Presseinterview, »aber ich kenne nicht viele von der Sorte, die sich bei einem Einbruch rasieren würden.« Helterhoff und Ford fühlten sich immerhin in ihrer Annahme bestärkt, daß Jackson noch lebte und sich in der Gegend aufhielt.

Die Bürger nahmen die Neuigkeiten mit gemischten Gefühlen auf. »Sie hatten uns schon beinahe glauben gemacht, daß er nicht mehr lebte und daß wir in Sicherheit wären«, berichtet einer der Farmer, »doch schon nach drei, vier Tagen sah alles wieder ganz anders aus.«

Ein Detail beschäftigte Helterhoff und Ford besonders: Der Einbrecher hatte offenbar großkalibrige Gewehrmunition aus dem Wohnwagen gestohlen. Es lagen Meldungen vor, nach denen Jackson im Besitz sowohl eines Gewehres als auch einer Schrotflinte war, und es war nicht auszuschließen, daß beides zutraf. Falls er tatsächlich ein Gewehr bei sich hatte, konnte dieser Umstand wegen der größeren Reichweite der Waffe das Risiko der Fahnder erheblich erhöhen. Deswegen machte sich Helterhoff Gedanken um die Sicherheit seiner Leute.

Das FBI setzte einen abgerichteten Suchhund ein, der gegen vier Uhr in der Nähe des Wohnwagens losgelassen wurde und von dort in Richtung Norden lief. Ein Einsatzkommando aus St. Louis folgte seinen Spuren. Die Männer trugen spezielle Tarnkleidung und waren bewaffnet. Über ihren Köpfen kreiste ein Hubschrauber. Der Spürhund überquerte die Auffahrt zu einem verlassenen Hof, lief dann in Richtung Osten über einen zweispurigen Highway und durchquerte ein Wäldchen und eine Lichtung. Dort gelangte er schließlich an einen See und lief an dessen Ufer entlang.

Dann wandte er sich gen Norden und erreichte einen Pfad, der zu einem Teich führte. Am jenseitigen Ufer war ein Haus erkennbar, das unbewohnt zu sein schien. Die Männer des FBI durchsuchten das Gebäude und die angrenzenden Scheunen. Anschließend schlug der Hund die Richtung nach Westen ein und setzte seinen Weg durch ein Feld fort, bis er zu einer Landstraße gelangte. Dort hielt er sich nördlich und lief genau auf Wright City zu. Es herrschte große Hitze, und die Männer hatten Mühe, dem Suchhund auf seinem schnellen Lauf durch hohe Wiesen und dichtes Unterholz zu folgen. Selbst einige der durchtrainiertesten und kräftigsten Männer ächzten unter dem Gewicht ihrer Ausrüstung.

Der Hund setzte seinen Weg in die Stadt durch Viehweiden und Vorgärten fort und lief eine Weile an den Eisenbahnschienen entlang. Dann überquerte er die Gleise und hielt auf einer Allee direkt auf die Kommandozentrale zu. Die diensthabenden Beamten hatten die Suche an ihren Funkgeräten verfolgt und waren wie vom Donner gerührt, als sie bemerkten, daß der Hand schnurstracks auf sie zukam. Um genau sechs Uhr hielt das Tier bei einem leerstehenden, im viktorianischen Stil gebauten Haus am Ende der Straße in seinem Lauf inne. Das Gebäude gehörte dem örtlichen Bestattungsunternehmer, der es gerade für seine neuen Geschäftsräume umbauen ließ.

Bei Einbruch der Dunkelheit begannen die Männer des FBI, die Häuser im Stadtzentrum zu durchsuchen. Die Bewohner, die tagsüber ihre Wohnungen im Stadtteil jenseits der Eisenbahnschienen verlassen hatten, wurden auf dem Nachhauseweg aufgehalten. Während sie an der Straßensperre standen und über dic Gleise hinweg zu ihren Häusern hinüberschauten, hörten sie lediglich das Stimmengewirr eines Polizeisenders und ab und zu jenes Geräusch, das beim Durchladen einer Pistole entsteht. Um halb zehn wurde die Straßensperre aufgehoben, und die Wartenden konnten nach Hause gehen. Einige Kinder, die mit ihren Eltern an der Sperre gestanden hatten, weigerten sich, allein in ihrem Zimmer zu schlafen. »Vielleicht steht er plötzlich draußen vor meinem Fenster«, flüsterte ein kleiner Junge mit ängstlicher Stimme seiner Mutter zu.

Während die Fahnder an Haustüren rüttelten und mit Suchscheinwerfern in die Fenster leuchteten, überlegten Helterhoff und Ford, wie man das Haus des Bestattungsunternehmers am besten durchsuchen könne. Zunächst einmal sandten sie jemanden aus, den Mann, er hieß Doug Brown, zu holen.

»Sie klopften an meine Haustür«, berichtet er, »und forderten mich auf, mit ihnen zum Polizeirevier zu kommen. Ich fragte mich, was ich wohl verbrochen hatte. Zwischen zwei und drei Uhr morgens habe ich gewöhnlich am meisten zu tun – die Menschen scheinen einfach häufiger nachts zu sterben, und ich bin für die Leichen mehrerer Orte in der Umgebung zuständig, daher war ich den Anblick der Straßensperren schon gewohnt. Aber ich konnte mir nicht vorstellen, was die Polizei wohl von mir wollte. Als ich die Kommandozentrale betrat, war es fast neun Uhr, und sie erklärten mir nicht sofort, worum es ging. Sie wollten von mir wissen, wie es in dem leerstehenden Gebäude aussehe. Ich versuchte, mich daran zu erinnern, doch je intensiver ich nachdachte, desto klarer wurde mir, daß ich ihnen kaum weiterhelfen konnte. Sie fragten nach dem Grundriß, und ich antwortete, daß die Unterlagen sich im Haus befänden. Doch sie ließen nicht zu, daß ich hineinging, um sie zu holen. Statt dessen versuchte ich, aus der Erinnerung Stockwerk für Stockwerk zu rekonstruieren. Später wurde mir klar, daß ich eine ganze Menge an Details ausgelassen hatte. In der Nähe eines der Fenster befand sich eine Art Blumenbalkon, der so groß war, daß sich dort ein Mensch verstecken konnte. Doch ich hatte total vergessen, ihn zu erwähnen. Vor allem wollten sie von mir wissen, in welche Richtung sich die Türen öffneten und wo sich die Einbauschränke oder Winkel befanden, in denen man sich verbergen konnte. Dies alles waren Dinge, denen ich niemals besondere Beachtung geschenkt hatte. Sie befragten mich von neun Uhr abends bis in den frühen Morgen und wollten mich überhaupt nicht mehr gehen lassen. Nach Mitternacht begannen sie, die Bewohner der umliegenden Häuser zu evakuieren, um ihre Gefährdung bei einem eventuellen Schußwechsel auszuschließen. Es handelte sich um etwa zwölf Familien und Einzelpersonen. Der Sheriff hatte sie angerufen, und da es spät in der Nacht war, kann man sich vorstellen, wie merkwürdig es ihnen vorgekommen sein mußte, eine fremde Stimme am Telefon zu hören, die ihnen mitteilte: ›Gleich werden drei bewaffnete Männer vorbeikommen. Folgen Sie ihnen ohne Widerstand, und verhalten Sie sich so leise wie möglich!‹ «

Um vier Uhr morgens waren sämtliche Familien, die um das verlassene Haus herum wohnten, in Sicherheit gebracht. Es war geplant, das Haus bei Sonnenaufgang zu stürmen.

Die Fernsehsender hatten gehofft, die Aktion übertragen zu können, aber Ford und Helterhoff veranlaßten, daß sie und die Zeitungsreporter so weit zurückgedrängt wurden, bis sie nur noch das Dach des Hauses im Blickfeld hatten. Die Polizisten, die das Gebäude stürmen sollten, waren schwarz gekleidet. Hätten die Fernsehteams ihre Scheinwerfer auf das Gebäude gerichtet, wären die Umrisse der Männer für Jackson deutlich sichtbar gewesen.

»Der Anführer des Einsatzkommandos aus St. Louis gab Anweisung, wer für welchen Gebäudeabschnitt zuständig war«, berichtete Joy Strick, die für die Verpflegung sorgte, »und ich wunderte mich darüber, wie nervös alle waren. Wahrscheinlich erlebten sie einen solchen Einsatz nicht alle Tage. Als ich sie so beobachtete und noch staunte, daß ich so etwas tatsächlich miterleben sollte, ging mir plötzlich auf, daß dies kein Fernsehprogramm, sondern Wirklichkeit war. Diese Männer riskierten ihr Leben, und vielleicht würde es ihr allerletzter Einsatz sein.«

Die acht Männer der beiden Einsatzkommandos aus St. Louis und aus Kansas City stürmten einer nach dem anderen in einer Reihe, entsprechend der ihnen zugeteilten Aufgaben, auf das Haus zu. Die Beamten aus Kansas City sollten sich zunächst das Erdgeschoß vornehmen, diejenigen aus St. Louis den ersten Stock. Dann sollten sich beide Teams im gegenseitigen Wechsel bis zum Dach hocharbeiten. Sie waren mit akustischen Schockgranaten ausgestattet, die einen extrem lauten Detonationsknall verursachen; man hoffte den Gesuchten damit einige Sekunden lang außer Gefecht zu setzen. Außerdem hatten sie einen Spürhund bei sich, der einem Polizisten aus St. Louis gehörte. Als er gefragt wurde, ob ihm klar sei, daß der Hund im Verlauf der Operation möglicherweise getötet werden könnte, antwortete er, daß er dies in Kauf nehmen müsse, wenn dadurch Menschenleben gerettet würden.

Doug Brown berichtet von der Hausdurchsuchung: »Nachdem sie das Gebäude erreicht hatten, ging alles ziemlich schnell. Eine Gruppe rannte die vordere Treppe hinauf, die andere drang durch die Hintertür ein. Man konnte sie über Funk hören: ›Erster Stock durchsucht – wir nehmen uns jetzt den zweiten vor.‹ Der Hund lief vor ihnen her. Sie vermuteten, daß Jackson sich unter dem Dach befand, denn von dort aus konnte man das Polizeirevier beobachten. Außerdem gibt es da oben ein Fenster, das lose in den Angeln hängt und quietscht, und das regte ihre Fantasie an. Ich glaube fast, sie waren enttäuscht, als sie das Haus unverrichteter Dinge wieder verließen. Sie hatten wohl nicht gerade vorgehabt, ihn sofort zu erschießen, aber auf jeden Fall wollten sie ihn endlich dingfest machen.«

Ein Mitglied des Teams beschreibt seine Enttäuschung so: »Da waren lauter ältere Damen, die in der Nähe des Hauses wohnten. Als wir das Haus verließen, umarmten sie uns unter Tränen und brachten uns etwas zu essen, und wir schämten uns ein wenig, nichts ausgerichtet zu haben.«

Helterhoff und Ford waren sich unschlüssig darüber, welchen Schritt sie als nächsten unternehmen sollten. Sie ließen die Straßensperren aufheben – in der Hoffnung, daß Mike Jackson daraufhin etwas tun würde, was ihn verriet. Außerdem sandten sie Patrouillen aus, um die Gegend weiter zu durchsuchen und um diejenigen zu befragen, die behaupteten, etwas gesehen zu haben. Die Mehrzahl der Polizisten kehrte jedoch in die für sie angemieteten Motels zurück, um sich erst einmal auszuruhen.

Ein Polizeisprecher erklärte bald darauf, daß die Suche eingeschränkt werde, da es keine neuen Hinweise gebe und sämtliche in Frage kommenden Verstecke schon durchsucht worden seien. Einer der Fahnder bemerkte enttäuscht, daß man nach der erfolglosen Hausdurchsuchung wieder genau dort angelangt war, wo man vor einer Woche begonnen hatte.

Während der ersten Woche der Suchaktion wurde in den Bundesstaaten Mississippi, Tennessee und Missouri fast jeder, der in irgendeiner Weise mit Mike Jackson verwandt, befreundet oder benachbart gewesen war, ihn als Arzt behandelt oder mit ihm eine Gefängniszelle geteilt hatte, vom FBI verhört. Gleichzeitig trug die Polizei Krankenhaus- und Gefängnisberichte sowie Briefe und andere Unterlagen zusammen, die möglicherweise näheren Aufschluß über Jacksons Verbleib geben konnten, und sandte sie zur FBI-Zentrale in Quantico, Virginia. Die dortigen Experten erstellten auf der Grundlage des ihnen verfügbaren Materials Prognosen bezüglich der nächsten Schritte Jacksons.

Sie nahmen an, daß Mike die meiste Zeit sitzend oder liegend verbrachte. Ansonsten war er vermutlich immer wieder auf der Suche nach einem geeigneten Unterschlupf. Am sichersten fühlte er sich höchstwahrscheinlich im Unterholz oder in Verstecken, die gerade groß genug waren, um ihm Schutz zu gewähren.

Nach drei bis fünf Tagen würde sich aller Voraussicht nach seine Schußwunde entzünden, schmerzen und an seinen Kräften zehren. Seine Lage würde sich noch durch die Tatsache verschlimmern, daß er draußen Regen und Schmutz ausgesetzt war. Bald wäre sein Denken und Handeln, so nahm man an, auf den instinktiven Überlebenswillen eines Tieres reduziert.

Höchstwahrscheinlich versuchte Mike lediglich kurz vor Sonnenaufgang und kurz nach Sonnenuntergang neue Verstecke zu finden. Es war denkbar, daß er sich dabei im Kreise bewegte und von einem Versteck zum nächsten irrte wie ein Kaninchen im Gestrüpp oder daß er wie ein aufgeschrecktes Reh einige Schritte flüchtete und dann innehielt, um sich gehetzt umzuschauen.

Sollte er Ruhepausen einlegen, so war anzunehmen, daß er sich höchstens einen kurzen Halbschlaf gestattete. Dabei würde er sicherlich leerstehende Häuser meiden, in der Annahme, daß die Polizei ihn dort vermuten könnte. Es war eher damit zu rechnen, daß er in den kleineren Nebengebäuden einer Farm Schutz suchte. Da die Polizei wußte, daß er oft in seinem Wagen geschlafen hatte, ging sie davon aus, daß er auch in Autowracks übernachtete.

Der Bedarf an Medikamenten würde ihn möglicherweise in die Stadt locken. Er konnte in eine Arztpraxis oder Apotheke einbrechen, um sich mit Verbandsmaterial und Medizin einzudecken. Im Falle eines Diebstahles würde er möglichst kleine Mengen an sich nehmen, deren Verlust man nicht gleich entdecken konnte. Es war vorstellbar, daß er auch in Kuh- und Schweineställen und in Getreidespeichern nach Nahrung suchte. Die Mais- und Sojabohnenfelder boten ihm zwar genügend Nahrung, aber dennoch war eine Woche unter freiem Himmel unter diesen Umständen eine harte körperliche Belastung.

Falsche Meldungen über die Fahndung in den Zeitungen abzudrucken würde ebensowenig nützen, wie über das Fernsehen Appelle an ihn zu richten, doch endlich aufzugeben; bestimmt las er weder Zeitung noch konnte er fernsehen. Panikerfüllt, wie er war, stellte er möglicherweise eine ebenso große Gefahr für sich selbst dar wie für andere. Sollte er von einem der Fahnder oder einem Farmer, der ihn zufällig in seiner Scheune entdeckte, aufgeschreckt werden, so würde er wohl ohne zu zögern schießen. Falls es ihm möglich wäre, würde er Autos knacken, Läden ausrauben, Geiseln nehmen und Menschen töten. Es war jedoch unwahrscheinlich, daß er ›Grenzen‹ wie den Highway überschritt oder einen Fluß überquerte. Erstens könnte er dabei entdeckt werden, und zweitens würde er es vermeiden wollen, sich aus dem vertrauten Terrain zu entfernen. Keinesfalls würde er sich an einen Freund wenden, um ihn um Hilfe zu bitten. Seine Waffe trug er zweifellos stets bei sich. Falls man ihn von einem Feld in ein Haus jagte, war damit zu rechnen, daß er dort Geiseln nehmen würde, und dann war nicht damit zu rechnen, daß er ohne weiteres bereit war, sich zu ergeben. Vermutlich käme es zu einer Schießerei.

Nachdem sie sich mit diesen Prognosen vertraut gemacht hatten, beschäftigten sich Helterhoff und Ford genauer mit dem Stadtplan und dem Umgebungsplan von Wright City, der an der Wand in ihrem Büro hing. Beide kamen dabei zu demselben Schluß: Das Territorium, in dem sie Mike vermuteten, das heißt die Gegend, in der sich der vorher erwähnte Wohnwagen befand, war von Straßen durchzogen. Die Ausdehnung der Fläche war allerdings ziemlich groß, und es handelte sich fast ausschließlich um unbewohntes Waldgebiet. Außerdem führte eine Eisenbahnlinie hindurch.

Am Montag sprach Mikes Schwester mit dem Reporter einer Zeitung in St. Louis. Sie berichtete, daß Mike äußerst penibel bezüglich seiner Körperhygiene wäre und stets sehr gepflegt habe auftreten wollen. Des weiteren beschrieb sie ihn als schlau und durchtrieben und sagte, daß er sich zweifellos in freier Natur zu helfen wüßte. Sein ganzes Leben lang habe er sich Herausforderungen gestellt und sie bewältigt, und es würde sie nicht wundern, wenn ihm dies erneut gelänge. Sie und ihre Familie glaubten, daß Mike die Fahnder an der Nase herumführe. »Er hat sie vollkommen durcheinandergebracht. Was sie bräuchten, wäre ein indianischer Spurenleser. Sonst erwischen sie ihn nie«, meinte sie.

Am frühen Nachmittag patrouillierten zwei Männer vom St.-Louis-Einsatzkommando mit einem Spürhund an der Eisenbahnlinie. Sie begannen westlich von Wright City, an einem nicht weit von der Stelle entfernten Ort, an der der Cadillac abgestellt worden war. Der Hund lief in Richtung Stadt. Er folgte den Schienen, und als er an ein Feld am Rande des Stadtgebietes gelangte, blieb er in der Nähe einer verfallenen Hütte stehen. In einiger Entfernung davon setzte er sich hin und weigerte sich, weiterzugehen, was den Hundeführer sehr verwunderte. Das Haus stand mitten im Feld wie eine kleine Insel in der Mitte eines Sees. Die Männer krochen darauf zu, traten die Tür ein, und einer sprang durchs Fenster. Als sie nichts vorfanden, kehrten sie enttäuscht in ihre Motels zurück.

Am Montag hielt ein Mann mit seinem Lastwagen in Wright City und erregte großes Aufsehen, als er behauptete, er sei Mikes Bruder Jimmy. Er war klein, trug ein kariertes Hemd und Hosen im Westernstil sowie einen Gürtel mit einer versilberten Schnalle von der Größe eines Briefbeschwerers. Sein graues Haar war an der Seite gescheitelt wie das eines Schuljungen. Beim Sprechen war er darauf bedacht, den Blicken seines Gegenübers auszuweichen. Den Reportern sagte er, daß seiner Überzeugung nach Mike lebe, sich aber nicht in Wright City aufhalte. Möglicherweise habe er sich rasiert, sich neue Kleider besorgt und sein Aussehen völlig verändert. Er berichtete, daß Mike schon immer gewalttätig gewesen sei. »Er ist zwar mein Bruder«, bemerkte er, »aber er würde mich rücklings erschießen, wie jeden anderen auch.« Jimmy war der Meinung, daß es der Polizei nicht gelingen würde, Mike zu fangen. Er betonte, daß Mike ziemlich schlau sei und daß er auch während der letzten zwanzig Jahre nichts anderes getan habe, als der Polizei zu entkommen.

Eine Stunde lang hielt sich Jimmy auf dem Polizeirevier auf, beantwortete die Fragen der Polizisten und beschwor, daß das Phantombild, das Mike ohne Bart zeigte, keine große Ähnlichkeit mit seinem Bruder aufweise. Dann mußte er sich eine Tonbandaufnahme anhören, die um drei Uhr früh am gleichen Morgen in einem Krankenhaus aufgenommen worden war. Eine Stimme sagte: »Ich habe den Mann und auch eines eurer Autos, und ich werde den Staat verlassen.« Jimmy kam die Stimme nicht bekannt vor.

Nach Anbruch der Dunkelheit versteckte sich eine Reihe von Polizisten in den Feldern, die die Wohnwagen umgaben. Sie trugen Brillen mit Spezialgläsern, die es ihnen erlaubten, im Dunkeln zu sehen. Jeder der Männer hatte eine kleine Lampe bei sich, deren Lichtstrahl nur mit Hilfe einer solchen Brille sichtbar war. Auf diese Weise konnten sie sich gegenseitig erkennen – falls Mike Jackson auftauchen sollte.

Bereits am Dienstag hatte die aufgeregte Suchaktion die Bürger der Stadt so verunsichert, daß sie sich in Gruppen zusammensetzten und die Lage diskutierten. Vor allem fühlten sie sich müde, hoffnungslos und wütend. Ein Ladenbesitzer meinte, daß die Situation die Menschen nervös und reizbar mache und daß diese Misere mit jedem Tag schlimmer werde. Eine Frau berichtete erschöpft von ihren Träumen, in denen der Gesuchte sich unter ihrem Wohnwagen versteckt hielt. »Er ist irgendwo da draußen und beobachtet uns«, sagte sie mit gequälter Stimme.

Am Dienstag abend wurde von dem ›Nachtjäger‹ eine Person in einem Feld nördlich des Wohnwagens gesichtet. In der Mitte des Feldes war ein Graben, in dem sich ein Polizist versteckt hielt, der sich jetzt vor der Erde und dem trockenen Gras schützen mußte, die vom Sog des über ihm kreisenden Hubschraubers aufgewirbelt wurden. Auf beiden Seiten des Grabens folgten dem Beamten mehrere Kollegen, aber niemand von ihnen bemerkte etwas Verdächtiges.

Ein Farmer, der Zeuge des Geschehens war, berichtet: »Sie durchsuchten eines Nachts das Feld, das von den Scheinwerfern der Hubschrauber angestrahlt wurde, kamen auf mich zu und wollten wissen, ob es irgendwelche Höhlen in der Gegend gebe. Ich antwortete, daß ich nichts davon wisse, da es eigentlich keine Felsen in dieser Gegend gibt. Aber die Felder und Gräben sind ziemlich dicht bewachsen, und es war möglich, daß er sich dort verbarg. Ich schlug vor, daß die Polizisten sich auf Hochsitzen verschanzen sollten, wie bei der Jagd auf Wild; vielleicht kam er dann zufällig vorbei.«

Am Mittwoch traf der Gouverneur ein, um den Bürgern zu versichern, daß die Suche nach Jackson nicht aufgegeben würde. Er erklärte ferner, daß er Helterhoff die Nationalgarde als Verstärkung schicken wolle, falls dieser es wünsche. Helterhoff aber erklärte, daß es das FBI auch so schaffen könne, Jackson zu schnappen. Zwei Männer aus St. Louis tauchten im weiteren Verlauf des Tages plötzlich auf und behaupteten, Jackson auf einem Feld in der Nähe von Wright City gesehen zu haben. Beim Durchkämmen des fraglichen Gebietes kletterte einer der Beamten auf einen Baum, fiel jedoch herunter und brach sich dabei ein Handgelenk. Die Suche endete erneut ergebnislos, aber die beiden angeblichen Zeugen wurden wegen Irreführung der Behörden festgenommen.

Noch im Laufe des Nachmittags setzte das Justizministerium Mike Jackson auf die Liste der zehn meistgesuchten Verbrecher Amerikas.

»Geboren am 23. September 1945 in Pontotoc, Mississippi«, war in einer Pressemitteilung zu lesen. »Jackson wird beschrieben als ein großer Weißer, der etwa 210 Pfund wiegt und braune Augen sowie braunes Haar hat. Nach Zeugenaussagen hat Jackson Narben auf der Stirn und an den Fingerknöcheln seiner rechten Hand...«

Der Grund, warum man ihn auf die Liste der gefährlichsten Verbrecher gesetzt hatte, bestand darin, daß man fürchtete, er habe sein Aussehen verändert und Wright City längst verlassen.

Spürhunde

Mikes Schwester hätte wahrscheinlich nicht so unbedacht den Vorschlag gemacht, einen indianischen Spurenleser für die Suche nach Mike hinzuzuziehen, wenn sie gewußt hätte, daß das FBI tatsächlich über einen solchen Mann verfügte. Als Helterhoff zunächst weitere Spürhunde angefordert hatte, erfuhr er vom FBI-Department in Knoxville, Tennessee, daß man dort bei der Ausbildung mit einem Mann namens J. R. Buchanan zusammenarbeitete, der in den Ausläufern des Great-Smokie-Gebirges lebte und als Meister im Spurenlesen galt. Helterhoff hatte darum gebeten, ihm diesen Mann unverzüglich zu schicken, und bereits am Dienstag traf Buchanan ein.

Buchanan hatte die Kunst des Spurenlesens von seinem Onkel und seinem Großvater erlernt, die in den Bergen als Fallensteller gelebt hatten. Wenn ein Waschbär oder ein Fuchs eine Falle abriß und mitschleppte, mußte der Boden nach Spuren abgesucht werden, um Hinweise darauf zu erhalten, in welche Richtung das Tier verschwunden war. Durch sein geringes Körpergewicht hinterläßt ein Fuchs oder ein Waschbär nur sehr wenige und kaum sichtbare Spuren. Manchmal wird im Vorbeilaufen jedoch ein Grashalm am Wegrand geknickt oder ein auf dem Boden liegendes verwelktes Blatt herumgedreht, was man daran erkennt, daß die zuvor dem Boden zugewandte dunklere Seite jetzt nach oben zeigt. Auch ein abgebrochener Zweig oder ein Stück Baumrinde können Hinweise darauf sein, daß die Falle an einem Ast hängengeblieben ist und daß das Tier daran genagt hat, um sich zu befreien. Buchanan jedenfalls erkannte bald, wieviel einfacher es war, die Spur eines menschlichen Wesens zu verfolgen. Er ist inzwischen schon in den Sechzigern, hat seine Tätigkeit bei den Wildpark-Aufsehern beendet und ist in den Ruhestand getreten. Den größten Teil seines Lebens verbrachte er damit, im Smokie-Gebirge Ginsengsammler, verirrte Wanderer, aber auch Wilderer, die hinter Rot- und

Schwarzwild sowie hinter Bären her waren, aufzuspüren. Bei weitem am häufigsten hatte er es mit Wilderern zu tun gehabt, deren Spur am schwierigsten zu verfolgen ist, da sie stets bemüht sind, diese so gut wie möglich zu beseitigen. So bewegen sie sich oft streckenweise rückwärts, treten auf Steine oder Baumstämme, wo keine Fußspuren zurückbleiben, oder marschieren durch Bachläufe, die sie mit Rückwärtsschritten verlassen, um etwaigen Verfolgern die Suche noch mehr zu erschweren. Häufig bewegen sie sich auch im sogenannten ›Hirschtritt‹ voran, d. h. sie heben und senken die Füße möglichst senkrecht, um auf diese Weise Blätter und Steine nur wenig zu verschieben und keinerlei Äste zu knikken oder Bodengewächse herauszureißen. Bei dieser Gehweise sind bereits nach einem Tag jegliche Spuren verwischt. Wilderer sind außerdem sehr gefährlich, da sie natürlich bewaffnet sind. Buchanan schlich sich in der Regel von hinten an sie heran, um sie bei einem Überraschungsangriff zu stellen. Meistens ließen sie dann sofort ihr Gewehr fallen und machten sich hastig aus dem Staub, so daß Buchanan nur noch die Registriernummer von der Waffe des Fliehenden ablesen und diese telefonisch weitergeben oder die Fingerabdrücke abnehmen mußte. Einmal konnte er sich an einen Wilderer, der gerade einem Hirsch auflauerte, so nah heranschleichen, daß er über die Schulter des ahnungslosen Burschen hinweg auf dessen Armbanduhr die Uhrzeit lesen konnte. Buchanan ist von kleiner Statur und gibt sich eher verschlossen; das einzige äußere Zeichen einer Gefühlsregung ist manchmal ein leichtes Zusammenkneifen der Augen. Er spricht langsam und leise, mit einer tiefen, ein wenig rauchigen Stimme in einem näselnden Akzent, der die Herkunft des Sprechers aus dem südlichen Tennessee erkennen läßt. Fragt man ihn, was er vorhabe, wenn er einmal zu alt zum Spurenlesen sein werde, bekommt man nicht mehr aus ihm heraus als den Satzanfang: »Wenn einmal ich mich zurückziehe...« Buchanan hat die Angewohnheit, des öfteren Sätze zu verdrehen. So sagt er z. B.: »Immer wer es auch getan hat«, oder: »Setzt euer Köpfchen ein, immer was ihr auch verfolgt.« Sobald er eine Pause macht, zündet er sich erst einmal eine Zigarette an und pafft an ihr wie an einer Zigarre. Stets läßt er da, wo er sich eine Weile aufgehalten hat, einen Haufen Zigarettenstummel zurück. Sein Haar, das gewöhnlich von einer Kappe bedeckt ist, hängt in langen, schütteren Strähnen herab. Geduld ist nicht gerade eine Tugend Buchanans. Einmal war er über einen Mann, der sich besserwisserisch mit Karte und Kompaß in einem Gebiet orientieren wollte, das Buchanan wie seine Westentasche kannte, so wütend, daß er sein Gewehr unter die Karte schob, um die Spitze der Kompaßnadel in die Richtung zu lenken, in die er sie haben wollte. Sein selbstgebautes Haus in den Bergen, in dem er zeitweise lebt, liegt in einem Gebiet, das sich Happy Valley nennt. Für das Gerüst des Hauses hatte er Pinienholz verwendet, für die Wände aber Pappelholz, das mit der Zeit eine bläuliche Färbung annahm. Er erklärt dies damit, daß er das Holz zur falschen Tageszeit geschlagen habe. Denn Pappelholz, so sagt Buchanan, das bei Mondlicht geschlagen werde, verfärbe sich nicht. Da er oft unterwegs ist, hat er bei seiner Rückkehr das Haus manchmal aufgebrochen und ausgeraubt vorgefunden. Nachdem ihm einmal ein nagelneuer Kühlschrank gestohlen worden war, entschied er sich dazu, etwas für die Sicherung seiner Habe zu tun. Da er während seiner Armeezeit Experte für Sprengungen gewesen war, konnte er seine dort erworbenen Kenntnisse nun dazu benutzen, Türen und Fenster fachgerecht mit Sprengfallen zu versehen. Seitdem hat er an der Eingangstür eine Warntafel angebracht, auf der zu lesen steht: ›Achtung! Dieses Haus hat eine Selbstschußanlage! Sprechen Sie daher lieber ein Gebet, bevor Sie gewaltsam hineinzukommen versuchen!‹ Unterstrichen wird dieser Hinweis durch einen darunter gezeichneten Totenschädel.

In den zahlreichen Jahren seines Wildhüterdaseins hat Buchanan viel über das Verhalten der in den Wäldern lebenden Tiere gelernt. Er weiß beispielsweise, daß ein alter, erfahrener Bär den Deckel eines Mayonnaiseglases öffnen und mit seinen Krallen Löcher in eine Mineralwasserbüchse schlagen kann, ohne dabei viel zu verschütten. Er weiß auch, daß nach einem Flugzeugabsturz die Wildschweine als erstes am Ort sind, um den Erdboden um das Wrack herum zu durchwühlen. Buchanan hat sich so lange dem Schutz der Tierwelt gewidmet, daß er es nicht mehr über sich bringt, Wild zu jagen. Die einzigen Tiere, die er abschätzig beurteilt, sind Spürhunde. Er behauptet, ihre Nasen seien auf staubigen Wegen bereits nach zwanzig oder dreißig Metern stumpf und nutzlos. Außerdem würden sie nach einem Regenfall überhaupt nicht mehr zur Spurensuche taugen. Das FBI-Department in Knoxville wurde auf Buchanan durch einen seiner Agenten aufmerksam, der von dem Wildhüter ausgebildet worden war, und daraufhin kamen die Verantwortlichen auf die Idee, daß Kenntnisse im Spurenlesen überaus hilfreich bei der Verfolgung von Flüchtigen sein konnten. Buchanan hatte für die Agenten etwas übrig, und es machte ihm Spaß, Spuren für sie zu legen und ihnen entlang der Fährte in Hinterhalten aufzulauern. Sein Urteil über die Kenntnisse der Beamten in der Wildnis war allerdings vernichtend: »Was das betrifft, sind sie die Unwissenheit in Person. Sie kennen nicht mehr als zwei Baumarten – stehende und gefällte. Doch in der Stadt...«

Buchanan und die Spezialeinheit bildeten zusammen eine ideale Suchtruppe: Während er das Spurenlesen übernahm, sorgten die Agenten für seine Deckung. In Wright City kam die Truppe zum ersten Mal zum Einsatz.

»Es war an einem meiner freien Tage«, berichtet Buchanan. »Ich war gerade irgendwo im Happy Valley, als das FBI nach mir fragte. Meine Frau und meine Tochter waren zu Hause und informierten die Polizisten darüber, wo sie mich suchen könnten. Außerdem erkundigten sie sich bei der Wildhüter-Station und bei allen möglichen anderen Leuten. Doch ich hielt mich gerade bei einem Ehepaar auf, wo sie mich nicht vermuteten. Nachdem ich mich von den beiden verabschiedet hatte, machte ich mich auf den Heimweg. Als ich Gatlinburg erreichte, stoppte mich ein Polizeiwagen mit eingeschaltetem Blaulicht. Die Polizisten sagten mir, daß man mich dringend zu Hause brauche und daß sie vor mir herfahren und für freie Fahrt sorgen würden. Als wir ankamen, warteten bereits meine Frau, meine Tochter sowie mein

Boß Larry Barnett und dessen Frau vor dem Haus auf mich. Alle vier redeten gleichzeitig auf mich ein, so daß ich kein Wort verstehen konnte. ›Nun erst mal langsam und der Reihe nach‹, sagte ich. ›Was ist denn passiert?‹ Larry erklärte, daß mich das FBI erwarte, und meine Frau fügte hinzu: ›Deine Tasche ist bereits gepackt.‹ Ich entgegnete: ›Einen Moment! Ich bin müde und verschwitzt und muß zuerst einmal eine Dusche nehmen.‹

›Aber beeil dich‹, drängte Larry, der sich als mein Boß so eine Bemerkung erlauben konnte.

›Nun gut, ich möchte aber zumindest gerne erfahren, was eigentlich los ist‹, beharrte ich.

›In Wright City, Missouri, ist ein Mörder auf der Flucht. Du sollst ihnen helfen, ihn zu fangen. Deshalb wartet ein Flugzeug startbereit auf dem Flugplatz.‹ Als ich das erfuhr, schnappte ich mir kurzerhand mein Gepäck und warf es auf den Rücksitz des Polizeiwagens. Wir fuhren, den meisten Teil der Strecke mit Blaulicht, auf dem kürzestmöglichen Weg zum Flughafen, wo das Flugzeug bereits seit vier oder fünf Stunden auf mich wartete. Bob Swabe – ein FBI-Agent, den ich fünf Jahre lang ausgebildet hatte und der mir als Partner bei der Suche nach dem Mörder zugeteilt worden war – erklärte mir, daß der Gesuchte offensichtlich Spaß am Töten habe: In Wright City hatte er bereits drei Morde und einen verwundeten Polizisten auf dem Gewissen. Er benutzte offenbar eine Schrotflinte. Swabe informierte mich weiterhin darüber, daß ein Sonderkommando aus Knoxville bereits auf mein Eintreffen warte.

Irgendwann mitten in der Nacht kamen wir bei strömendem Regen in Wright City an. Überhaupt regnet es an diesem verdammten Ort offenbar ständig, und deshalb wohl wird der Schlamm zu einer derart klebrigen Masse, daß er sich überhaupt nicht mehr von der Kleidung und den Stiefeln entfernen läßt. Die meisten der Leute, die außerhalb lebten, hatten alles stehen und liegen lassen und sich in die Stadt geflüchtet. Man hatte uns dort abgesetzt, wo er zuletzt gesehen worden war, und ich war imstande, seiner Spur ungefähr ein, zwei Kilometer lang zu folgen. Er war an der

Scheune einer Farm vorbei bis zur Einfahrt vor der Haustür des Wohnhauses gegangen, wo ein Auto mit einem Zettel daran parkte. Auf dem Zettel war zu lesen: ›Der Tank ist voll, und im Wagen befinden sich eine Thermosflasche mit Kaffee und Sandwiches. Bitte bedienen Sie sich und fahren Sie weiter.‹ Er war dicht an den Wagen herangetreten, hatte ihn aber nicht berührt, vielleicht aus Angst, es könnte eine Falle sein oder irgend so etwas. Dann war er bis zu einer ungefähr zweihundert Meter entfernten asphaltierten Straße weitergegangen, auf der ich seine Spur nicht verfolgen konnte. Inzwischen war es bereits dunkel geworden, und das FBI hatte ein speziell ausgerüstetes Flugzeug starten lassen, das alles, was Wärme ausstrahlt, orten kann. Die Maschine sollte ein bestimmtes Gebiet absuchen. Ich erinnere mich noch daran, daß die Geräte *Kaninchen* und sogar frische Kuhfladen aufspürten, aber die einzigen menschlichen Wesen, die man auf den Schirmen erkennen konnte, waren wir. Schließlich begaben wir uns zurück in unser Motel, um am nächsten Morgen die Suche fortzusetzen.

Wir begannen ein wenig weiter westlich von dem Ort, wo ich die Spur verloren hatte, und suchten die Straße in beide Richtungen ab; leider machte es uns der heftige Regen unmöglich, etwas zu entdecken. Außerdem vermutete ich, daß er einige Kilometer auf der asphaltierten Straße geblieben war, wo es praktisch unmöglich ist, eine Spur auszumachen. Wir hatten auch etliche alte Häuser und Schuppen sowie Heuhaufen durchsucht, bevor wir uns beim Einsetzen der Dämmerung mit dem gesamten Einsatzkommando in einem großen Farmhaus zur Beratung und weiteren Planung versammelten. Bei der weiteren Suche nahmen wir die erprobte keilförmige Formation ein: Ich ging vorneweg, zur Sicherung hinter und neben mir je ein Mann des Teams, denn ich muß meine Augen zum Spurenlesen auf den Boden heften und kann nicht gleichzeitig nach vorne schauen. Dann rief mich Bob zu sich herüber und sagte aufgeregt: ›Ich habe eine Spur entdeckt.‹ Wir waren zu dem Zeitpunkt ungefähr einen halben Kilometer von dem Punkt entfernt, wo ich die Spur verloren hatte. Es regnete noch immer wie aus

Eimern, aber in dem zähen Schlamm bleiben Fußspuren lange erhalten, auch wenn sie sich mit Wasser füllen. Mein Partner zeigte mir die Spur. ›Sie stammt von einem Tennisschuh und ist nach der Regenmenge, die sich in der Vertiefung gesammelt hat, erst ungefähr eine halbe Stunde alt. Leider kann ich keine weiteren Abdrücke entdecken.‹ ›Dann bleib hinter mir‹, forderte ich ihn auf. ›Ich werde sehen, ob ich etwas finden kann.‹ In der Zwischenzeit ließen wir überprüfen, ob einer von den FBI-Beamten, die das Haus bereits am frühen Morgen untersucht hatten, Tennisschuhe getragen hatte, was aber glücklicherweise nicht der Fall war. Die Spur war für mich deutlich erkennbar: alle paar Meter niedergetretene Grashalme, die sich noch nicht wieder aufgerichtet hatten. Sie führte zu einer großen Scheune, in der Landwirtschaftsmaschinen abgestellt waren. Ich folgte der Spur eine Strecke von ungefähr zwei- bis dreihundert Metern, wobei ich schnell vorwärtskam. Der Mörder war offenbar zu einem Sojabohnenfeld geflüchtet, das zwischen dem Farmhaus und der Scheune lag. Dort hatte er einige Bohnenstengel abgeknickt und mitgenommen und eine Plastikflasche mit brackigem Wasser aus einem kleinen Teich bei dem Feld gefüllt. Ich bewegte mich von dort weiter bis zur Scheune, in deren Eingang ich auf einem Brett, das am Boden herumlag, einen feuchten Fleck entdeckte. ›Wir haben ihn, er kann nicht weit sein‹, informierte ich das Einsatzkommando. Da die Dunkelheit in spätestens einer Stunde hereinbrechen würde, forderte ich einige starke Scheinwerfer an. Das Haus und die Nebengebäude waren an den Vortagen zwar schon einmal ergebnislos durchsucht worden, nicht aber an diesem Tag. Einer der FBI-Agenten holte die Scheinwerfer aus dem Kofferraum seines Wagens, dann machten wir uns auf, wobei ich meinen Männern befahl: ›Schießt auf alles, was sich bewegt, auch wenn es nur eine Ratte sein sollte.‹ Ich sprach absichtlich so laut, daß der Kerl es auch hören konnte. Da die Scheune ein festes Blechdach hatte, gab es für den Mörder nur einen Fluchtweg, den wir ihm nun versperrten. Wir begannen, auf den Heuboden hinaufzuklettern. Direkt hinter mir waren zwar drei Mann, aber da ich voranging, war mir völlig bewußt, daß ich der erste war, auf den er schießen würde.

Doch wir sollten gar nicht erst auf den Heuboden kommen. Während ich die Leiter hinaufstieg, fühlte ich die nassen Spuren des Mörders mit den Händen, als plötzlich der Schuß einer Schrotflinte die Stille zerriß. Ich konnte nicht erkennen, ob er einen meiner Männer getroffen hatte, ob sie ihn erwischt oder ob er auf mich gezielt und vorbeigeschossen hatte. Wir beeilten uns, wieder nach unten zu kommen. Den anderen gelang es, aus der Scheune herauszukommen, aber ich befand mich weiter hinten und verkroch mich schnell hinter irgendwelchen Maschinen. Noch immer hatte ich keine Ahnung, was wirklich vorgefallen war. In der Zwischenzeit hatten sich Bob Swabe und I. V., ein FBI-Agent, der nur mit den Initialen seines Namens angeredet wurde, so postiert, daß wir Sprechkontakt hatten. Sie informierten mich, daß niemand verletzt worden war, und erkundigten sich, ob mir etwas passiert sei. Plötzlich hörte ich direkt über mir ein Geräusch, so als ob ein Fuß über Heu rutschen würde. ›Wir werden dich da herausholen‹, versicherten sie mir. ›Es gibt aber nur einen Weg hinaus‹, erwiderte ich. I. V. entgegnete: ›Wir werden dir Deckung geben. Zähl bis drei, dann eröffnen wir das Feuer, und du rennst hinaus.‹ So kam ich mit heiler Haut davon.«

Das Grundstück, auf dem sich die Scheune befindet, liegt auf einer Anhöhe, ungefähr anderthalb Kilometer südwestlich der Stadt. Quer zur Straße und an den geschwungenen Rand eines Sojabohnenfeldes angrenzend, steht ein weißes, zweigeschossiges Wohnhaus mit einem Blechdach und einigen Schuppen und Scheunen darauf. In die größte und gleichzeitig am weitesten vom Haus entfernte Scheune hatte sich Mike Jackson gerettet und – wie die Polizei protokollierte – an jenem Donnerstag abend um 18 Uhr 23 den ersten Schuß abgefeuert.

Während sich Buchanan mit seinen Leuten der Scheune näherte, stellten andere FBI-Agenten nochmals das Wohnhaus auf den Kopf, nachdem es bereits früher am Vormittag durchsucht worden war. Dabei war in einem der Schlafzimmer im oberen Stockwerk ein blauer Mantel gesehen worden, der einige Stunden später plötzlich verschwunden war. Einer der mit der Durchsuchung beauftragten Beamten war auch zur Scheune hinübergegangen; als er sich der Eingangstür genähert hatte, war es ihm jedoch auf unerklärliche Weise kalt den Rücken heruntergelaufen. Er hatte sich daraufhin umgedreht und war zusammen mit seinem Kollegen zum Stützpunkt der Sondereinheit gefahren, um dort über den verschwundenen Mantel zu berichten. Sie trafen später mit Verstärkung und einem Spürhund zur gleichen Zeit beim Haus ein wie Buchanan und das Team aus Knoxville.

Sobald Buchanan und die Beamten aus Knoxville sich verständigt hatten, umstellten sie die Scheune in angemessenem Sicherheitsabstand, da sie sich daran erinnerten, daß aus dem Wohnwagen großkalibrige Gewehrmunition entwendet worden war, gegen die ihre Sicherheitswesten keinen ausreichenden Schutz boten.

Sie waren sich darüber im klaren, nicht mit letzter Gewißheit sagen zu können, ob es wirklich Jackson war, der sich in der Scheune befand. Es war immerhin auch möglich, daß jemand sie gehört und sich aus Angst vor ihnen oder Jackson in der Scheune versteckt hatte. Auch wenn dies sehr unwahrscheinlich schien, so wollten sie sich doch auf keinen Fall die Blöße geben, Jacksons Gefangennahme anzukündigen, ohne sich wirklich sicher zu sein, daß er tatsächlich in der Falle saß. Während sie im Dämmerlicht auf dem Feld standen und darüber berieten, wie sie am besten an die Scheune herankämen, hörten sie von dort ein Geräusch, das wie das Aufstampfen eines Fußes klang und einige Tauben aufschreckte, so daß sie aus der Scheune flatterten.

In der Zwischenzeit hatte die Polizei die Zufahrtsstraße zum Grundstück gesperrt, deshalb mußten die mittlerweile herbeigeeilten Reporter ihren Standort bei den Gleisen einer Eisenbahnlinie beziehen, von der die Scheune ungefähr 300 Meter entfernt lag. Als die Dunkelheit hereinbrach, konnten die Berichterstatter der Medien aus der Ferne eine Stimme hören, die durch ein Megaphon verstärkt wurde. »Ich weiß, daß du hungrig bist«, schallte es zu ihnen herüber.

»Melde dich, Mike! Wir wollen dich nicht verletzen, und wir alle sind genauso müde und erschöpft wie du.« Ein Sprecher erklärte den Presseleuten, daß die FBI-Agenten die Scheune umstellt hatten und einen Mann, bei dem es sich mutmaßlich um Jackson handelte, dazu bringen wollten, sich freiwillig zu ergeben. »Es konnte bereits ein erster Kontakt hergestellt werden«, fuhr er fort, »aber die Person, die sich dort drin befindet, kommt nicht heraus. Wir können zu diesem Zeitpunkt nicht einmal mit hundertprozentiger Sicherheit sagen, ob es tatsächlich Jackson ist.« John Ford hielt die Leute in der Einsatzzentrale auf dem laufenden: »Wir haben keine Ahnung, in was für einem gesundheitlichen Zustand er sich befindet. Auf jeden Fall war er nach 18 Uhr 23 noch in der Lage, mit uns zu sprechen.«

Einige der Beamten, die bereits elf Stunden Suchaktion hinter sich hatten, waren müde und plädierten dafür, die Scheune zu stürmen, um die Angelegenheit zu einem schnellen Ende zu bringen. Ihre Vorgesetzten bemühten sich jedoch darum, sie zu beruhigen. Allerdings breitete sich nicht ohne Grund die Sorge aus, daß Jackson in der Dunkelheit der Nacht entkommen könnte. Andererseits wollte der Einsatzleiter den Kreis nicht allzu eng um die Scheune ziehen, da seine Männer sonst in Reichweite von Jacksons Gewehr gekommen wären. Als es richtig dunkel geworden war, bezogen zwei Hubschrauber Position über der Scheune. Der eine versuchte, einen Scheinwerfer so genau wie möglich auf das Gebäude zu richten, doch der Wind war so stark, daß der hin und her wandernde Lichtstrahl eher an eine Diskothekenbeleuchtung erinnerte.

Als sich abzeichnete, daß man Jackson nicht allein mit Überredungskunst aus der Scheune herauslocken konnte, erarbeitete man einen Plan, wie die Scheune am effektivsten mit Tränengas auszuräuchern wäre. Da sich an der Südseite des Heubodens ein Fenster befand, kam das FBI zu dem Schluß, daß es möglich sein mußte, durch diese Öffnung Tränengasmunition hineinzuschießen. Ein Scharfschütze gab vom Feld aus einen Probeschuß ab, der das Fenster nur knapp verfehlte. Daraufhin korrigierte er die Schußrichtung und feuerte treffsicher sieben Tränengasgranaten in die Scheune.

Als sich auch nach einer ganzen Weile in der Scheune immer noch nichts gerührt hatte, fragten sich die Männer vom FBI, ob es Jackson gelungen sein konnte, hinter dem Heu Schutz zu finden. Eine andere mögliche Erklärung für die andauernde Stille könnte sein, daß Tränengas in manchen Fällen auf geistig gestörte Personen keinerlei Wirkung zeigt. Vielleicht hatte Jackson sogar eine Gasmaske bei sich. Auf jeden Fall hatte niemand große Lust, in die Scheune zu gehen, um sich womöglich durchlöchern zu lassen. Natürlich war auch denkbar, daß Jackson längst tot war, vielleicht sogar Selbstmord begangen hatte. Einige der Beamten meinten sich daran zu erinnern, daß sie beim ersten Schuß ein Geräusch gehört hatten, als sei das Projektil auf Metall getroffen – und das einzige Metall in und an der Scheune war das verzinkte Blechdach.

Das FBI-Team entschloß sich dazu, mit dem endgültigen Sturm auf die Scheune bis zum Tagesanbruch zu warten. Obwohl den Experten durchaus bewußt war, daß bei einer nächtlichen Aktion der Vorteil auf ihrer Seite lag, wollten sie nicht leichtfertig das Scheitern der Operation riskieren, nachdem sie bereits elf Tage harter Arbeit investiert hatten; doch ein aufziehender Sturm veranlaßte sie, ihre Pläne zu ändern. Der immer stärker werdende Wind machte es fast unmöglich, die Hubschrauber auf Position zu halten, zudem konnten Blitze und Hagel für die Männer auf dem offenen Feld gefährlich werden. Deshalb fiel schließlich die Entscheidung, die Scheune doch noch während der Dunkelheit zu stürmen.

Die Einsatzleitung erwog, das Scheunendach vom Hubschrauber aus mit einem Haken herunterreißen zu lassen. Der Pächter des Grundstückes hatte die hierzu erforderliche Erlaubnis gegeben und sogar zugestimmt, das Gebäude, falls notwendig, niederzubrennen. Die FBI-Leute baten ihn außerdem, einen Plan vom Inneren der Scheune zu zeichnen. Dann versuchten sie es mit einem scharf abgerichteten Polizeihund, der auf jeden Menschen losging, der ihm begegnete. Als sie ihn jedoch in die Scheune schickten, kam er bereits nach fünf Sekunden wieder heraus – eine Reaktion des Hundes, die ausgesprochen schwierig einzuschätzen war. Gegen 23 Uhr sammelten sich die Männer des Einsatzkommandos an der südöstlichen Seite der Scheune, wo sich keine Fenster befanden, auf dem offenen Bohnenfeld. Genau wie bei dem Haus in der Stadt war jedem von ihnen eine Aufgabe zugeteilt worden: Die Beamten der Highway-Patrouille sollten den unteren Bereich sichern; der vorderste Mann des FBI-Teams hatte einen langen Haken, mit dem er die Heuballen vom Dachboden herunterziehen konnte, und zwei Männer waren mit Stangen ausgerüstet, an denen Spiegel befestigt waren, mit denen sie von unten auf den Heuboden schauen und herausfinden sollten, wo Jackson sich befand. Zusätzlich hatten zwei weitere FBI-Männer Anweisung erhalten, mit ihren Revolvern den Kollegen Deckung zu geben. Auf Gewehre war verzichtet worden, da eine Gewehrkugel eine Reichweite von zwei Kilometern haben kann. Dadurch wären zu viele Menschen gefährdet worden, die sich alle innerhalb dieses Radius befanden.

Die FBI-Spezialisten waren zur besseren Tarnung in der Dunkelheit schwarz gekleidet. Als dann auch die Hubschrauber die Scheinwerfer löschten, beobachteten die restlichen am Einsatz beteiligten Beamten die Aktion ihrer Kollegen mit Nachtferngläsern. Zuerst stürmte das Team der Highway-Patrouille die Scheune. Als kurz darauf der Mann mit dem langen Haken gerade damit beginnen wollte, die Heuballen herunterzureißen, bemerkte einer der Männer mit den Beobachtungsspiegeln plötzlich, daß Blut durch die Dekkenbalken tropfte. Er brachte seinen Spiegel in Position und kletterte schließlich die Leiter hinauf. Als er auf den Heuboden spähte, sah er Jackson direkt vor sich liegen. »Es ist vorbei«, meldete er. »Jackson ist tot.«

J. R. Buchanan hatte den Ablauf der nächtlichen Aktion – die Verhandlungen, die Hubschrauber, den Hund, den Tränengasbeschuß und schließlich den Sturm auf die Scheune – von dem Feld zwischen dem Wohnhaus und der Scheune aus beobachtet. Als alles vorbei war, begab auch er sich in die Scheune, erklomm den Heuboden und untersuchte Jacksons

Schuhe, deren Spuren er gefolgt war. An Mikes Seite kniete einer der Spurensicherungsexperten des FBI und nahm Fingerabdrücke, indem er Mikes Hand auf eine geradezu sanft wirkende Weise anhob und zuerst ein Stempelkissen und dann ein weißes Blatt Papier vorsichtig gegen den Daumen des Toten drückte. Dann erhob er sich und verglich, unter der Beleuchtung einer Lampe, die ein Kollege für ihn hielt, mit Hilfe einer Lupe den soeben genommenen Fingerabdruck mit dem aus seinen Unterlagen. Nach ungefähr einer Minute intensiven Vergleichens meldete er: »Jetzt hab' ich's. Positiv. Er ist es.« Einer der Männer stellte über Funk einen Kontakt zur Kommandozentrale her.

»Ralph hat das Ergebnis«, gab er durch. »Es ist der Gesuchte. Mike – Wayne – Jackson.«

»Zehn-vier. Kommandozentrale hat verstanden: positive Identifizierung.«

»Zehn-vier. Wiederhole: positive Identifizierung.«

Der in der Kommandozentrale diensthabende Beamte trat aus seinem Büro in den weitläufigen, niedrigen Raum, der als Kantine diente. Er hielt den Funkempfänger hoch über seinen Kopf, so daß alle FBI-Beamten, Streifenpolizisten und die Leute von der Kirche die Nachricht aus der Scheune direkt vernahmen. Durch die geöffneten Fenster hörten die auf der Straße wartenden Reporter und Bürger, wie drinnen applaudiert wurde, und rätselten darüber nach, was das bedeuten mochte. Einige der Leute reichten sich die Hände und beteten.

Mike lag auf dem Rücken. Er war sehr abgemagert, und seine Züge wirkten ausgemergelt. Sein Kopf ruhte auf einem zusammengeknäulten, grobgewirkten Baumwolltuch, das er irgendwo gefunden hatte. Ein blauer Mantel diente ihm als Unterlage, und er war bis zur Taille mit einem weißen Bettlaken zugedeckt. Bekleidet war er mit einem dunkelgrünen, gemusterten Hemd und Blue Jeans – die gleichen Sachen, in denen er Indianapolis verlassen hatte. Irgendwo hatte er ein Stück Telefonkabel gefunden, das von ihm dazu benutzt worden war, eine Art Trageriemen für die Flinte zu basteln. Seine Socken hatte er ausgezogen und zum Trocknen neben sich gelegt. Daneben standen seine Schuhe. Um sich ein Lager zu bereiten, hatte er das herumliegende Stroh zusammengekratzt. Zu seiner Linken lagen die fünf Sojabohnenranken, die er sich von der Stelle auf dem Feld geholt hatte, an der J. R. Buchanan seine Spur entdeckt hatte. Zu seiner Rechten befand sich eine alte Milchflasche, gefüllt mit Wasser aus dem Teich. Sein Kopf war auf die linke Seite gedreht, und in den weit aufgerissenen Augen schien ein fanatischer Ausdruck zu liegen, als habe er direkt vor seinem Tod noch eine Vision gehabt.

Vor den Augen der uniformierten Polizisten, FBI-Leute, Feuerwehrmänner und Sanitäter, die teils beruflich, teils jedoch auch aus reiner Neugierde anwesend waren, knöpfte der Gerichtsmediziner Jacksons Hemd auf, um zu sehen, ob er durch die Kugel, die die Tür des Cadillacs durchschlagen hatte, verletzt worden war. Er entdeckte aber lediglich auf der Brust eine kleine Einbuchtung und kam zu dem Schluß, daß Jackson einen Rippenbruch erlitten hatte.

Direkt unter Jacksons rechtem Ohr war ein bläulich umrandetes Einschußloch zu erkennen – im Gerichtsmedizinerjargon auch ›Tätowierung‹ genannt –, wo Mike den Gewehrlauf aufgesetzt hatte, um sein Leben durch einen Kopfschuß zu beenden. Dann zog der Gerichtsmediziner das Bettlaken weg, um einen Blick auf Jacksons nackte Füße zu werfen. Hingestreckt auf dem Rücken daliegend, mit den langen, knochigen Beinen und der totenblassen Haut, erinnerte Mikes Leiche an die Darstellung religiöser Märtyrer in der mittelalterlichen Malerei. In seinen Hosentaschen befanden sich eine leere Plastikschachtel mit Aspirintabletten von der Sorte, die an Tankstellen und in Drogerien verkauft werden, sowie ein zerknülltes weißes Baumwolltaschentuch.

Nach der Untersuchung wurde die Leiche in einen mit einem Reißverschluß versehenen Sack gelegt. Die umstehenden Männer warfen noch einen letzten Blick auf den Toten, bevor der Reißverschluß zugezogen wurde. Schließlich ließ man den Sack durch die Öffnung neben der Leiter, über die Jackson noch wenige Stunden zuvor emporgeklettert war, vom Heuboden hinunter.

Die Nacht über wurden Mikes sterbliche Überreste zunächst in einem Polizeitransporter aufbewahrt, der in der Garage eines ortsansässigen Bestattungsunternehmers abgestellt wurde. In der Zwischenzeit war in St. Louis bereits alles für eine Autopsie vorbereitet worden. Irgendwann mitten in der Nacht luden der Leichenbestatter und sein Assistent den Leichnam in einen Leichenwagen, damit ihnen die Reporter, die auf einen Polizeitransporter lauerten, nicht folgen würden. Von der Leiche war ein derart starker Tränengasgeruch ausgegangen, daß er im Transporter noch immer wahrzunehmen war, nachdem Jacksons Körper sich bereits im anderen Fahrzeug befand. Gleich nach Sonnenaufgang verließ der Leichenwagen Wright City, eskortiert von zwei Einsatzwagen der Polizei.

»Als ich beim Institut für medizinische Untersuchungen der Universität von St. Louis eintraf«, erzählt Doug Brown, der Leichenbestatter, »nahmen sie den Leichnam von mir in Empfang, bedankten sich und schlossen sofort wieder die Tür hinter sich. Ich habe sie noch nie so eilig erlebt. Normalerweise sind die Mitarbeiter der Leichenhalle zu einem kleinen Schwätzchen aufgelegt, aber diesmal, bei einer so hochoffiziellen Angelegenheit, zeigten sie sich von ihrer geschäftigsten Seite.«

Nach Mitternacht öffnete der Geschäftsführer des Biervertriebes für Wright City seine Lagerhalle für die Leute des FBI, der Highway-Polizei und für alle anderen an der Suchaktion Beteiligten. Obwohl einige der Polizisten und FBI-Agenten die Einladung annahmen, waren die meisten von ihnen so erschöpft, daß sie bald in ihre Motelzimmer zurückkehrten, um den versäumten Schlaf nachzuholen.

Die von den meisten erwartete Feier kam nicht so recht zustande, wenn man von einigen Autofahrern absieht, die laut hupend durch die Stadt fuhren. Die Menschen waren einfach froh, keine Angst mehr haben zu müssen und wieder ihr normales Leben führen zu können. Als eine Lehrerin ihre Schüler fragte: »Wer von euch hat das Gefühl, von einem

Zehn-Tonnen-Gewicht befreit zu sein?«, flogen sämtliche Finger in die Höhe. Viele Leute dachten auch an Modean, deren tiefer Kummer bei ihren Auftritten im Fernsehen so deutlich erkennbar gewesen war. Was die Geschehnisse der letzten anderthalb Wochen letztendlich hervorgebracht hatten, war weniger ein Triumphgefühl als das beklemmende Wissen darum, daß ein verzweifelter Mann seinem Leben in einer dunklen Scheune, fernab von zu Hause, ein Ende gesetzt hatte.

Am nächsten Morgen wurde den FBI-Leuten in der Kommandozentrale von den Frauen der Kirchengemeinde ein üppiges Frühstück serviert. Die Männer fertigten Berichte an und versuchten mit Hilfe von Salz- und Pfefferstreuern, Streichholzschachteln und Zigarettenpäckchen ein Modell der Farm zu erstellen, um die Geschehnisse noch einmal rekonstruieren zu können. Dann suchten sie ihre Unterlagen zusammen und machten sich auf den Rückweg nach St. Louis. Die Frau, die im Rathaus arbeitete, bekam endlich ihren Telefonapparat und ihren Parkplatz wieder, und ihre Assistentin, die sich durch ein ärztliches Attest von der Arbeit hatte befreien lassen, ließ sich bald wieder blicken. Auch der Bürgermeister konnte wieder auf seinen Platz zurückkehren – genau wie Bill Burgess.

Manch einer fragte sich: Warum ist Mike Jackson nicht weggelaufen? Wenn man sich in südlicher Richtung von Wright City entfernt, kann man die fünfundzwanzig Kilometer bis zum Missouri zurücklegen, ohne das ausgedehnte Waldgebiet verlassen zu müssen. Einige vermuteten, Mike Jackson habe vielleicht damit gerechnet, daß die Verfolger aufgeben und die Sache zu den Akten legen würden. Andere waren der Ansicht, daß er bewußt in der Nähe der Interstate geblieben war, in der Hoffnung, auf dem nahegelegenen Rastplatz einen Wagen stehlen zu können. Vielleicht hatte ihm auch das Geräusch der vorbeifahrenden Autos auf dem Highway die Illusion eines möglichen Entkommens vermittelt. Irgendwie machte es keinen rechten Sinn, daß er es geschafft hatte, sich von Indianapolis aus vierhundert Kilometer quer durch Illinois durchzuschlagen und dabei seine

Verfolger die ganze Zeit über völlig im dunkeln tappen zu lassen, um dann ausgerechnet in dieser Stadt zu bleiben und ein Verhalten an den Tag zu legen, als hätte es für ihn keine Fluchtmöglichkeit mehr gegeben.

Andere versuchten sich auszumalen, welche Gedanken ihm wohl als letztes durch den Kopf gegangen waren. Manch einer war der Meinung, daß ihn das Eindringen der Verfolger in die Scheune aus dem Schlaf gerissen hatte und daß er aus Furcht, zurück ins Gefängnis zu müssen, lieber Selbstmord verübt hatte. Andere wiederum deuteten die beinahe sakral anmutende, an ein Begräbnis erinnernde Anordnung der Sachen auf dem Heuboden und seine bloßen Füße als Zeichen dafür, daß Mike Jackson diesen Ort als Platz zum Sterben auserkoren hatte. Wiederum andere sahen in seiner Tat einen Akt der Reue. Sie wiesen darauf hin, daß er während der letzten elf Tage niemanden als sich selbst verletzt hatte. So gewalttätig sein Amoklauf auch begonnen hatte, am Ende war er offensichtlich nur noch in der Lage gewesen, sich zu verstecken. Vielleicht hatte er einen Weg zu Gott gefunden? Elf Tage mit kaum ausreichendem Essen und Trinken, ohne richtigen Schlaf und bei ständigem Regen ohne festes Dach über dem Kopf, der Boden überall schlammig, dazu noch die ständige Angst, geschnappt zu werden, das unheilvolle Gebell der Spürhunde und das Dröhnen der Hubschrauber pausenlos im Ohr, und während dieser endlosen Stunden in einer dunklen Scheune gefangen, mit viel Zeit, um über alles nachzudenken – das alles konnte einen Mann gewiß zu der Einsicht bekehren, daß Gott die letzte Zuflucht für ihn war. Es konnte ihn aber auch zu der Überzeugung gebracht haben, so einsam, gehaßt und für immer verstoßen zu sein, daß ihm vermeintlich kein anderer Ausweg mehr blieb, als seinem Leben selbst ein Ende zu setzen.

Ungefähr fünfzig Leute waren anwesend, als Mike Jackson auf einem Friedhof in Memphis beigesetzt wurde. Hier hatte Modean einen Grabplatz gekauft, als sie und Mikes Vater in der Nähe gelebt hatten. Es war ein weißer Sarg mit vergoldeten Dekorationen und Messinggriffen. Der Leichenbestatter hatte ihn mit einem Strauß roter Rosen dekoriert, und

Modean hatte die Vergrößerung eines Schwarzweiß-Fotos hinzugefügt, das in einem Fotostudio gemacht worden war, als Mike zwölf oder dreizehn Jahre alt gewesen war. Auf dem Bild trug er einen Anzug, ein weißes Hemd und eine Krawatte – und er lächelte. Die Predigt, die von einem Priester aus Modeans Gemeinde in Mississippi gehalten wurde, dauerte eine halbe Stunde. »Kein Mensch tut nur Gutes«, waren seine Worte, »und kein Mensch nur Schlechtes.«

Man hatte angenommen, daß Mike sich mit der letzten Patrone, die er noch besaß, getötet hatte, doch am Nachmittag seines Beerdigungstages durchsuchte die Polizei die Taschen seines Mantels und fand darin weitere neun Patronen, vier Dollar und zweiundsechzig Cents sowie drei goldene Ringe.

Die Bürger von Wright City empfanden es als schwierig, wieder zu ihrem normalen Alltagsleben zurückzukehren. »Nachdem die Suche vorbei war«, erzählt Joy Strick, »stellte sich uns die Frage: ›Was sollen wir jetzt tun? Wie immer waschen und Betten machen, als ob nichts passiert wäre?‹ All diese Tätigkeiten erschienen plötzlich so absolut nichtig.«

Manch einer schlief weiterhin mit dem Gewehr neben dem Bett, andere rissen Nebengebäude ab, damit sich dort niemand verstecken konnte. Statt wie sonst abends die kühle Brise durch das geöffnete Fenster hereinzulassen, hielten viele die Fenster geschlossen und stellten die Klimaanlage an. Auch mochten sie nicht mehr in den Wäldern spazierengehen. Wenn sie aus den Häusern hinaus in die Dunkelheit schauten, früh am Morgen zu ihren Scheunen gingen oder im Dunkeln nach Hause kamen, fühlten sie sich mehr verunsichert, als sie sich je hatten vorstellen können.

»Es war die typische Situation, um Angstneurosen zu erzeugen«, erklärt Cookie Stude, »und wenn alles vorbei ist, heißt das noch lange nicht, daß auch die Angst sofort ein Ende hat. Jedesmal, wenn ich auf dem Highway entlangfahre und an der Farm vorbeikomme, wo er gefunden wurde, muß ich daran denken: Hier war es. Als wir am Morgen, nachdem alles vorüber war, in der Kommandozentrale ein Frühstück servierten, hatte einer der FBI-Leute eine braune Papiertüte bei sich, die er neben sich auf den Boden stellte. Plötzlich sah ich diesen großen roten Fleck an der einen Seite der Tüte, in der sich einige von Jacksons Sachen befanden, und ich wandte mich unwillkürlich ab. Obwohl ich eine ausgebildete Krankenschwester bin, machte mir der Anblick sehr zu schaffen. Ich habe versucht, das Erlebnis aus meinem Gedächtnis zu streichen, aber manchmal kommt es doch wieder hoch, und ich sehe diesen Blutfleck vor meinen Augen. Es ist vielleicht nicht richtig, einfach den Kopf in den Sand zu stecken und so zu tun, als könne sich etwas Derartiges nicht wiederholen, aber was bleibt einem übrig? Allerdings – eine Wunde bleibt doch zurück, und du wirst die Angst nie wieder ganz los. Wenn man in einer Kleinstadt lebt, wo man den Polizisten, den Leichenbestatter und auch die Männer, die die Leiche weggetragen haben, persönlich kennt, dann wird man immer wieder an das Ereignis erinnert. Man hat auch den Ort des Geschehens ständig vor Augen. Ich glaube, man wird nie wieder ganz so sein wie zuvor.«

Es zeigte sich, daß die psychischen Spannungen bei manchen Bürgern der Stadt tatsächlich anhielten. Auf irgendeine Weise war etwas in ihnen zerbrochen, und es fiel ihnen schwer, den gewohnten Lebensrhythmus wiederzufinden.

»Wir befanden uns in den Küchenräumen der Kommandozentrale«, erinnert sich eine Frau. »So gegen halb zwölf ging die Tür des Konferenzzimmers auf, und einer der FBI-Agenten kam heraus und informierte uns darüber, daß alles vorbei war. Er erzählte uns, daß Jackson sich erschossen hätte, und alle applaudierten. Nicht, daß wir glücklich darüber gewesen wären, aber wir waren erleichtert, daß nun alles ein Ende gefunden hatte und daß niemand verletzt worden war. Ich hatte so ein seltsames Gefühl, als ob jemand etwas in mir in Gang gebracht hätte, was vorher noch nicht dagewesen war. Irgendwie dachte ich, daß ich die ganzen Geschehnisse völlig anders empfand als alles andere zuvor. Ich stand gewissermaßen neben mir und wußte nicht, wie ich zu mir selbst zurückkehren konnte. Mein Herz schlug so wild, daß ich glaubte, alle könnten es hören.

In den darauffolgenden Wochen gelang es mir zunächst ziemlich gut, damit fertig zu werden, so daß ich an den Gruppensitzungen, die zur innerlichen Aufarbeitung der Geschehnisse angeboten wurden, nicht teilnahm. Als mir jedoch schließlich klar wurde, wie stark mich die Sache immer noch mitnahm, hatten sich die Gruppen längst aufgelöst. Ich begann, die Zeitungsberichte zu sammeln: ein Entschluß, der noch verstärkt wurde, als die Leute ihre selbst aufgenommenen Fotos entwickeln ließen und ich mir Abzüge davon machen konnte. Bald sammelte ich alles in einer Mappe, und es fesselte mich mehr und mehr, jedes Detail über die Sache zu erfahren und auf diese Weise vielleicht dahinterzukommen, warum die Suche nach Jackson diese merkwürdigen Gefühle in mir erzeugt hatte.

Ungefähr im Januar des Jahres 1987 fing ich damit an, die Zeitungsartikel in ein Heft einzukleben und sie mit Überschriften zu versehen. Im Februar reiste ich nach Indianapolis, wo ich Verwandte habe. Mir war klar, daß ich dort die Bibliothek aufsuchen und die Zeitungsartikel der dortigen Presse sichten mußte. Schließlich ertappte ich mich dabei, daß ich über fast nichts anderes mehr redete, während für viele andere Leute bereits alles vorbei und vergessen war. Für sie war es nicht mehr als ein Tornado gewesen, der bei seinem Vorüberziehen alles zerstört hatte, über den man aber nach dem Wiederaufbau des Zerstörten nicht mehr sprach. Ich habe keine Ahnung, warum die Erlebnisse jener Tage einen derart starken Eindruck bei mir hinterließen. Es war weder die Person Jacksons noch das Geheimnisvolle, das diesem Fall anhing, das heißt all die unbeantworteten Fragen: warum er das alles getan hatte, wo er die Nächte verbracht hatte, ob ich mich womöglich gar in seiner Nähe befunden hatte. Für mich lag eher etwas Beruhigendes darin, über die Sache zu sprechen, und es gab Leute, mit denen ich das stundenlang tat. Wenn wir das Thema in der Kantine erst einmal zur Sprache brachten, gab es immer jemanden, der noch etwas dazu zu sagen hatte. Die meisten waren den Männern der Suchmannschaft nähergekommen, und einige der damals geknüpften Freundschaften hatten sogar noch lange Bestand. Da nach einer Weile keine Zeitungsberichte mehr erschienen, die sich direkt mit den Ereignissen befaßten, begann ich, Artikel über Menschen zu sammeln, die in irgendeiner Weise mit dem Fall in Verbindung standen: so zum Beispiel über den FBI-Agenten, der Teil des Einsatzkommandos gewesen und später in St. Louis gestorben war, oder über Hal Helterhoff, als er nach Detroit versetzt wurde.

Irgendwann entschied ich mich dazu, psychiatrische Hilfe zu suchen. Nachdem ich einen Therapeuten gefunden hatte, arbeitete ich zwei Jahre lang mit ihm, bis zum Frühling des Jahres 1990. Seit einem Jahr habe ich mir die Mappe mit den Artikeln nicht mehr angesehen, doch ich sammle immer noch Berichte, auch wenn ich jedesmal hoffe, daß es das letzte Mal sein wird. Wer nichts Ähnliches durchgemacht hat, kann sich unmöglich vorstellen, wie sehr ich litt.«

Einige Leute kamen erst über die damaligen Erlebnisse hinweg, nachdem sie in der Scheune und auf dem Heuboden gewesen waren und sich das blutige Heu und die Flecken von Jacksons Gehirn an der Wand angesehen hatten. In die meisten Fotoalben von Wright City wurde ein Foto von dem Heuboden eingeklebt. Im Laufe der Zeit kamen Hunderte von Menschen zu der Scheune, folgten noch einmal dem Weg, den Jackson genommen hatte, und versuchten, seiner einstigen Anwesenheit nachzuspüren. Wenn sie überhaupt etwas sagten, machten sie Äußerungen wie: »Was für ein merkwürdiges Gefühl«, oder: »Ist es nicht unheimlich?« Gingen sie wieder, nahmen sie oft irgendein Holzstück als Souvenir mit.

Während der Suche hatte eine ältere Dame namens Margaret Lange im Traum eine Stimme vernommen, die ihr aufgetragen hatte, an Mikes Mutter zu schreiben. Als sie am Morgen erwacht war, hatte sie zu sich selbst gesagt: »Aber, Herr, ich weiß doch gar nicht, wohin ich schreiben soll.« Nachdem sich der Traum innerhalb eines Monats dreimal wiederholt hatte, schrieb sie einige Zeilen, in die sie Bibelstellen einfügte, und adressierte den Brief an Modean in Oxford, Mississippi, denn diese vage Anschrift kannte sie aus den Zeitungen. Bevor sie den Brief an einem Donnerstag abschickte, kritzelte sie auf den Umschlag folgende Worte: »Lieber Gott, bitte laß den Brief ankommen.« Am Samstag morgen klingelte ihr Telefon. »Sie wissen gar nicht, wie sehr Sie mir mit Ihrem Brief und mit den Bibelzitaten geholfen haben«, ließ Modean sie wissen.

Inzwischen steht die Scheune nicht mehr. Sie wurde einige Tage vor dem Halloween-Fest im Jahr nach der Verfolgungsjagd niedergebrannt. Einer der Lehrer hatte die Idee gehabt, sie als Geisterhaus zu benutzen. Niemand weiß, wer für den Brand verantwortlich ist. Einige Leute glauben, daß es die Besitzer selbst taten, da die vielen Menschen, die sich ständig auf ihrem Grundstück aufhielten, ein zu hohes Versicherungsrisiko darstellten. In diesem Teil Missouris ist das Abbrennen von Scheunen allerdings keine Seltenheit, so daß Bill Burgess davon ausgeht, daß es irgendwelche Kinder auf der Suche nach einem Abenteuer waren. Die Wände brachen zusammen, das Dach fiel herunter, und das Metall schmolz in den Flammen. Da, wo einst die Scheune stand, gedeiht nun eine Vielzahl bunter Blumen, wie Goldrauten, Schachtelhalm und Margeriten.

Modean hatte von Margaret Lange noch ein Foto von der Scheune erhalten; auf die Rückseite des Bildes hatte sie geschrieben: »Ich habe in jener Nacht für Mike gebetet. Und ich glaube daran, daß Gott ihn zu sich genommen hat.«

Ein Gespräch von ortsansässigen Bürgern:

»Er ist hierhergekommen, um seine Frau und seine Kinder zu besuchen. Er hat Kinder hier in der Gegend, und er war auf dem Weg *nach Hause!* Das ist jedenfalls das, was ich gehört habe.«

»Jimmy Taylor hat erzählt, daß Jackson eines Nachts das Grundstück seines Bruders überquert hat. Er sagt, der Hund habe angeschlagen, und der alte Köter bellt nicht ohne Grund.«

»Cary Watson sagt, er sei einmal morgens um sechs aufgestanden, und als er seine Tür öffnete, sah er Jackson auf seinem Feld stehen.«

Erster Bürger: »Wie heißt noch mal diese Straße da draußen, wo sie die Trucks reparieren und wo sich dieses Ersatzteillager befindet...?«

Zweiter Bürger: »Ich kann mir die Namen dieser Straßen auch nie merken. Das konnte ich noch nie.«

Dritter Bürger: »Fruit Farm Road.«

Erster Bürger: »Nein, die meine ich nicht. Ich meine da draußen, bei den Bohnenfeldern. Mensch, Leo, diese Straße, die mitten durch die Felder führt und wo man langsamer werden muß, wenn man an die Kreuzung kommt.«

Dritter Bürger. »Meinst du nicht doch die Fruit Farm Road?«

Erster Bürger: »Nein, die ist es nicht. Das ist die andere Richtung.«

Zweiter: »Leon Taylor wohnt da draußen, aber den Straßennamen weiß ich auch nicht.«

Erster Bürger: »Na ja, wie auch immer! Jedenfalls habe ich gehört, daß jemand ihn dort gesehen hat, wie er mitten am hellichten Tag über die Felder und in den Wald gerannt ist. Wes erzählte, daß Jackson seinen Hund geschlagen hat. Sie hörten ihn winseln.«

Erster Bürger: »Ich habe mitbekommen, wie Lonnie Prince erzählte, daß er diesen Schuß gehört hat. Um wieviel Uhr war das noch mal... um halb sieben? Wie ihr seht, habe ich schon vieles vergessen. Er sagte, er habe den Knall hören können, habe ihn über das Feld hinweg bis zu seinem Haus deutlich vernommen.«

Zweiter Bürger: »Sag mal, wo wohnt denn Lonnie? Jenseits des Highways, oder?«

Erster Bürger: »Genau da.«

Zweiter Bürger: »Wie soll er in dieser Entfernung den Schuß gehört haben? Das kann unmöglich sein!«

Erster Bürger: »Nun ja, ich weiß nicht so recht. Selbst habe ich ihn nicht danach gefragt, sondern jemand hat mir erzählt: ›Lonnie, der hat den Schuß gehört.‹

Diese beiden älteren Damen, diese Zwillinge – ich habe mitbekommen, daß sie ihn gesehen haben. Sie sagten zwar nicht, ob es am Tag oder in der Nacht war, aber jedenfalls haben sie ihn gesehen.

Und Lyle Davis behauptet, er hätte Jackson beobachtet, wie er eines Nachts auf der Hintertreppe des Beerdigungsinstitutes stand. Nicht bei dem alten Gebäude, sondern bei dem gerade erst neu gebauten. Er hätte dort wie eine Statue gestanden, und der Lichtschein einer Straßenlaterne wäre direkt auf ihn gefallen.«

Erster Bürger: »Er war so weit von seiner Heimat entfernt, daß man sich fragt, was ihn hierherbrachte.«

Zweiter Bürger: »Vielleicht der Wunsch, alles möglichst weit hinter sich zu lassen.«

Erster Bürger: »Möglichst weit fort von allem, das wird es gewesen sein.«

Das Mühlrad der Erinnerungen

Erst nachdem Tom bereits mehrere Monate tot war, fühlte sich Nancy dazu imstande, sein Grab zu besuchen. Es war ein kalter, windiger Tag, und es regnete in Strömen. Zu ihrem Erstaunen gelang es ihr nicht, seine Grabstätte auf Anhieb zu finden. Im nachhinein wurde ihr klar, daß sie die Stelle am Tag der Beerdigung nur deshalb so leicht gefunden hatte, weil dort bereits die vielen Trauergäste standen. Sie versuchte sich nach dem Plan zu orientieren, den man ihr im Büro der Friedhofsverwaltung mitgegeben hatte, doch am eingezeichneten Punkt lagen zwei Gräber direkt nebeneinander, ohne daß zu erkennen war, welches ihrem Mann gehörte. Da stand sie nun im Regen, den Plan in der Hand, und suchte mit tränenüberströmtem Gesicht verzweifelt nach einem Anhaltspunkt, der ihr hätte verraten können, in welchem der beiden Gräber Tom lag. Ein Totengräber, der in der Nähe beschäftigt war, kam zu ihr herüber und bot ihr seine Hilfe an. Sie fragte ihn, welches das Grab von Tom Gahl sei, woraufhin er sich erkundigte: »War das dieser Bewährungshelfer?« Als sie die Frage bejahte, wies er auf eines der beiden Gräber und erzählte ihr, er wisse das so genau, weil sehr viele Leute kämen und ihn nach dem Grab des Bewährungshelfers fragten. Später fand Nancy tatsächlich oft frische Blumensträuße auf Toms letzter Ruhestätte. Sie hatte ihm eine einzelne Rose mitgebracht. Bald darauf veranlaßte sie, daß ein Grabstein aufgestellt wurde, auf dem zu lesen war: »Jesus hat dich am meisten geliebt.« Erst später kam ihr der Gedanke, daß man die Inschrift auch als ein Zeichen von Arroganz deuten konnte, was ihr zuvor gar nicht bewußt gewesen war.

Es fällt Nancy nach wie vor äußerst schwer, Toms Grab zu besuchen, denn der Anblick seiner Ruhestätte läßt all das verstummen, was sie an lebendigen Gedanken an Tom noch in sich trägt. Auch die Jungen gehen nur ungern zum Grab ihres Vaters und vermeiden es, so gut es geht, genauer hinzuschauen. Sie verlassen immer so schnell wie möglich diesen Ort, der sie an das erinnert, was sie zu erdulden hatten, und daran, daß sie ihren Vater, den sie in Gedanken noch immer fest in ihrem Herzen tragen, unwiederbringlich verloren haben.

Im Spätherbst des ersten Jahres als Witwe hatte Nancy einen Traum, in dem sie in einem großen, leeren Raum stand, als plötzlich Tom eintrat und sie fest in den Arm nahm. Das Gefühl seiner Umarmung war so stark und lebendig, daß sie es noch immer beinahe körperlich spürte, nachdem sie schon längst aufgewacht war.

Eines Tages fiel ihr ein Wäschesack in die Hände, den sie lange Zeit übersehen hatte. An den sich darin befindenden Wäschestücken haftete noch immer Toms Geruch, so daß sie sie fest gegen ihr Gesicht drückte und den ihr so vertrauten Duft ihres geliebten Mannes tief einatmete, was ihr großen Trost schenkte. Sie tat dies wieder und wieder, so lange, bis der Geruch sich schließlich endgültig verflüchtigt hatte.

Die meisten ihrer Bekannten vermuteten, sie würde das Haus verkaufen, doch es barg für sie so viele Erinnerungen, daß sie sich nicht davon trennen mochte. Außerdem hatte sie das Gefühl, es sei besser für Christopher und Nicholas, wenn sich so wenig wie möglich an ihren äußeren Lebensumständen ändern würde, da schon ihr Seelenleben so sehr in Mitleidenschaft gezogen worden war. Nancy hoffte, daß wenigstens das gewohnte Haus ihnen ein gewisses Gefühl der Sicherheit und Geborgenheit vermitteln könnte.

Die Jungen hatten seit dem Tod ihres Vaters große Schwierigkeiten, abends einzuschlafen. Wenn sie im Dunkeln dalagen, kreisten in ihren Köpfen die wildesten Gedanken, und nur ihre Mutter konnte sie beruhigen. Christopher fürchtete, daß Einbrecher in ihr Haus eindringen und sie im Schlaf umbringen würden. Obwohl Nancy ihnen versprach, alles zu tun, um sie zu beschützen, blieben Christopher doch Zweifel, ob sie tatsächlich etwas gegen einen Einbrecher tun konnte, zumal dann, wenn es sich um einen Verrückten handelte. Seine Bemühung, sowohl den Worten seiner Mutter Glauben zu schenken und Trost aus ihnen zu ziehen, als auch gleichzeitig die vermeintlichen Gefahren nicht aus den Augen zu verlieren, wurde für ihn zu einem wahren Balanceakt.

Nacht für Nacht saß Nancy an den Betten der Kinder und versicherte ihnen immer wieder, daß sie nichts hätten tun können, um den Mord an ihrem Vater zu verhindern. Sie fragten sich, ob es vielleicht nicht passiert wäre, wenn einer von ihnen an dem Morgen krank geworden und ihr Vater zu Hause geblieben wäre. Sie hätten ihn darum bitten können, daß er sie in die Schule fuhr, oder einfach irgend etwas beim Frühstück tun, was ihn aufgehalten hätte. Sie wußten, daß er um das Auto herumgelaufen war, um Jackson zu entkommen, und sie zermarterten sich das Hirn, warum er nicht einfach eingestiegen und geflohen war. Wenn sie in einem Film oder im Fernsehen eine Szene sahen, in der ein Gangster eine unschuldige Person angriff, tauchte fast immer in letzter Sekunde jemand auf, der den Verbrecher unschädlich machte oder ihm die Waffe im Moment des Abdrückens aus der Hand schlug. Warum nur war es gerade in diesem Fall nicht geschehen?

Besonders zermürbend war für Christopher der Gedanke, daß sein Trödeln im Badezimmer an jenem Morgen schuld daran gewesen war, daß er seinem Vater nicht mehr wie gewöhnlich zum Abschied hatte nachwinken können. Er fragte seine Mutter, ob Tom wohl mit dem Gedanken in den Rückspiegel geschaut hatte, daß sein Sohn es vorzog, sich ausgiebig im Spiegel zu betrachten, anstatt sich von ihm zu verabschieden. Doch Nancy beruhigte ihn und versicherte ihm, sein Vater hätte so etwas bestimmt nicht gedacht.

Nach einiger Zeit bestand Christopher darauf, nach Einbruch der Dunkelheit sein Fenster stets verschlossen zu halten, ganz gleich, wie warm es draußen war. Er konnte einfach nicht einschlafen, solange es geöffnet war. Auch Nicholas übernahm bald diese Gewohnheit seines Bruders. Manchmal gelang es Nancy, ihn davon zu überzeugen, es noch so lange offenstehen zu lassen, bis sie ins Bett ging. Sobald sie aber bemerkte, daß sich die Situation zu verbessern schien und dies zum Ausdruck brachte, fing das ganze

Theater von neuem an. Oft, wenn sie die Zimmer der Jungen betrat, um ihnen ›Gute Nacht‹ zu sagen, schlug ihr eine unerträglich stickige Luft entgegen, und die Bettwäsche der Kinder war ständig völlig durchgeschwitzt.

Es war ihr unmöglich, den Ängsten ihrer Söhne so unvoreingenommen wie früher zu begegnen, wo sie sie mit den Worten getröstet hatte, sie bräuchten sich keine Sorgen zu machen, denn sie wären ja zu Hause in Sicherheit. »Man kann ihnen das einfach nicht mehr weismachen, denn sie haben ja erlebt, *daß etwas Schlimmes passieren kann.*« Das Verbrecherfoto von Jackson, das immer und immer wieder in der Presse abgedruckt wurde, war Christopher und Nicholas so gegenwärtig, daß sie es jederzeit vor Augen hatten und oft geradezu davon heimgesucht wurden. Ihre nächtlichen Ängste hatten Gestalt angenommen. Manchmal schreckte Christopher mitten in der Nacht auf und sah im Fensterrahmen Jacksons Gesicht vor sich, dessen hämische Miene den vermeintlichen Triumph darüber auszudrücken schien, daß er den Jungen in der Falle wähnte.

Noch Monate nach dem Tod ihres Mannes wachte Nancy morgens bereits in aller Frühe auf. Bis um fünf nach acht bemühte sie sich darum, nicht allzuviel nachzugrübeln, aber dann mußte sie – Monat um Monat – unwillkürlich daran denken, daß es genau um diese Uhrzeit passiert war. »Es waren traurige Tage«, erinnert sie sich. »Ich bereitete mich auf einen düsteren Winter vor und hoffte nur, daß ich bis zum Frühjahr durchhalten würde.«

Während der ersten sechs Monate suchte sie Trost in der Vorstellung, daß Tom im Himmel die verdiente Ruhe gefunden hatte, doch irgendwann begann sie sich zu fragen, ob er wohl wußte, wie unglücklich sie und die Jungen waren. Falls dies nicht der Fall war, würde er wohl nicht mehr an sie denken, und somit wäre auch die Verbindung zwischen ihnen nicht mehr existent. Dieser Gedanke verstärkte ihre Niedergeschlagenheit nur noch.

Häufig wurde sie gefragt, ob sie in irgendeiner Weise spüre, daß Tom ihr Zeichen aus dem Jenseits gebe – etwa dadurch, daß sich ein Stuhl im Raum ohne äußere Einwirkung bewege oder ein Lufthauch durchs Zimmer wehe, ohne daß ein Fenster offenstand. Auch wenn Nancy wußte, daß solche Phänomene des öfteren beobachtet wurden, so wunderte es sie nicht, daß sie nichts dergleichen wahrnahm, denn sie war fest davon überzeugt, daß Toms Seele im Himmel ihren Frieden gefunden hatte und nicht ruhelos umherirrte.

Die Formen, in denen sich ihr Kummer ausdrückte, änderten sich, aber ein Ende der Niedergeschlagenheit schien nicht in Sicht. Am erbarmungslosesten überkam es sie meist nachts im Schlafzimmer und wenn die Jungen in der Schule waren. Dann wurde ihr bewußt, daß sie nur mit der Sache fertig werden konnte, wenn sie sich den Problemen stellte. Die Gedanken, die sie quälten, waren so zahlreich und mannigfaltig, daß es unmöglich war, sie völlig abzublocken. Deshalb entschloß Nancy sich dazu, immer nur jeweils einen Zugang zu ihrem Bewußtsein zu gestatten. Bald glichen ihre Gedanken einem Mühlrad, das sich drehte und dabei stets nur eine Erinnerung an die Oberfläche brachte, während die anderen wieder untertauchten. Irgendwann aber schloß sich der Kreis dieses Rades, und sie war wieder da, wo sie begonnen hatte. Eine Freundin riet ihr, ihre Gedanken doch auf die Zukunft auszurichten, auf das Positive, Helle, den Himmel und das Paradies. Doch ohne zu wissen warum, blieb Nancy in ihrem tiefen Kummer gänzlich gefangen. Es machte ihr Angst, sich vorzustellen, daß ihre Trauer noch bedrückender werden konnte, denn wie schlecht es ihr auch ging, so hatte sie doch nie das Gefühl, den höchsten Punkt des Leidens bereits erreicht zu haben. Um sich davor zu schützen, daß ihr Schmerz völlig die Oberhand über sie gewann, versuchte sie Abstand zu dem Geschehenen zu gewinnen, indem sie sich bewußt ablenkte. Morgens, wenn sie aufwachte, verdrängte sie deshalb mit viel Mühe die alptraumhaften Gedanken der Nacht.

Doch sie brauchte über ein Jahr, um die Erinnerung an den Mord einigermaßen aus ihrem Kopf zu verbannen. Es gab Momente, vor allem wenn sie müde war und an nichts Besonderes dachte, in denen sie von dem Bild des Verbrechens plötzlich wieder mit aller Macht heimgesucht wurde. Sie beschrieb dieses Gefühl so, »als würde es mich mit Gewalt zu Tom in seiner Blutlache zurückziehen«. Ein Mitarbeiter des FBI hatte ihr erzählt, daß zwischen dem ersten und dem zweiten – tödlichen – Schuß ungefähr eine Minute verstrichen war. »Eine schrecklich lange letzte Minute«, war ihr zermürbender Gedanke. Immer wieder ging sie die Szene in Gedanken durch, und immer wieder kam sie zu dem gleichen Schluß: Sie hätte nichts tun können, um den Mord zu verhindern oder um Tom in seiner letzten Minute beizustehen. Ihr einziger Trost war die Überzeugung, daß er nun im Himmel war, wo sie irgendwann wieder mit ihm vereint sein würde. Auf diese Weise war Tom zwar sowohl in der Vergangenheit als auch in der Zukunft für sie präsent, aber dennoch bedeutete dies für die Gegenwart keinen Ersatz.

Immer wieder wurde sie unversehens an die Vergangenheit erinnert. »Manchmal ist es nur irgendeine unerwartete Kleinigkeit«, seufzt Nancy. »Da hörst eine bestimmte Melodie im Radio, oder du öffnest eine Schublade, in der du ein Hemd von ihm erblickst, oder jemand – er braucht Tom nicht einmal ähnlich zu sehen – macht eine Geste, wie du sie von ihm kennst, oder etwas in der Landschaft, durch die du mit dem Wagen fährst, weckt Gefühle in dir und läßt die Wunde erneut aufbrechen.«

Am ersten Hochzeitstag nach dem Mord an Tom setzte sie sich aufs Bett und schaute sich mit Tränen in den Augen die Fotos vom vergangenen Jahr an: von Tom und ihr, von der Feier mit der Familie, der Torte, dem festlich gedeckten Tisch und dem ausgelassenen Tanzvergnügen.

Oft dachte sie daran, was alles sie nun nie wieder mit ihm gemeinsam unternehmen konnte. Sie erinnerte sich daran, wie sie sich geliebt und wie sehr sie es beide genossen hatten, sich am Ende des Tages noch einmal über alles, was geschehen war, zu unterhalten. »Wir haben immer über alles gesprochen«, erinnert sich Nancy. »Keiner von uns beiden neigte dazu, Dinge in sich hineinzufressen. Es ist ein schwerer Schlag, wenn einem plötzlich klar wird, daß man für immer auf diese Gespräche verzichten muß – mit dem Menschen, der einem am meisten vertraut ist auf der Welt, dem man keine großen Erläuterungen geben muß, der die Menschen, von denen du erzählst, kennt, und der dich einfach vollkommen versteht. Mit ihm verliert man etwas ganz Unersetzliches.«

Einige Monate nach Toms Tod fragte Christopher seine Mutter, wie denn die Stimme seines Vaters geklungen habe. »Ich kann mich nicht mehr daran erinnern«, erklärte er seine Frage. Die Erkenntnis, daß sich die Erinnerung der Jungen an ihren Vater verflüchtigte, schmerzte Nancy, und sie bemühte sich sehr darum, in den Köpfen ihrer Söhne den Gedanken an Tom lebendig zu erhalten. Manchmal beunruhigte sie allerdings der Gedanke, daß sie dies vielleicht nur aus rein egoistischen Motiven heraus tat – weil es ihr selbst Kummer bereitete, wenn sie alle Tom nach und nach vergessen würden, wo sie ihn sich doch so lange wie möglich in lebendiger Erinnerung behalten wollte. Auch wird ihr jetzt immer wieder klar, wie schlecht sie Tom in vieler Hinsicht ersetzen kann: ob beim Anschaffen von Christophers Sportausrüstung oder beim Erklären eines Krawattenknotens, ob es darum geht, einen Nagel einzuschlagen, ein Brett zu zersägen oder einfach nur einen Football zu werfen. All die kleinen Geheimnisse und Rituale der Männer, in die ein liebender Vater seine Söhne ganz selbstverständlich einweiht und vor denen sie selber oft kapitulieren muß: angefangen bei der Kunst des Rasierens über das Werfen einer Angelrute bis zum Erklären der Funktionsweise eines Motors. Es sind gerade diese Dinge, durch die echte Vertrautheit zwischen Vater und Sohn entsteht, bei denen das Kind etwas Neues lernt und gleichzeitig ein Gefühl von Geborgenheit erfährt, das es ihm ermöglicht, Selbstsicherheit und Stärke zu entwickeln. Manchmal fragt sich Nancy, wie lange noch die Jungen es schmerzlich empfinden werden, daß sie einen Vater hatten, zu dem sie aufschauen konnten, der an ihrer Seite stand und ihnen ein Freund war. Blieb ihnen bald nur noch die Erinnerung, daß er von ihnen fortging und sie verließ?

Im Winter nach dem Mord fiel Nancy ein, daß sie zwar den Ehering und die Brieftasche ihres Mannes zurückbekommen hatte, nicht jedoch seine Kleidungsstücke. Auf der Polizeistation wußte man zunächst nicht, wo die Sachen geblieben waren, aber schließlich fand man sie doch und brachte sie Nancy in einem Karton. »Ich weiß nicht, was ich mir für Vorstellungen gemacht habe«, erinnert sich Nancy, »aber die Kleidung war völlig zerknittert und fühlte sich wegen des vertrockneten Blutes bretthart an. Der Karton hatte Belüftungslöcher, und innen fand ich tote Fliegen.

Ich wusch die Sachen – es war gräßlich zu sehen, wie sich das Wasser in der Waschmaschine ganz dunkel färbte: von seinem Blut!«

Mühsam stand sie den Winter durch, wobei ihr jeder Tag Mühe bereitete. Seit dem Frühling beschäftigte sie dann hauptsächlich nur ein Gedanke: der nahende Todestag Toms. An diesem Tag begab sie sich, begleitet von einer Freundin, zu Jacksons Haus. Als ihre Freundin sie vormittags gegen halb neun abholte, empfing Nancy sie mit den Worten: »Um diese Zeit war Tom bereits tot.« Nancy stand an der Kreuzung Orange Street und Pleasant Run Parkway und ging in Gedanken die Situation noch einmal durch, wie sie es im vergangenen Jahr schon tausendmal getan hatte. Diesmal stand ihr die Szene allerdings noch viel lebhafter vor Augen, denn sie brauchte sich den Ort des Geschehens – der nun direkt vor ihr lag – nicht vorzustellen und konnte sich so auf die Details konzentrieren. »Ich wußte, daß Tom unser Haus um zwanzig vor acht verlassen hatte«, folgte sie dem Verlauf des Vormittags in Gedanken, »daß er um acht bei Jacksons Haus und um fünf nach acht bereits tot war, bevor er noch sein Frühstück verdaut hatte. Als ich nun dort auf dem Bürgersteig stand, wo Toms Leiche gelegen hatte, zu Jacksons Haus hinüberschaute und den Weg sah, den die beiden gemeinsam entlanggekommen sein mußten, wurde mir zum ersten Mal richtig klar, wie alles passiert war. Damals hat es vier Stunden gedauert, bis mich die Nachricht von dem Mord erreichte...«

Sie ließ eine rote Rose an der niedrigen Steinmauer zurück,

die auf den Fotos in der Presse stets hinter Toms Leiche zu sehen gewesen war.

Dann ging sie in die Kirche und suchte anschließend auf den Rat einer Freundin hin ein Krankenhaus auf, um sich dort über die Möglichkeiten einer ehrenamtlichen Tätigkeit zu informieren. Sie hoffte, sich dadurch Ablenkung verschaffen zu können. Am Nachmittag kehrte sie mit ihrem Vater und den Jungen noch einmal zu Jacksons Haus zurück. Jemand hatte es ein wenig in Ordnung gebracht, so daß es nicht mehr ganz so unheimlich wirkte wie auf den Bildern in der Zeitung. Nancy hoffte, die Jungen würden dadurch, daß sie das Haus sahen, ein wenig ihre ängstigende Vorstellung von einem Spukhaus, in dem ein Verrückter hauste, verlieren. Nicholas und Christopher fragten sich, ob wohl noch Blutspuren auf dem Bürgersteig zu sehen wären. Als der fünfjährige Nicholas auf dem Weg eine Münze entdeckte, hatte er die Idee, daß sie möglicherweise seinem Vater aus der Tasche gefallen sein könnte.

Es war ein schöner Herbsttag, und in der Luft lag die gewisse Frische, die typisch für diese Jahreszeit war. Auch an dem Tag, an dem Tom ermordet wurde, war es so gewesen, und der Gedanke daran machte ihr das Herz schwer.

Am Abend klingelte das Telefon, und eine Stimme meldete sich mit den Worten: »Hier ist Carolyn.« Dann nannte die Frau auch ihren Nachnamen und fügte hinzu: »Ich war mit Mike Jackson verheiratet.« Sie erzählte Nancy, warum sie anriefe: Da man an ihrer Arbeitsstelle über ihre Vergangenheit nicht Bescheid wußte, hatte sie bisher mit niemandem über ihre Gedanken sprechen können, was ihr sehr schwer fiel; deshalb schlug sie vor, daß sie und Nancy sich in einem Café treffen könnten. Gleichzeitig versicherte sie ihr, daß sie ganz anders sei, als man sich Jacksons Ex-Frau vorstellen würde. Nancy war derart überrascht über den Anruf, daß es ihr die Sprache verschlug. Sie fühlte sich nicht in der Lage, eine Verabredung zu treffen, und holte auch später die von Carolyn vorgeschlagene Begegnung niemals nach. Das Telefongespräch hatte zwar Nancys Neugier geweckt, sie jedoch auch mit einiger Unruhe erfüllt.

Dann rief eine andere Frau an, die zu dem Krankenwagenteam gehörte, das Toms Leiche fortgebracht hatte. Sie erzählte Nancy, sie habe noch nie zuvor einen so übel zugerichteten Leichnam gesehen und habe deswegen nach diesem Erlebnis ihren Job aufgegeben. Aus irgendeinem Grund fühle sie sich verpflichtet, Nancy dies mitzuteilen.

Elf Tage später, an Jacksons Todestag, sandte Nancy eine Rose an Modean. Sie hatte sich vorgestellt, wie allein sie als Mutter des Mörders mit ihrem Kummer dastehen mußte. Am Abend rief Modean an und erzählte, sie habe die Rose mit zum Gottesdienst genommen und sie den Gemeindemitgliedern gezeigt. Die Leute hätten ihr kaum geglaubt, daß sie von der Frau des Ermordeten stammte.

Einige Monate später, zur Weihnachtszeit des Jahres 1987, saß Modean in Nancys Wohnzimmer. Sie hatte angerufen und Nancy gefragt, ob sie kommen dürfe, und Nancy hatte zugestimmt, weil sie hoffte, daß die Jungen beim Anblick der älteren Dame ein wenig ihre Furcht vor dem Mörder ihres Vaters verlieren würden. Modean brachte eine ihrer Töchter mit. Sie schenkte den Jungen ein kleines gerahmtes Bild, das zwei Farmerjungen zeigte. Dann öffnete sie ihre Handtasche und reichte ihnen einige Aufnahmen von Mike. Auf einem der Bilder schaut er direkt in die Kamera. Hinter ihm sieht man ein Gelände mit Picknicktischen. Das Bild zeigt ihn mit Anzug und Krawatte, gründlich rasiert und mit modisch kurzgeschnittenen Haaren – kurzum: das Bild eines soliden, durch und durch anständigen Bürgers, eines High-School-Lehrers vielleicht. Einzig der angespannte, traurige und etwas verwirrte Ausdruck auf Mikes Gesicht läßt den Gedanken aufkommen, einen geistig Gestörten während seines Wochenendausgangs vor sich zu haben. Es war Nancy klar, daß Modean erwartete, die Fotos würden ihre Meinung über Mike Jackson ändern, doch sie verspürte keinerlei Mitleid für ihn. Der Anblick der Bilder ließ sie vollständig kalt. Sie erinnert sich noch daran, wie Modean und ihre Tochter ständig davon sprachen, daß Gott für sie und ihre Söhne sorgen würde.

Die Jungen saßen schweigend da und schauten sich die Fotos an, ohne sie in die Hand zu nehmen. Seine Mutter und seine Schwester sprachen so gefühlvoll über Jackson, als sei er nun, nach seinem Tod, ein ganz anderer Mensch geworden. Der Bruch zwischen ihren rührseligen Erinnerungen und der offensichtlichen Erleichterung darüber, daß Mike für sie nun keine Belastung mehr darstellte, störte Nancy. Nun, da sie ihn loswaren, konnten sie problemlos in höchst liebevoller Weise über ihn reden. Auch schien Nancy die Art und Weise, in der Modean versuchte, den Verlust ihres Sohnes mit Nancys Verlust von Tom zu vergleichen, äußerst unangebracht.

Bevor sie aufbrach, machte Mikes Schwester einige Fotos von Modean mit Nancy und den Jungen. Als sie fort waren, wollten Nicholas und Christopher wissen, warum sie überhaupt gekommen seien. Christopher hielt das Foto mit den beiden Farmerjungen in die Höhe und rief mit vor Ärger zitternder Stimme: »Und was soll dieses Bild hier?« Gemeinsam mit Nicholas zerriß er es voller Wut.

»Einige Zeit darauf schrieb mir Modean einen Brief«, erzählt Nancy, »in dem stand: ›Gott wird für Euch sorgen.‹ Dem Schreiben war eine Kassette mit der Aufzeichnung eines Gottesdienstes beigelegt, den der Priester eigens für Nancys Familie gehalten hatte. Ich bedankte mich bei ihr für den Brief, doch dann schickte sie mir häufiger solche Bänder, die für mich wenig Hilfe bedeuteten. Ich ließ sie wissen, daß ich ihr dankbar sei, daß sie mir aber keine weiteren Kassetten senden solle, da ich Kraft und Hilfe aus meiner eigenen Glaubensgemeinde zöge.

Vielleicht klangen meine Worte etwas zu abweisend, denn sie versicherte mir daraufhin erneut, wie sehr ihre Familie an unserem Schicksal Anteil nehme und daß ich dies doch spüren müsse. Sie schickte mir auch weitere Fotos von Jackson, die ich allerdings wegwarf, damit Christopher sie nicht entdecken und vielleicht zornig reagieren würde. Noch einmal erklärte ich Modean mit sehr höflichen Worten, daß ich mich außerstande sehe, unser beider Schicksal miteinander zu vergleichen. ›Der Schmerz wird für immer bleiben‹, so lauteten, glaube ich, meine Worte.«

Nancy berichtet dies ganz ruhig und gefaßt.

Kurze Zeit nach Modeans Besuch fuhr Nancy mit einem ihrer Brüder und den Jungen nach Topeka. Als sie Wright City erreichten, bat sie, hier eine Pause machen zu dürfen, ohne ihren Söhnen zu erklären, wo sie eigentlich waren. Sie verließen den Highway und trafen auf einen Polizeiwagen, in dem ein Beamter saß. Nancys Bruder kurbelte das Fenster herunter und erkundigte sich bei dem Deputy, wo denn die Scheune sei, in der Jackson sein Ende gefunden hatte. »Meine Schwester ist eines seiner Opfer«, erklärte er. »Dann haben wir etwas gemeinsam«, erwiderte der Polizist; es stellte sich heraus, daß er derjenige war, auf den Jackson geschossen hatte. Die Jungen wurden äußerst aufgeregt, als sie merkten, wo sie sich befanden, aber sie waren entschlossen, es durchzustehen. Der Beamte zeigte ihnen den Weg zur Farm, wo die Scheune nicht mehr zu sehen war; man hatte sie damals bereits niedergebrannt. Dann nahm er sie mit in die Stadt zurück, um sie dem Bürgermeister vorzustellen und ihnen das Rathaus zu zeigen, wo der Steckbrief mit dem Foto Jacksons noch immer an der Wand hing.

Wider Erwarten erwies sich das zweite Jahr als Witwe noch härter als das erste. »Davon sage ich natürlich den Frauen nichts, die ebenfalls frisch verwitwet sind.« Sie hatte erneut den Ort aufgesucht, an dem Tom getötet worden war: einerseits aus Liebe, andererseits aus dem Gefühl heraus, daß dies beinahe eine Pflicht sei. Außerdem war sie von einer Art Aberglauben erfüllt, daß nur eine unbeschönigte, offene Auseinandersetzung mit dem Geschehenen ihr auf Dauer darüber hinweghelfen könne. Als sie jedoch am nächsten Morgen erwachte und keine Veränderung ihres Grams spürte, überkam sie erneut große Verzweiflung.

»Da wird einem das ganze Leben lang eingetrichtert, daß Mühen, die man auf sich nimmt, am Ende belohnt werden«, klagt Nancy. »Du bemühst dich das ganze erste Jahr, mit deinem Schicksal fertig zu werden, und dann kommst du ins zweite Jahr und merkst, daß die Trauer überhaupt nicht abnimmt. Es wird dir klar, daß es nie wieder so sein wird wie früher, daß der Verlust nicht wieder rückgängig gemacht werden und daß es in Wirklichkeit gar keine Belohnung für deine Anstrengungen geben kann.«

Im zweiten Jahr bemerkte sie allerdings, daß die Erinnerung an die letzten gemeinsamen Erlebnisse mit Tom, wie zum Beispiel ihr Hochzeitstag oder der Geburtstag der Jungen, ihr nicht mehr so klar vor Augen stand wie im ersten Jahr. Es war, als habe sich zwischen ihr und Tom eine Kluft aufgetan.

In den Köpfen der Jungen kreisten Fragen, die sie in den folgenden Jahren immer wieder stellten. Nancy überlegte, ob die nächtliche Angst ihrer Söhne wohl noch größer wäre, wenn ihr Vater die Schüsse überlebt hätte – ob seine Anwesenheit sie immer und immer wieder an die Schrecken und die Brutalität dieser Welt erinnert hätte. Die Jungen machten sich Gedanken darüber, ob der erste Schuß wohl den Arm ihres Vaters völlig bewegungsunfähig gemacht oder gar abgerissen hatte und ob er, wenn er überlebt hätte, später in der Lage gewesen wäre, mit dem anderen Arm einen Ball zu werfen. Dann wieder grübelten sie darüber nach, ob er den zweiten Schuß wohl hätte überleben können, wenn kein dritter erfolgt wäre. Sie stellten Nancy alle möglichen Fragen: Welche Farbe hatte Jacksons Truck gehabt? Was war mit Vaters Kopfwunde geschehen? Hatte man ihn womöglich gar nicht mehr verbunden?

Christopher überlegt sich auch oft, ob sein Vater und Jackson wohl in einen Streit geraten waren, in dessen Verlauf Jackson dann die Nerven verloren hatte, oder ob dieser es vielleicht von vornherein darauf abgesehen hatte, das Geld und den Wagen seines Vaters an sich zu bringen. Auch stellte sich der Junge immer wieder die Situation an jenem Vormittag vor Augen. Wo hatte Jackson gestanden, und wo sein Vater? Was für ein Gesicht hatte Jackson während des Mordes gemacht? Was war der auslösende Moment gewesen, der ihn schließlich dazu veranlaßt hatte, zu schießen? Und was war danach geschehen? Manchmal fragte er sich auch, was wohl die letzten Worte seines Vaters gewesen waren.

Von Zeit zu Zeit bittet Christopher seine Mutter darum,

mit den Tatzeugen sprechen zu dürfen. Während die Kinder sich bemühen, das Ungeheuerliche zu begreifen, verlieren sie sich oft völlig in den vielen Details. Immer und immer wieder stellen sie die gleichen Fragen, so als hätten sie noch nie eine Antwort darauf erhalten. Für sie ist dies eine Art Ritual, das sie langsam, aber sicher an die Wahrheit heranführt.

Christopher wußte, daß die Polizei Fotos vom Leichnam seines Vaters auf der Straße gemacht hatte. Häufig kam in ihm der Wunsch auf, sie zu betrachten, aber andererseits beunruhigte ihn auch der Gedanke, der Anblick der Bilder könnte ein solcher Schock für ihn sein, daß er sich nie mehr davon erholen würde.

Auch Nancy spürt oft das Bedürfnis, sich die Aufnahmen anzuschauen. Vor allem im ersten und zweiten Jahr nach dem Mord erging es ihr so, danach flaute das Interesse daran etwas ab, um dann jedoch plötzlich und unerwartet wieder aufzuflammen. Manchmal fragt sich Nancy, ob sie sich nicht selbst bestraft, indem sie sich immer wieder bis ins Detail mit Toms Ende beschäftigt. Doch sie weiß auch, daß sich darin ihr Wunsch ausdrückt, mit Tom in irgendeiner Weise in Verbindung zu bleiben, koste es, was es wolle. Wenn das Furchtbare auch nicht ungeschehen zu machen ist, so ist dies vielleicht eine Möglichkeit, irgendwann über den Verlust hinwegzukommen, das Leben wieder zukunftsgerichteter zu führen und nicht in der Vergangenheit zu verharren.

Nancy, die sich schon immer im Dunkeln gefürchtet hat, suchte früher oft mitten in der Nacht Toms Hand und horchte nach dem beruhigenden Geräusch seines Atmens.

Stets hatte sie betont, daß Tom ganz gewiß länger als sie leben würde, da schon ihre Mutter nicht alt geworden war. Deshalb hatte sie zu Tom gesagt, er müsse möglichst lange leben, damit er sich um die Jungen kümmern könne.

Eines Nachts, im zweiten Jahr nach Toms Tod, träumte Christopher, sein Vater stünde verwundet und blutüberströmt an seinem Bett, riefe nach ihm und falle dann mitten auf sein Bett.

Etwa ein Jahr nach Modeans Besuch erhielt Nancy einen Anruf von Mike Jacksons Bruder Jimmy, der sich erkundigte, ob er bei ihr vorbeikommen könne. Er sagte, er hätte etwas, was den Jungen helfen würde, wollte aber nicht sagen, was es war. »Ich nahm nicht an, daß er mich in irgendeiner Weise verletzen wollte, vor allem, da er meine Telefonnummer von Modean erhalten hatte. Deshalb stimmte ich zu.

Es klingelte an der Tür, und er trat zusammen mit einem anderen Mann ein. Wir setzten uns an den Eßzimmertisch, wo er einen Aktenordner ausbreitete. Er erzählte, daß er – der von Beruf eigentlich Lastwagenfahrer war – gerade dabei sei, sich eine neue Existenz aufzubauen, und bot mir an, einen Investment-Plan für mein Geld zu erarbeiten. Sein Begleiter schien so eine Art Auszubildender zu sein, vielleicht auch nur jemand aus seiner Kirchengemeinde, ich erinnere mich nicht mehr daran. Während ich mit ihm am Tisch saß, schaute ich mir seine Gesichtszüge genau an. Es schoß mir durch den Kopf, daß Mike Jackson seinem Bruder ähnlich gesehen haben mußte und daß es also dieses Gesicht gewesen war, in das Tom als letztes geblickt hatte. Dann riß ich mich zusammen und versicherte ihm, unser Geld bereits bestens angelegt zu haben, so daß wir keinerlei Bedarf für eine weitere Beratung hätten.

Als sie aufbrachen, fragte ich Jimmy Jackson, ob er es gewesen sei, der gesagt hätte, er wolle seinen Bruder am liebsten im Sarg sehen – Modean hatte mir davon erzählt. Er murmelte nur so etwas wie ›es täte ihm leid‹, und wollte offensichtlich so schnell wie möglich verschwinden. Doch ich ließ nicht locker, denn ich hoffte, ich würde etwas Neues erfahren, etwas, das mir vielleicht weiterhelfen könnte. Doch das schien nicht der Fall zu sein. Erst jetzt wurde es dem zweiten Mann klar, wer ich eigentlich war.

Ich bin mir nicht sicher, aber ich glaube, Jimmy versuchte mit diesem Besuch eine Art Entschuldigung zu übermitteln.«

Einige Monate später erreichte Nancy ein Brief, der Modeans Handschrift aufwies – es handelte sich um eine an Nancy, Christopher und Nicholas gerichtete Einladung zu einem Familientreffen der Jacksons.

Langsam verging auch das zweite Jahr der Trauer. Wenn Nancy nachts nicht schlafen konnte, betete sie darum, daß sie nur lange genug leben möge, um die Jungen großziehen zu können. In zwanzig Jahren würden die beiden aus dem Gröbsten heraus sein. »Ich weiß nicht, was wäre, wenn ich einen Unfall hätte und die Kinder auch noch ihre Mutter verlören«, malte sie sich aus. »Irgend jemand würde sich gewiß ihrer annehmen, aber niemand vermag die Liebe einer Mutter wirklich zu ersetzen. Auch ich würde es nicht überleben, wenn ich auch nur einen der beiden Jungs nicht mehr hätte. Man sagt, daß Gott einem nie mehr auferlegt, als man ertragen kann, aber das wäre wirklich zuviel für mich. Mein jüngerer Sohn hat einmal zu mir gesagt, er könne nicht mehr daran glauben, daß es einen Gott gibt, falls mir auch noch etwas zustoßen sollte.«

Es ist äußerst schwierig, den Jungen zu erklären, warum ihr Vater, der niemals auch nur irgend jemandem etwas zuleide getan hat, der sich stets für das Wohl seiner Familie eingesetzt und nicht mehr vom Leben verlangt hatte, als daß seine Familie in Ruhe und Sicherheit leben könne, so früh hatte sterben müssen – an einem schönen, sonnigen Morgen, auf offener Straße und durch die Hand eines Mannes, der ihn mit einem Gewehr erschoß. Die einzige plausible Erklärung ist die Tatsache, daß Jackson ein geistig Verwirrter war, dessen Verhalten nicht mit normalen Maßstäben zu messen ist. Diese Erklärung läßt die Welt in den Augen der Jungen jedoch gefährlich und unberechenbar erscheinen, und sie sind nun überzeugt, jederzeit ebenfalls zu Opfern eines schrecklichen Verbrechens werden zu können. Nicholas betet oft darum, daß seiner Familie nichts Schlimmes passieren möge – und wenn, dann solle es sie alle gemeinsam treffen.

Um die Schrecken, die mit der Erinnerung an seinen Vater verbunden sind, zu verdrängen, versucht sich Christopher manchmal abzuschotten. Wenn seine Mutter ihn allzu sehr drängt, doch seinen Vater nicht zu vergessen, tut er so, als wisse er überhaupt nicht, wovon sie eigentlich spricht. Manchmal geht er sogar so weit, zu behaupten, er könne sich überhaupt nicht mehr an seinen Vater erinnern. Nancy läßt ihn dann in Ruhe, denn sie weiß, daß er später zu ihr kommen wird, um ihr zu sagen, wie lebendig in Wirklichkeit seine Erinnerung an alles ist. Der Traum, in dem er Toms Leiche vor sich sah, geht ihm nicht mehr aus dem Kopf, sosehr er sich auch bemüht. Außerdem befürchtet er manchmal, daß er nie wieder richtig glücklich sein könne. Er hat das Gefühl, als sei der Bereich seiner Gedanken, die um seinen Vater kreisen, eine Art Strudel, der ihn in die Tiefe zu ziehen droht, sobald er sich ihm nähert: als läge die Erinnerung an ihn auf dem Grund einer tiefen Schlucht, an deren Rand er sich von Zeit zu Zeit herantastet, um einen Blick in die Tiefe zu wagen, wo er im letzten Augenblick jedoch immer wieder zurückschreckt. Es ist wie ein Test, dem er sich ab und zu selber unterzieht.

Wenn er spürt, daß die Gedanken an seinen Vater ihn zu überwältigen drohen, macht er sich vor, daß alles, woran er sich im Hinblick auf die Beerdigung erinnern kann, die Geschenke, die Blumen, das Essen, die vielen Leute und die Tatsache sind, wieder zurück in die Schule zu müssen, wo alle bereits Bescheid wußten. All das, was ihm mit dem Verlust seines Vaters widerfahren ist, erscheint ihm manchmal so weit entfernt von den normalen Erfahrungen eines Kindes, daß es ihm so unwirklich wie aus einem Märchen vorkommt.

Je mehr Zeit vergeht und je älter die beiden Jungen werden, desto schwieriger wird es für sie, das Bild, das sie in der Erinnerung von ihrem Vater haben, lebendig zu erhalten. Für Nicholas ähnelt die Grundlage dieser Erinnerung inzwischen mehr einem Foto als einem lebendigen Eindruck. Dieses Foto ist vor seinen Augen bereits ziemlich verschwommen und natürlich auch irgendwie stehengeblieben. Es hat weder Veränderungen durchlaufen, noch ist es älter geworden. Als sein Vater noch am Leben war, strahlte das Bild für Nicholas stets dessen Wärme und Güte aus, nun hat es jedoch viel von dieser Ausstrahlung verloren und scheint sogar manchmal einen Menschen zu zeigen, der gar keine rechte Verbindung mehr zu seinem Betrachter aufweist. Das Foto – einst nur eine Momentaufnahme aus Toms Leben, die ihn in einem ganz bestimmten Augenblick und in einer ganz bestimmten Stimmung zeigt – muß nun für den Vater als Ganzes stehen. Der ist in der Vergangenheit zurückgeblieben – und lebt doch in der Erinnerung seiner Söhne weiter. Je mehr Zeit vergeht, desto unwirklicher und traumhafter wird diese Erinnerung in den Köpfen der Kinder. Normalerweise denkt ein Kind an seinen Vater so, wie dieser sich in der Gegenwart darstellt. Nichts anderes tut auch Nicholas, nur daß es für ihn eben nur das Foto an der Wand ist, das ihm eine aktuelle Vorstellung von seinem Vater vermitteln kann.

Es ist immer noch dieselbe Tapete, mit der Tom den Flur tapeziert hatte, und auch der Sims über dem Kamin im Wohnzimmer, der seit seinem Tod nicht mehr gebrannt hat, ist noch derselbe, den er gebaut hatte. Im Kleiderschrank hängen noch immer seine Kleider, und in der Garage liegt noch immer sein Werkzeug zum Gebrauch bereit. Im Hof können die Kinder immer noch Bälle auf den Basketballkorb werfen, den er aufgehängt hat. Sie gehen durch dieselbe Tür, durch die auch er immer gegangen ist, steigen dieselben Stufen hinauf, sitzen an demselben Tisch, trinken aus denselben Gläsern, essen von denselben Tellern, benutzen dasselbe Besteck – doch bei all dem, was sie tun, denken sie nicht mehr zuerst an ihn. Das ist nicht verwunderlich, denn alles um sie herum verändert sich täglich, ebenso wie sie selbst. Jedesmal, wenn sie sich seiner erinnern, müssen sie ihn sich neu erschaffen. Dabei ist es nur verständlich, daß sie aufgrund ihres unterschiedlichen Alters und Erfahrungshorizontes oft auf verschiedenste Weise an ihn denken. Vor nicht allzu langer Zeit erklärte Christopher seiner Mutter gegenüber, er habe manchmal das Gefühl, niemals einen Vater gehabt zu haben. Natürlich hat Nancy Verständnis dafür, daß die Erinnerungen der Jungen an ihren Vater verblassen, daß sie mit ihm in einer Gedankenwelt leben, die sie sich teilweise selbst erschaffen und die sie teilweise von ihr übernehmen. Je mehr Zeit verstreicht, desto verschwommener wird das echte Bild, das sie von Tom haben, und desto mehr nähert es sich einem Idealbild von einem Vater an.

Immer häufiger weigerten sich die Jungen, abends das Haus zu verlassen. Sie wollten die Abende weder von ihrer Mutter getrennt noch mit ihr gemeinsam bei Fremden verleben. Vor allem konnten sie sich nicht von der Vorstellung befreien, daß ihrer Mutter etwas zustoßen könnte, sobald sie sie allein ließen. Christopher wußte, daß er sich das nie verzeihen würde. Auch beunruhigte ihn die Vorstellung, dann zu einer Vollwaise zu werden. Nancy war der Überzeugung, daß die Jungen selbst am besten wüßten, wann sie darüber hinweg sein würden, und drängte sie deshalb zu nichts. Zur Beruhigung ihrer Söhne versicherte sie ihnen: »Unser Haus ist immer sehr sicher gewesen. Vater ist bei der Arbeit ums Leben gekommen. Außerdem werde ich euch immer beschützen.« Doch mit diesen Worten konnte sie ihnen die Angst nicht nehmen, daß draußen etwas passieren könnte.

Keiner der beiden Jungen mochte nachts allein sein, weder im Erdgeschoß noch in der ersten Etage. Sobald einer von beiden nach unten ging, während der andere oben gerade duschte, gab es hinterher Streit. Noch Jahre später wagte es Christopher nicht, alleine in die obere Etage zu gehen. Nicholas hingegen traute es sich eher zu und verspottete seinen Bruder manchmal als Feigling.

Toms Vater war einige Monate vor seinem Sohn gestorben. Eines Tages hatte Tom von einem Besuch bei seiner Mutter einen Vogelkäfig mitgebracht, den sein Vater vor seinem Tod zu bauen begonnen hatte. Tom hatte ihn in die Garage gestellt und es sich vorgenommen, den Käfig im Gedenken an seinen Vater fertigzustellen. Er war damit allerdings noch nicht sehr weit gekommen, als er selbst so plötzlich aus dem Leben gerissen wurde. Der Käfig steht noch immer in einer Ecke der Garage neben der Pappschachtel mit Toms Kleidung aus der Leichenhalle, denn Nancy fällt es schwer, sich von irgend etwas zu trennen, was mit Tom zu tun hat. Ein Schauer überläuft sie jedesmal, wenn Christopher eine Krawatte oder ein Hemd seines Vaters trägt.

Eines Tages beschloß sie, Toms Wagen zu verkaufen. Ein

Bekannter ihres Anwaltes übernahm den Verkauf für sie, ohne etwas dafür zu verlangen. An dem Morgen, an dem sie ihm den Wagen brachte, setzten sie sich der Reihe nach noch einmal auf den Fahrersitz und nahmen das Lenkrad in die Hände. Dann machte Nancy ein Foto von den Jungen, wie sie vor dem Auto stehen. Als die beiden von der Schule kamen, war der Wagen bereits nicht mehr da.

Vier Jahre lang veränderte Nancy nichts am Haus, sogar als das Fundament absackte, was dazu führte, daß sich der Rahmen der Eingangstür verzog. Für eine Reparatur hätte die Tapete entfernt werden müssen, die noch von Tom stammte. Als vier Jahre vergangen waren, ließ sie ihr Schlafzimmer neu streichen. Für ihr gemeinsames Schlafzimmer hatten Tom und sie einen beigefarbenen Ton ausgesucht, während sie jetzt als Farbe Weiß mit einem blauen Fries wählte. Sie ließ außerdem ein zusätzliches Fenster einbauen, von dem aus man den Hof überblicken konnte, in dem die Jungen spielten. Es war ihr bewußt, daß der Raum nun eher feminin wirkte und daß Tom sich darin wahrscheinlich nicht wohl gefühlt hätte.

Die Kleidungsstücke, die Tom zum Zeitpunkt seiner Ermordung trug, sind auf dem Dachboden über der Garage verstaut. Ein Freund, der als Restaurator bei einem Museum arbeitet, besorgte Nancy Kisten und Tüten, in denen das Museum gewöhnlich textile Materialien aufbewahrt. Christopher war dagegen gewesen, die Sachen im Haus zu behalten, da er Angst hatte, sie würden zu lebhafte Erinnerungen an den Tod seines Vaters wachrufen. Im vierten Frühjahr nach der Ermordung – er war nun zwölf Jahre alt – hörte er seine Mutter darüber sprechen und bat sie daraufhin, die Sachen hervorzuholen. Sie klappte die Leiter zum Dachboden aus, holte die Kleidungsstücke herunter und breitete sie im Spielzimmer auf dem Tisch aus. Auf Toms Gürtel klebte immer noch die Archivierungsnummer der Polizei. Nancy erklärte den Jungen: »Ihr könnt an den Stellen, wo das Blut ist, erkennen, wo er zuerst am Arm getroffen wurde und wie er ihn dann an seine Seite gepreßt hat.« Sie fuhr mit den Fingern über die Einschußlöcher im Kragen des Hemdes und fragte Christopher, was er beim Anblick der Sachen empfinde. »Es tut mir nicht weh«, war seine Antwort, »denn ich erinnere mich nicht mehr an ihn.« Trotzdem schien es so, als sei er für einen Augenblick direkt an den Rand der Erinnerung getreten und habe bis auf den Grund der Schlucht geblickt.

Die Trauer versiegt nie, nur die Form, in der sie sich ausdrückt, wandelt sich von der schockartigen Verzweiflung über den plötzlichen Verlust des Ehemanns in eine andauernde Niedergeschlagenheit über seine endgültige Abwesenheit. Auch wenn Nancy irgendwann den Gedanken akzeptieren wird, daß ihr Mann nun unter der Erde liegt, kann sie es jedoch nicht verhindern, ihn sich oft wieder herbeizusehnen. Doch scheint es, als habe die Erkenntnis über die Auswirkung des Mordes an ihrem Mann auf ihr alltägliches Leben die Phase der ersten Verzweiflung abgelöst.

Auch Nancys Vater hatte seine Frau früh verloren, doch hatte er erneut geheiratet. Manchmal kommt Nancy dies in den Sinn, wenn sie wieder einmal das Gefühl hat, daß sie alles an Trauer durchlebt hat, was man ertragen kann. »Vater erzählte mir, daß es ihm jahrelang gutgegangen war, bis zum zwanzigsten Jahrestag des Todes seiner Frau. An jenem Tag telefonierten wir, und er war in Tränen aufgelöst. Ich muß so sehr daran denken, weil in einigen Jahren Toms Todestag wieder auf einen Montag fällt, und das wird mich sicher sehr mitnehmen.«

Manchmal raten ihr Freunde, sich doch darum zu bemühen, einen anderen Mann kennenzulernen, aber Nancy schreckt davor zurück. Sie trägt immer noch ihren Ehering und stellt fest: »In meinem Herzen bin ich immer noch mit Tom verheiratet.« Und dennoch ist es nicht nur diese Treue, die sie davon abhält, eine neue Beziehung einzugehen. »Ich kann es mir einfach nicht vorstellen, noch einmal jemanden so zu lieben, denn das würde bedeuten, daß ich vielleicht auch die Schmerzen eines möglichen Verlustes ein zweites Mal ertragen müßte. Auch mein Vater ist sich inzwischen klar darüber, daß er nun noch einmal durch den Tod eines geliebten Partners verletzt werden kann.«

Bis zu diesem Zeitpunkt haben sich Christopher und Nicholas noch nicht mit dem Anblick ihrer Mutter in Begleitung eines anderen Mannes auseinandersetzen müssen. Einmal hatte Nancy einen Freund der Familie zum Abschied umarmt, und sofort hatte Christopher, der Zeuge dieser Umarmung gewesen war, bemerkt: »Ich wünschte, Daddy wäre hier und könnte das sehen.« Daß sie im Grunde gar kein Bedürfnis danach hat, sich zu verabreden und mit einem Mann auszugehen, führt Nancy auf die Gesellschaft ihrer Söhne zurück. Da sie nicht gerne von zu Hause fort sind, ist sie an den Wochenenden nie allein. Während der ersten viereinhalb Jahre nach Toms Tod hat Nancy nicht mehr als zwei Freitagabende ohne die Jungen verbracht. Sie ist sich allerdings bewußt, daß sich das ändern wird, sobald Christopher anfängt, mit Mädchen auszugehen.

In Christophers Augen bedeutet die Anwesenheit eines anderen Mannes eine Störung der Ruhe, die nach dem Tod seines Vaters in ihrem Haus herrschte. Die Tatsache, daß nichts verändert wurde, hat etwas Beruhigendes. Es ist, als könnte der Vater jeden Moment wieder zur Tür hereinkommen, so als ob er bloß von einer Geschäftsreise zurückkäme, die ihn länger aufgehalten hatte als geplant. Und irgendwie hat man im ganzen Haus das Gefühl, als warte seit dem Tag seines Fortgehens alles nur auf seine Rückkehr.

Mit der Zeit wurde eine Eigenschaft Christophers, nämlich seine Ordnungsliebe, immer ausgeprägter. Wenn er unter irgendeinen Druck gerät, fängt er an, alles um sich herum zu stapeln und aufzuräumen. Lassen seine Mutter oder sein Bruder etwas auf dem Tisch oder der Anrichte liegen, dann verstaut er es sofort im Schrank oder in einer Schublade. Nancy legt die Post für gewöhnlich zunächst einmal auf dem Küchentisch ab, bevor sie sie später in Ruhe liest. Häufig jedoch räumt Christopher sie fort, noch bevor sie sie durchgesehen hat, so daß auf diese Weise Rechnungen unbezahlt bleiben. Manchmal, wenn Nancy Lebensmittel aus dem Kühlschrank geholt hat und nur für einen Moment nach oben geht, hat Christopher sie bereits wieder weggeräumt, noch bevor sie wieder unten ist. Es kommt sogar vor, daß er in der Tür zu Nancys Schlafzimmer stehenbleibt und ausruft: »Wie sieht es denn hier aus?« Eines Tages kam Christopher in die Küche, wo sich Nancy gerade mit einem Freund des Hauses unterhielt. Sofort begann er alles irgendwo Herumliegende in die Schränke und Schubladen zu räumen. Christopher ist sich des Ausmaßes seiner Ordnungsmanie durchaus bewußt. Er hat mit Nancy die Vereinbarung getroffen, es nicht zu übertreiben, und wenn es einmal sehr schlimm wird, setzt sie sich mit ihm zusammen und spricht mit ihm darüber, was ihn bedrückt. In der Garage hängt auf Anraten eines Psychologen, bei dem Christopher drei Sitzungen hatte, ein Punching-Ball, an dem der Junge von Zeit zu Zeit seine Aggressionen auslassen kann. Der Psychologe, selber ein ehemaliger Bewährungshelfer, nahm für seine Behandlung kein Honorar.

In einem Nebenraum der Küche hat Nancy einige Ordner mit Material über den Mordfall aufgehoben. Darunter ist auch der Steckbrief, mit dem Jackson damals gesucht wurde. Er befindet sich irgendwo inmitten der Unterlagen, damit die Kinder ihn nicht gleich finden können.

Vier Jahre nach dem Mord an seinem Vater wollte Christopher den Steckbrief sehen. Er hatte vor, ihn in seinem Zimmer aufzuhängen, doch Nancy zögerte, ihn herauszusuchen, denn sie fürchtete, daß ihn das nur wieder erneut in Angst versetzen würde. Sie hatte das Gefühl, als wolle ihr Sohn auf diese Weise testen, wie gut er den Anblick Jacksons inzwischen ertragen könnte, doch ihr erschien dieser Test allzu riskant.

Den Lesern der verschiedenen Tageszeitungen von Indianapolis war das Foto von Tom bestens vertraut, denn es war immer und immer wieder in der Berichterstattung erschienen. Der Bildausschnitt des Fotos endet knapp unter dem Krawattenknoten und zeigt Tom, wie er – ähnlich wie auf einem Paßbild – direkt in die Kamera blickt. In der rechten unteren Ecke ragt ein rechteckiger dunkler Fleck über sein Hemd – Nancys Schulter. Das Porträt ist ein Ausschnitt eines Familienfotos, das am Weihnachtsfest des Jahres vor dem Mord aufgenommen worden war. Der Originalabzug des Fotos ist an die Seitenwand des Kühlschranks in Nancys Küche geheftet und bildet zusammen mit anderen Familienfotos eine Art Familienschrein – eine Erinnerung an glücklichere Zeiten.

Die Seite des Kühlschranks, an der sich die Bilder befinden, ist teilweise verdeckt, so daß man sie nur aus einem bestimmten Blickwinkel sehen kann. Bei näherer Betrachtung könnte man auf den Gedanken kommen, daß Tom für Aufnahmen nur einen einzigen Gesichtsausdruck kannte, denn er zeigt stets die gleiche nachdenkliche und etwas abwesend wirkende Miene. Weder lächelt er, noch blickt er mißlaunig drein. Auch läßt sich keine Spur von Stolz oder Überheblichkeit in seinem Gesichtsausdruck erkennen. Auf Gruppenbildern befindet er sich stets am Rand, und wenn es einen Pokal zu halten gab, so war es niemals Tom, der dies übernommen hatte. Er sieht intelligent, ernst und zuverlässig aus, man könnte ihn für einen Geistlichen halten. Auch wenn er keinerlei Dynamik ausstrahlt, so ist er bei seinen Mitmenschen sicherlich wegen seiner Verbindlichkeit und seines Einfühlungsvermögens beliebt gewesen. In der Tat waren sein Großvater Geistlicher und sein Vater Professor. In seiner Kindheit mußte er abends stets Rücksicht auf seinen Vater nehmen, der sich mit seinen wissenschaftlichen Arbeiten beschäftigte. Das Gesicht das Mannes, das auf sämtlichen Titelblättern der Zeitungen zu sehen war, läßt keine Spur von Falschheit oder Niederträchtigkeit erkennen. Er wirkt allenfalls ein wenig abwesend und scheu, vielleicht sogar schüchtern. Jedenfalls fällt es ungeheuer schwer, sich vorzustellen, daß dieser Mann nun nicht mehr lebt.

Nicholas und Christopher sind inzwischen zehn und vierzehn Jahre alt. Beide ähneln weniger ihrer Mutter als vielmehr ihrem Vater, denn beide besitzen Toms dunkle Haare und seinen kantigen Gesichtsschnitt. Ihre Augen sind wach und lebhaft: Sie lassen erkennen, daß die Jungen eine rasche

Auffassungsgabe haben. Wer nichts über sie weiß, dem mag auffallen, daß sie ernster als andere gleichaltrige Kinder erscheinen. Auch wirken sie sehr wachsam, so als ob sie aufgrund irgendeines Erlebnisses stets damit rechneten, daß wie aus heiterem Himmel etwas Unerwartetes passieren könnte. Wenn irgendwelche Fremden in der Nähe auftauchen, registrieren sie das sofort. Sie wirken so ernsthaft und nüchtern, so viel erwachsener, als es für ihre Altersstufe üblich ist, daß man beinahe überrascht ist, wenn einmal ihr kindliches Wesen zum Vorschein kommt.

Als im Schulunterricht das Thema ›Tod‹ behandelt wurde – das war beinahe fünf Jahre nach dem Mord an Tom –, konnte Nicholas die Stunden kaum ertragen. Sie lasen im Unterricht eine Geschichte, in der es um den Tod der Hauptfigur ging. Der Lehrer hatte vorher extra Kontakt mit Nancy aufgenommen und mit ihr die Wahl des Textes besprochen, der Nicholas vermutlich am wenigsten Probleme bereiten würde. Dennoch bemerkte der Lehrer im Unterricht sofort, daß die Lektüre Nicholas sehr zusetzte. Der Lehrer ging mit ihm hinaus auf den Flur und erkundigte sich, ob es ihm gut gehe, woraufhin Nicholas in Tränen ausbrach. Später, als Nancy ihn von der Schule abholte, mußte er erneut weinen, und auch am Abend hatte er sich noch nicht beruhigt.

Die meisten Menschen haben für die Trauer anderer nur in sehr bescheidenem Maße Verständnis. Solange sich diese Trauer nach außen hin in gemäßigtem Umfang zeigt, hat sie sogar etwas Beruhigendes, denn sie zeugt schließlich von Gefühl und läßt auch denjenigen die Situation auf erträgliche Weise miterleben, der sie am eigenen Leibe noch nicht erfahren hat. Eine sehr tiefe Trauer hingegen läßt die Unergründbarkeit menschlicher Gefühle erahnen, die etwas Unheimliches an sich hat, da sie nicht greifbar ist und jeden jederzeit treffen kann. Nancy kennt viele Witwen, die sich eine andauernde Trauer nicht zugestehen, aus Angst vor dem Urteil der Mitmenschen. Auch sie selber fühlt sich manchmal beinahe dazu verpflichtet, ihrer Traurigkeit über den Verlust ihres Mannes irgendwann ein Ende zu setzen. »Viele Frauen stellen sich auf den Standpunkt, daß das Leben weitergeht und daß sie sich ihm stellen müssen. Sie betonen, daß man sich nicht umwerfen lassen und sich lieber eine neue Beschäftigung suchen sollte, um über den erlittenen Verlust hinwegzukommen. Eine solche unkomplizierte Haltung gefällt den Leuten, und sie sind froh, wenn man sagt: ›Es geht mir gut.‹

Mich regt es ziemlich auf, wenn die Leute manchmal von mir behaupten, es gehe mir doch gut, denn dem ist eben nicht so. In meinem Innersten bin ich immer noch tief verwundet. Es gibt Leute, die zu mir sagen: ›Eigentlich solltest du froh sein im Hinblick auf das, was du gehabt hast. Du weißt ja gar nicht, was noch hätte passieren können – Tom hätte an Krebs erkranken können, oder eure Ehe wäre zerbrochen... Wer weiß, was dir auf diese Weise erspart geblieben ist.‹ Die Mutter eines Polizisten sagte zu mir: ›Ich habe ständig Angst um meinen Sohn. Zumindest die Sorge um Ihren Mann sind Sie jetzt los.‹ Es ist nicht leicht, sich solche Sprüche anhören zu müssen. Wenn man zwölf Jahre lang glücklich verheiratet war, ist es alles andere als einfach, plötzlich auf all das, was man gehabt hat, zu verzichten. Ich habe mir im übrigen nie um Toms Sicherheit Gedanken gemacht, denn seine Tätigkeit war eigentlich nie richtig gefährlich.

Es tut mir regelrecht weh, wenn die Leute behaupten, es gehe mir gut. Ich habe eine gänzlich andere Vorstellung davon, was das heißt.«

Besonders belastet sie die Sinnlosigkeit von Toms Tod. »Es hätte nicht ausgerechnet ihn treffen dürfen«, stellt sie immer wieder fest, »nicht einen so guten Menschen und Vater. Und schon gar nicht einen Menschen, der sich als Bewährungshelfer für eine menschenfreundliche Justiz und das Wohl der straffällig Gewordenen einsetzte. Jemand hätte diese Tat verhindern müssen. Doch all diese Fragen tun mir nur weh und können nichts mehr rückgängig machen. Jackson ist tot, und ich hätte ihm sowieso nie etwas zuleide tun können.

Dennoch werde ich es nie begreifen, daß ausgerechnet diese beiden Menschen an jenem Morgen um fünf Minuten nach acht aufeinander treffen mußten. Es hätte doch alles auch ganz anders verlaufen können. Warum mußte Jackson gerade an jenem Montag jemanden töten? Am Sonntag hatte er niemandem etwas zuleide getan. Und warum mußten sie sich nur gerade an diesem gottverlassenen Ort treffen? Immer, wenn ich mich später dort aufhielt, ist es mir aufgefallen, daß keine Menschenseele zu erblicken war. Vielleicht stehen die Leute alle hinter ihren Gardinen verborgen und beobachten mich, aber das ändert nichts an der Tatsache, daß diese Gegend einen einsamen und gottverlassenen Eindruck macht.

Es hätte ja auch sein können, daß Jackson etwas einkaufen wollte und mit seinem Truck weggefahren wäre, so daß Tom ihn nicht angetroffen hätte. Ich bete darum, daß ich all diese Dinge endlich aus meinem Kopf verbannen kann, damit ich irgendwann Frieden finde.«

Eine Hauptsorge ist für Nancy die Frage, welchen Einfluß die Ermordung Toms auf die weitere Entwicklung ihrer Söhne haben wird. »Tom hat in seinem Beruf ständig mit Fallstudien zu tun gehabt, in denen deutlich wird, daß Jugendliche, die in geordneten Verhältnissen groß wurden, sich nach einem plötzlichen tragischen Ereignis in ihrem Leben zum Negativen veränderten und gewalttätig wurden«, berichtet sie. »Deshalb mache ich mir sehr viel Gedanken um Nicholas und Christopher.«

Nancy kann niemals mit Sicherheit sagen, ob ein problematischer Aspekt im Verhalten der beiden Kinder einfach auf ihre Veranlagung oder eine altersgemäße Entwicklungsphase zurückgeführt werden kann oder ob das schreckliche Erlebnis mit ihrem Vater dafür verantwortlich ist.

Wenn sie abends im Dunkeln am Bett der Kinder sitzt, um ihnen gute Nacht zu sagen, versichert sie ihnen immer wieder, daß der Mörder ihres Vaters ein kranker Mann war, dessen Gewalttätigkeit mit normalem Verhalten überhaupt nichts zu tun hat. Auch beteuert sie den Kindern gegenüber stets, daß Gott es sicher nicht gewollt hatte, daß ihrem Vater etwas zustoßen sollte. Ganz insgeheim erschien ihr Mike Jackson jedoch als eine Verkörperung des Bösen, als personifizierter Teufel; sie behielt diesen Gedanken aber für sich. Von Zeit zu Zeit betrachtete sie das Foto Jacksons auf dem

Steckbrief und prägte sich den wilden Augenausdruck ein – das letzte, was Tom vor seinem Tod gesehen hatte. Sie ist sich darüber im klaren, daß all ihre Worte Nicholas und Christopher nicht verständlicher machen können, warum Jackson diese schreckliche Tat an ihrem Vater verübt hat. »Es ist mir bewußt, daß er die Welt in den Augen der Jungen zu einem gefährlichen und unsicheren Ort gemacht hat.«

In gewisser Hinsicht ist es einfacher für Nancy, wenn sie nicht zu intensiv versucht, sich die Tat zu erklären, denn je weniger faßbar sie bleibt, desto unwahrscheinlicher ist es, daß auch ihr und den Jungen etwas Ähnliches geschehen könnte. Es ist beruhigender, sich Jackson als einen krankhaft Verwirrten vorzustellen, denn dann stellt er eine einmalige Erscheinung dar. Wäre er jedoch einfach nur ein Mensch wie du und ich gewesen, dessen einziger Unterschied zu uns darin bestand, daß es ihm weniger als anderen gelang, seine niederen Instinkte zu unterdrücken, so müßte man in jedem Mitmenschen eine mögliche Gefahr sehen.

In der Fantasie der Jungen ist Jackson eine Art von Dämon, der sein eigenes Territorium bewohnte. Und dieses Territorium befand sich nicht weit von ihrem alltäglichen Lebensumfeld. Tom war nach dem gemeinsamen Familienfrühstück aufgebrochen und zwanzig Minuten später seinem Mörder begegnet – keineswegs rein zufällig, sondern als Teil seiner üblichen Arbeitsroutine. Dieser Mann war zufällig ein Verrückter gewesen, der Tom ohne Skrupel niedergeschossen hatte. Wer konnte sagen, ob es nicht noch mehr solche Verrückte gab?

Nach einigen Jahren verlor sich langsam Christophers Bedürfnis, abends regelmäßig über das Geschehene zu sprechen. Oft wehrte er sich sogar dagegen, überhaupt noch etwas davon zu hören. Denn über seinen Vater zu reden bedeutete gleichzeitig auch immer, beunruhigende Gedanken zu wecken, die ihn schlecht einschlafen ließen. Oft endete es damit, daß erst alle Ecken von Christophers Zimmer durchsucht werden mußten, bevor er überhaupt zu Bett ging. Dennoch siegt häufig die Neugier, mehr über das

Geschehene zu erfahren, über den Versuch, alles zu verdrängen. Andererseits passiert es auch oft, wenn er seine Mutter abends im Nebenzimmer mit Nicholas über Tom reden hört, daß er hinüberruft und um Ruhe bittet: »Wie kannst du nur jetzt von diesem Jackson sprechen, wo ich gerade einschlafen möchte?«

Nancy erhielt zahlreiche Angebote, die wenig mit einer wirklichen Unterstützung in praktischen und finanziellen Fragen zu tun hatten. Ein Handwerker, der das Dach reparierte, machte ihr einen äußerst zweideutigen Vorschlag, und ein Postbeamter ließ ihr einen ebenso zweifelhaften Brief über ihre Kirchengemeinde zukommen, was Nancy Sorgen bereitete, denn sie fürchtete, der Mann könnte auf diesem Weg auch ihre Wohnadresse in Erfahrung bringen. Nur zwei Wochen nach dem Mord hatte sich ein Fremder gemeldet, der Nancy erklärte, er habe ihr Foto in der Zeitung gesehen. Einige Monate später fragte ein weiterer Mann an, ob er ihr nicht jetzt, da sie Witwe sei, ein wenig Gesellschaft leisten solle. Manchmal kommen Vertreter an ihre Tür und erkundigen sich nach ihrem Gatten, und obwohl sie es vorsichtshalber lieber für sich behält, daß sie alleinstehend ist, rutscht es ihr manchmal doch heraus. So war es ihr beispielsweise bei einem Handwerker ergangen, den sie anläßlich einer Reparatur zu einem Kostenvoranschlag ins Haus gebeten hatte. Er tauchte eine halbe Stunde früher als verabredet bei ihr auf und bat darum, eintreten zu dürfen. Ohne weiteres nahm er Platz, erkundigte sich, ob sie etwas dagegen habe, wenn er eine Zigarre rauche, und erzählte ihr, daß er ebenfalls seine Frau verloren habe und daß er Nancy gerne einmal zum Essen einladen würde. Nancy entschied sich daraufhin für einen anderen Handwerker.

Die Anrufe, die sie manchmal von unbekannten Männern erhält, beunruhigen sie, doch sie bemüht sich darum, ihre Ängste nicht offen zu zeigen; keinesfalls will sie sich noch mehr in die Enge treiben lassen.

Mit den Jahren tauchte Jackson immer häufiger in den Träumen der Jungen auf. In einem seiner Träume quälte Nicholas ihn, indem er Jacksons Arm mit einer brennenden Zigarette bis auf den Knochen verbrannte. Christopher träumte, er werde von Jackson in einem Wagen verfolgt. Ein anderes Mal war Jackson an eine Mauer gefesselt, und Christopher warf zusammen mit einem Freund mit Messern nach ihm. Erst kürzlich hatte Christopher einen Traum, in dem er sich von Jackson, dessen Abbild ihn in mindestens sechzigfacher Gestalt verfolgte, bedrängt sah. Jacksons Fratze lauerte überall auf ihn: zu Hause, in der Schule, er tanzte um den Jungen herum, fletschte die Zähne und zischte ihn bedrohlich an, sobald dieser sich ihm näherte. Als er Nancy am nächsten Morgen von diesem Traum erzählte, erkannte sie darin eine durchaus positive Entwicklung – immerhin hatten ihn die Jackson-Gestalten im Traum nur bedroht und nicht getötet.

In der ersten Zeit als Witwe hatte Nancy nicht viel Kontakt zu anderen Frauen, die sich in einer ähnlichen Situation wie sie befanden. Die verschiedenen Gruppen, denen sie sich gerne angeschlossen hätte, trafen sich alle in den Abendstunden, und sie wollte Christopher und Nicholas nicht allein lassen. Im zweiten Jahr nach Toms Tod begann sie jedoch damit, sich in regelmäßigen Abständen mit einer Freundin zum Mittagessen zu verabreden, deren Mann ebenfalls erst vor kurzem gestorben war. Sie trafen sich alle sechs Wochen, und mit der Zeit wurde der Kreis der Frauen, die sich ihnen anschlossen, immer größer. Die Frauen – allesamt Witwen – hatten ihre Ehemänner unter gänzlich unterschiedlichen Umständen verloren. Einer war bei einem Arbeitsunfall ums Leben gekommen, ein anderer war eines Nachts ermordet und tot auf einem Parkplatz gefunden worden, und ein dritter hatte einen Herzinfarkt erlitten. Wieder ein anderer war an den Verbrennungen gestorben, die er sich zugezogen hatte, nachdem er – um ein Telefonat zu führen – in ein Hotel gegangen war, in das ein Flugzeug stürzte und explodierte. Eine der Frauen hatte zusammen mit ihrem Mann ihre Tochter zum College gebracht, als sich auf der Rückfahrt ein Reifen eines Lastwagens löste und mit solcher Wucht durch ihre Windschutzscheibe flog, daß sich ihr Mann das Genick brach. Zu den Treffen kommt gelegentlich auch ein Witwer, dessen Frau zwei Wochen nach der Geburt ihres Kindes an Krebs starb. Nancy ist von allen Teilnehmenden am längsten verwitwet. Sie hört meistens nur zu, wenn die anderen erzählen, denn sie ist der Überzeugung, daß sie auch damit den anderen hilft.

Die Frauen tauschen sich unter anderem im Hinblick auf die Schwierigkeiten bei behördlichen Fragen aus, aber sie sprechen zum Beispiel auch darüber, ab welchem Zeitpunkt es ihnen wieder angemessen erschien, sich schön zu machen, und ab wann sie wieder bereit waren, sich mit einem Mann zu verabreden. Sie reden über ihre Kinder, ihre Einsamkeit und diskutieren unter anderem die Frage, ob man die eigene Mutter ins Haus holen sollte, damit sie sich um die Kinder kümmern kann, während man selbst bei der Arbeit ist. Ihre größte gemeinsame Sorge ist das Wohl ihrer Kinder. Auch teilen sie so manche Erfahrung, wie zum Beispiel den Argwohn ihrer Söhne männlichen Besuchern gegenüber. Einigen der Frauen scheint das alles nicht viel auszumachen, sie lachen sogar darüber. »Ich möchte mich am liebsten einfach nur in meinem Mauseloch verkriechen«, sagt eine andere.

Im Frühjahr des Jahres 1991 wurde der Mann einer Freundin von Nancy in Indianapolis erschossen. Als Christopher und Nicholas davon hörten, wollten sie nachts nicht mehr alleine schlafen.

Noch immer wacht Nancy Montag morgens gelegentlich auf und denkt: Ob er damals um diese Zeit schon tot war? Sie weiß genau, daß sie sich auch in Zukunft täglich auf irgendeine Weise an Tom erinnern wird. Jedesmal, wenn die Jungen einen besonderen Erfolg in der Schule erzielen oder einen Preis im Sport gewinnen, beteuern sie, wie gerne sie diesen Erfolg mit ihrem Vater teilen würden, und fragen Nancy, ob er es von dort aus, wo er jetzt ist, wohl mitbekommt.

Manchmal liegt Nancy nachts wach und denkt darüber nach, ob Jackson wohl an jenem Morgen auch jeden anderen Menschen erschossen hätte, falls jemand anderes auf dem

Weg zu ihm gewesen wäre. Hatte er wohl zuvor geschlafen, oder hatte er wachgelegen und die Wand angestarrt? Oder war er aufgestanden, hinausgegangen und hatte in den Himmel hinaufgeschaut? Es ist einfach unvorstellbar für sie, daß Jackson vor dem Mord an Tom so etwas Alltägliches getan haben soll wie das Ausbeulen einer Delle an seinem Truck. Wie ist es möglich, so übergangslos nach einer derart alltäglichen Beschäftigung einen Mord zu begehen?

Bis vor kurzem lebte ein Bruder von Nancy am anderen Ende der Straße und war stets in der Nähe, wenn es einmal darum ging, den Rasenmäher zu starten, schwere Dinge zu tragen oder auch nur den Gasgrill zu reparieren. Doch nun haben er und seine Frau ein größeres Haus gekauft, das eine halbe Stunde entfernt liegt, und Nancy muß jetzt viele Dinge allein tun, bei denen ihr Bruder ihr zuvor immer half. Manchmal, wenn sie einen Stecker oder den Toaster reparieren muß, kommen ihr die Tränen, denn sie hatte sich nie vorgestellt, all diese Dinge einmal ganz allein tun zu müssen. Sie hatte sich so sehr gewünscht, daß die Kinder in einer richtigen Familie groß werden sollten.

Auch tagsüber läßt Nancy nun die Haustür verschlossen, auf der ein kleines Messingschild angebracht ist: ›Mr. and Mrs. Thomas E. Gahl.‹

Wenn die Jungen wieder einmal besonders traurig über den Verlust ihres Vaters sind, erinnert sich Nancy daran, wie Tom es stets gelungen war, sie aufzuheitern. Sie erzählt Nicholas des öfteren, wie sein Vater ihn abends, wenn es Zeit fürs Baden war, die Treppe hinaufjagte und ihn so lange kitzelte, bis er seinen Widerstand aufgab. Anfangs konnte Nicholas sich noch klar und deutlich daran erinnern, doch irgendwann war seine Reaktion nur noch: ›Ich *glaube*, ich erinnere mich daran.‹

Christophers lebhafteste Erinnerung in Verbindung mit seinem Vater ist die an das gemeinsame Baseballspielen, während sich Nicholas vor allem daran erinnern kann, wie Tom ihm die Handhabung der Werkzeuge in seiner kleinen Werkstatt in der Garage erklärt hatte. Christopher ärgert sich von Zeit zu Zeit, daß er manchmal häufiger mit seinem Fahrrad unterwegs war, als er älter wurde, und daß auf diese Weise Nicholas mehr Zeit mit dem Vater verbrachte als er. Nicholas hingegen neidet Christopher die größere Anzahl der Jahre, die der ältere Bruder mit ihrem Vater verbringen konnte. Wenn Christopher morgens das Haus verläßt und sich von Nancy verabschiedet, sagt er ihr nicht nur jedesmal, daß er sie liebe, sondern auch, daß ihm all die Situationen, in denen er sich falsch verhalten habe, leid täten. Etwa ein Jahr vor seinem Tod hatte Tom seine Frau gebeten: »Wenn mir irgendwann einmal etwas zustoßen sollte, dann sage den Kindern bitte von mir, wie sehr ich sie liebhabe.« Nancy gibt diese Botschaft immer wieder an ihre Söhne weiter, denn sie weiß, wieviel ihnen diese Worte bedeuten.

Auch von kleinen Schritten in der Bewältigung des Geschehenen erhofft sich Nancy, daß sie die Jungen weiterbringen mögen. So denkt sie darüber nach, das Abonnement der Zeitschrift *Schmerzlicher Verlust* nicht zu verlängern. Doch andererseits möchte sie das Andenken ihres Mannes auch lebendig erhalten. An jedem Jahrestag der Ermordung fährt sie zu dem Haus, in dem Jackson wohnte. Im vierten Jahr gelang es ihr merkwürdigerweise nicht, das Haus zu finden, deshalb fuhr sie einige Monate später, als die Jungen bei einem Baseballspiel waren, nochmals mit einem Bekannten los, der wußte, wo das Haus lag. Doch es erwies sich, daß auch der Bekannte sich in der Richtung geirrt hatte, und so suchten sie eine Weile in der Gegend herum. Nancy wurde langsam nervös, denn sie wollte wieder zu Hause sein, bevor die Jungen zurückkamen, da befanden sie sich plötzlich direkt vor dem Haus. Nancy starrte auf den Fleck, wo der Leichnam ihres Mannes gelegen hatte. Tränen standen in ihren Augen, und sie flüsterte: »Oh, verdammt! Liebling, warum mußte er dir nur so weh tun?«

Ungefähr vier Jahre nach dem Mord verschenkte Nancy einige von Toms Kleidungsstücken an einen jungen Geistlichen ihrer Gemeinde, der nach Kansas ging. »Der Pastor hatte ungefähr die gleiche Statur wie Tom, so daß ihm die Sachen paßten, und er zog weit genug fort, daß wir ihn nicht darin sehen mußten. Einige Anzüge und Hemden, von denen ich mich nicht trennen konnte, bewahrte ich für die Jungen auf. Ich lese immer wieder, daß Trauernden geraten wird, zumindest im ersten Jahr die Lebensumstände möglichst wenig zu verändern – das Haus nicht zu verkaufen und möglichst keine Sachen wegzugeben –, da man frühestens nach Ablauf dieser Frist sicher sein könne, keine Kurzschlußhandlungen mehr zu begehen. Obwohl ich diese Zeitspanne bereits weit überschritten habe, spüre ich, daß ich immer noch nicht darüber hinweg bin. Ich las irgendwo von einer Witwe, die die Kleidungsstücke ihres verstorbenen Mannes fortgab, sie anschließend jedoch unbedingt wiederhaben wollte. Zum Glück fand sie schließlich noch eine Jacke von ihm, in die sie hineinschlüpfen konnte und die ihr das Gefühl gab, von ihm umarmt zu werden.«

Irgendwann fiel einem Freund ein Videoband in die Hände, das Tom beim Trainieren seiner Baseballmannschaft zeigte. Da man ihn auf dem Band laufen sehen und sogar seine Stimme hören konnte, wurde in den Jungen erneut der Wunsch geweckt, Nancys Videoaufnahmen der Presseberichte über den Mord anschauen zu dürfen. Als sie mit Christopher und Nicholas kürzlich nach St. Louis fuhr, zeigte sie ihnen das Videoband auf dem Videorecorder, den sie für lange Strecken zur Beschäftigung der Kinder im Auto installiert hat. Als die Jungen ihren Vater sahen, mit blutender Kopfwunde und mit einem Laken zugedeckt, begannen sie zu weinen. Auch Nancy konnte beim Anblick der verzweifelten Kinder die Tränen nicht zurückhalten, während sie den Highway entlangfuhr.

Am Vatertag des fünften Jahres nach dem Mord besuchte Nancy zusammen mit ihren Söhnen ihren eigenen Vater und dessen zweite Frau. In dieser Nacht, die sie im Haus des Großvaters verbrachten, träumte Christopher, er würde am Morgen wie immer aufstehen und seinen Pyjama unter das Kopfkissen legen. Als er sich umdrehte, sah er Jackson durch das Fenster starren. Er versuchte fortzulaufen, doch Jackson schoß von hinten auf ihn. Christopher erzählte Nancy später, er wüßte, daß er im Traum nur getroffen, aber nicht getötet worden sei. Erst später wurde es Nancy klar, daß Christopher in diesem Traum genau das wiedererlebt hatte, was auch Tom passiert war.

Manchmal, an warmen Sommerabenden, liegen die Jungen im Garten auf dem Rasen und schauen durch die Bäume in den Sternenhimmel hinauf. Sie suchen dort ihren Vater, der nun bereits vor fünf Jahren auf dem Friedhof begraben wurde. Seit seinem Tod leiden sie unter einem Gefühl der Einsamkeit, das intensiver ist, als sie es sich je vorstellen konnten. Gemeinsam mit ihrer Mutter fragen sie sich immer wieder, was das Leben ihnen nun noch bringen wird – jetzt, nachdem sie sich mühsam aus der Grube herausgearbeitet haben, die ein anderer für sie gegraben hat.